KB023069

반짝반짝 변주곡

반짝반짝 변주곡

펴 낸 날 | 2014년 7월 28일 초판 1쇄

지 은 이 | 황경신
펴 낸 이 | 이태권
펴 낸 곳 | (주)태일소담
　　　　서울시 성북구 성북동 178-2 (우)136-020
　　　　전화 | 02-745-8566~7 팩스 | 02-747-3238
　　　　e-mail | sodam@dreamsodam.co.kr
　　　　등록번호 | 제2-42호(1979년 11월 14일)
　　　　홈페이지 | www.dreamsodam.co.kr

ISBN 978-89-7381-150-2　03810

이 도서의 국립중앙도서관 출판시도서목록(CIP)은
서지정보유통지원시스템 홈페이지(http://seoji.nl.go.kr)와
국가자료공동목록시스템(http://www.nl.go.kr/kolisnet)에서
이용하실 수 있습니다.(CIP제어번호: CIP2014020851)

반짝반짝 변주곡

황경신

소담출판사

반짝반짝 작은 별이 있었네

당신을 처음 만난 그날

오백 광년 전에 길을 떠난 별 하나

일직선으로 날아와 가슴에 박혔네

억울하도록 아름다운 별이

무심하도록 아름다운 별이

반짝반짝 당신을 비추었네

서쪽 하늘에서도

동쪽 하늘에서도

당신을 찾아내고 당신을 따랐네

사랑의 손을 놓고 나는 울었지만

작은 별은 반짝반짝 빛을 내었네

오백 광년을 내내 반짝인 탓에

미처 멈출 수가 없었네

차 례

참 이상한 일이다. 남자와 여자가 헤어지게 되면,
여자는 남자에 대해 모든 것을 다 알아버렸다고 생각한다.
하지만 남자들은 다르게 말한다.
나는 그 여자에 대해, 아무것도 모르겠다고.

가요, 이제

"가요, 이제."

나는 손을 뻗어, 그의 오른쪽 귀에 꽂힌 이어폰을 빼냈다.

"다 왔어요."

라흐마니노프 피아노 협주곡 2번 2악장의 끝 부분이 이어폰에서 희미하게 흘러나와 차가운 공기 속으로 번져가다 곧 사라졌다.

"마지막 악장이 아직 남았는데."

바람이 달려와 불안하고 자신 없는 그의 항의를 서둘러 지웠다.

"사막의 모래가 바다의 조개로 만들어진다는 거, 알고 있었어요?"

아직 끝을 내고 싶지 않다는 마음과, 더 이상 지체하고 싶지 않다는 마음이 반반씩 섞여 나는 엉뚱하고 아름다운 이야기를 꺼냈고, 그는 물끄러미 나와 내 오른쪽에 있는 나무 사이 어딘가를 응시했다.

"자신의 믿음이 잘못되었다는 걸 인정하는 게, 여전히 힘들어요?"

차오르는 달이 나무 위에 걸려 있는데, 세계는 조금씩 기울어지고 있었다.

카페에서 나와 우리 집 앞 골목으로 걸어오는 시간 내내, 바다의 푸른 조개들이 조금씩 바스러져서 푸르고 흰 모래알로 뒤덮인 광활한 사막이 되었고, 방향을 잃은 나는 물기 없는 질문을 거듭했다.

타인이 되기 위해, 철저하게 타인이 되기 위해 우리는 오래전 그날 헤어졌고, 완벽하게 타인이 되기 위해 다시 만났다.

파도처럼 느닷없는 후회가 잠시 몰아쳤으나, 가볍게 잡았다 놓은 손의 온기와 함께 곧 잦아들었으므로, 나는 천천히 몸을 돌려, 이제 막 걸음마를 배운 아이처럼, 왼발을 오른발 앞에, 다시 오른발을 왼발 앞에 놓으며, 그에게서 멀어졌다.

하루가 길었고, 그 끝에 놓인 밤이 어리둥절한 얼굴이어서, 이렇게 동요하는 심장이 오랜만이어서, 그 사실이 슬프도록 신기해서, 가요, 이제, 하고 나는 다시 한 번 중얼거렸다.

감옥

나는 그 두 사람을 잘 알고 있었다. 남자로 말하자면 나의 오랜 친구였고, 그가 여자를 처음 만났을 때 나도 그 자리에 있었기 때문에, 남자가 여자를 알아온 기간만큼 나도 그녀를 알아왔다. 물론 두 사람은 연인 사이였으니까, 남자는 내가 모르는 그녀의 이야기들을 더 많이 알고 있었겠지만, 이제는 다 소용없게 되었다. 참 이상한 일이다. 남자와 여자가 헤어지게 되면, 여자는 남자에 대해 모든 것을 다 알아버렸다고 생각한다. 하지만 남자들은 다르게 말한다. 나는 그 여자에 대해, 아무것도 모르겠다고.

두 사람이 헤어지고 나서 오랫동안 나는 그들을 만나지 못했다. 소문으로 전해 들은 바에 의하면, 남자가 일방적으로 이별을 선언하고 여자를 떠났다고 했다. 두 사람의 친구들이 남자에게 등을 돌린 것은 당연하다. 그런 상황이었으니, 나 역시 예전처럼 마음 편하게 남자를 만나 깔깔거리면서 이야기를 나눌 입장이 아니었던 것이다. 몇 번인가 여자에게 연락을 해보려고 했지만, 처음부터 연인의 오래된 친구로 만나 알게 된 나를 불편해할지도 모른다는 생각이 들어서, 그만두고 말았다. 하지만 언젠가는 그녀가 나를 찾아올 거라는 생각이 들었다. 몇 주 혹은 몇 달 혹은 몇 년 후에라도.

내가 여자를 다시 만난 것은, 두 사람이 헤어지고 일 년 정도의 시간이 흐른 후였다. 우리는 브람스가 흐르는 오래된 카페에 마주 앉아, 뜨거운 커피를 한 모금씩 마셨다.

"어떻게 지냈어?"

내 말에, 그녀는 "외롭지 뭐" 하고 미소를 지었다.

"그런 미소는 처음 봤어." 나도 모르게 그런 말이 튀어나왔다. "뭐랄까, 굉장히 부드럽고 자연스러운 미소야."

그녀는 조금 수줍어하면서 다시 한 번 똑같은 미소를 지었다.

"우리, 헤어지게 된 이야기, 너한테는 해야 할 것 같아서."

그녀가 말했다. 나는 잠자코 고개를 끄덕였다.

두 사람의 이별은 아주 갑자기, 누구도 의도하거나 원하지 않은 시간에 찾아왔다. 영화를 보고 나서, 남자와 여자는 간단하게 식사를 했다. 금방 본 영화라거나 그날 있었던 일이라거나, 그런 사소한 화제들이 간간이 오고 갔다. 뭔가 이상하다고 느낀 건 식사가 끝난 다음이었다. 여자는 머리가 아프다고 했고, 약국에서는 체할 때 먹는 약을 처방해주었다. 남자는 여자를 집까지 바래다주었고, 나중에 전화하겠다고 했다. 막 돌아서려던 남자를 붙잡은 건 여자였다. 답답해, 숨이 막혀, 누군가가 내 삶에 지나치게 파고드는 거, 나 싫어. 갑자기 여자의 입에서 그런 말이 나왔다. 한번 시작한 이야기는 그칠 수가 없었고, 결국 우리, 잠시 동안 떨어져 지내는 게 좋겠어, 라는 이야기까지 나오게 되었다. 남자는 아무 말도 없이 돌아섰고, 그것이 마지막이었다.

"물론 며칠 후에 내가 연락을 했어. 하지만 그 사람은 전화를 받지 않았지. 그 뒤로도 몇 번인가 전화를 하고 메일도 보냈지만 답이 없었어. 그리고 한 달쯤 지났을 때, 누군가 그 사람, 다른 사람을 만나고 있다는 이야기를 해줬어."

"나도 그렇게 들었어."

"슬프긴 했지만, 한편으로는 홀가분했어. 감옥에서 풀려나온 것처럼
말이야."

여자는 다시 부드러운 미소를 지었다.

"그건, 그 남자가 만든 감옥이었을까?"

내 말에, 여자는 고개를 흔들었다.

"아니, 내가 만든 감옥이었을 거야."

이상한 일이다. 사랑을 찾아 헤매는 사람들은 창밖으로 흘러나오는
불빛을 바라보며 단단하고 부서지지 않는 사랑과 평화를 집 안에 가
둬두고 싶다고 생각한다. 그러나 그 집에 살고 있는 사람들은 창밖을
내다보면서, 바람 불고 햇살이 비치는 거리를 그리워한다.

"다들, 그 사람을 나쁘게 말했지? 하지만 그게 아니었다는 거, 넌 알아
주었으면 좋겠어." 여자가 말했다.

"그래도 네가 좋아 보여서 다행이야."

내 말에, 그녀는 "고마워" 하고 대답했다.

"그런데 있지, 이런 일이 되풀이된다면 어떻게 되는 걸까? 어딘가로
들어갔다가 다시 뛰쳐나오고, 다시 들어가고…… 제발 내 삶에 끼어
들라고 애원해놓고, 제발 나를 내버려두라고 소리치고……."

"곤란해, 그런 건."

우리는 마주 보고 웃었다. 부드러우면서도 씁쓸한 커피 향기가 그녀
와 나 사이를 천천히 맴돌고 있었다.

겨울 나그네

낯선 사람으로 이곳에 왔다가 낯선 사람으로 이곳을 떠난다. 덧없는 봄날에 소녀는 사랑을 꿈꾸었고, 어머니는 결혼을 이야기했다. 그러나 이제 길은 흰 눈으로 덮여 있다. 어디로 가야 할지도 모르는 채, 나는 어둠 속으로 혼자 길을 떠난다. 달빛에 의지하며 풀밭에 난 짐승의 발자국을 따라간다. 쫓겨날 때까지 여기 머물러 있을 수는 없다. 사랑은 방황을 좋아하는 법. 그리하여 다음으로 옮겨가도록 하나님이 정해주신 것. 사랑하는 자여, 안녕. 그대의 꿈, 그대의 휴식을 방해하지 않으리. 발소리 들리지 않게 조용히 문으로 가서, 안녕이라고 쓰리라. 그대가 그것을 보고 내 마음을 알 수 있도록. (제1곡「밤의 인사」)

바람의 소리를 들었다. 나는 문을 열고 오지 않는 사람의 발자국 소리에 귀를 기울인다. 캄캄한 추위 속에 오지 않으려 하는 한 사람의 의지가 고여 있다. 겨울이다. 뼛속까지 겨울인 날들은 어째서 해마다 돌아오는가. 나는 기어이 겨울 속으로 더 깊이 들어가 문을 걸어 잠그기로 하고 서른여섯에 생을 마감한 프리츠 분더리히의 레코드를 건다. 서른한 살에 마침표를 찍은 슈베르트가 세상을 떠나기 한 해 전에 작곡한 스물네 곡의 연가곡, 빌헬름 뮐러의 시에 곡을 붙인 『겨울 나그네』의 첫 번째 곡이 시작된다. 내 사랑의 가난한 형편으로 차릴 수 있는 것은 이 정도밖에 없다. 그러니 너는 바람으로 지나치다 잠시 그곳에 그대로 서서, 들으라. 덧없는 봄날이 지나가는 소리, 하얀 눈 위에서 방황하는 사랑의 소리, 차가운 손끝에 입김을 불어 딱딱한 문 위에 안녕이라고 새겨 넣는 소리를.

나는 낯선 사람이 되어 너를 떠났고, 너는 나를 떠나 낯선 사람이 되었다. 사랑이 우리를 내몰기 전에 우리는 서로를 떠나야 했다. 내가 선택한 길은 너의 반대편, 온 힘을 다해 낮과 밤을 걸었다. 부르튼 발을 닦아주는 사람도, 상처투성이의 손을 잡아주는 사람도 없었으므로 나와 너는 비로소 가장 안전한 지구의 끝에 도달했다. 바람개비와 얼어붙은 눈물, 보리수와 냇물, 도깨비불과 봄날의 꿈, 짧은 휴식과 고독, 멀리서 들려오던 우편마차의 방울 소리, 그러나 편지는 없었다. 홀로 늙어 백발이 되는 것이 마지막 희망이었고 폭풍의 아침마다 환상이 찾아들었다. 어디에도 쉴 곳 없는 우리를 받아준 것은, 그래, 차가운 묘지, 머무를 곳이 없는 거리 위의 악사에게 다시 한 번 노래를 청한다. 안녕이라는 말은 희미해졌다.

그리하여 오랜 시간이 흐른 후 우리가 서로의 시간을 더듬어볼 때, 우리가 새긴 마음은 이미 지워지고 사라졌을 것이다. 지워지고 사라진 흔적이 증명하는 것은, 우리의 사랑이 그토록 살아 퍼덕이는 생명이었다는 것, 그래서 바람에 쏠리고 비에 무너지지 않을 수 없었다는 단 하나의 진실이리라.

공허

지금은 기억도 나지 않는 어느 컴필레이션 앨범에서 엘리엇 스미스의 목소리를 처음 들었다. 그때 그는 이미 죽은 사람이었으므로 그의 목소리에는 이미 죽음이 포함되어 있었다. 내가 들은 것은 이미 죽은 사람인 그가 살아 있을 때 부른 노래였으므로 그 노래는 아슬아슬한 경계를 비틀거리며 오가는 중이었다. 삶과 죽음, 어느 쪽에서도 그를 받아주지 않아 외롭고 또 난처하다는 듯, 사진 속의 그는 묘한 표정을 짓고 있었다. 어떤 사람이 자신의 심장에 두 번이나 칼을 꽂을 수 있나, 어떤 사람이, 어떤 사람이. 나 또한 난처해져서 죽기 전의 그를 안간힘으로 짐작하려 했다.

그는 베케트와 도스토옙스키를 좋아했다. 다섯 살 때 비틀스의 『White Album』을 듣고 뮤지션이 되기로 했다. 좋아하는 영화는 빔 벤더스의 「파리, 텍사스」, 좋아하는 화가는 마크 로스코. 로스코는 1970년, 67세 때 스스로 목숨을 끊었다. "당신은 도대체 왜 그렇게 슬픈가?"라고 누가 물었을 때, 그는 "난 '그렇게' 슬프지 않다. 내 노래 속에 있는 어둠은 행복을 위한 것들이다. 섹스나 스포츠에 대한 노래를 부르지 않는다고 해서, 내가 슬픈 것은 아니다"라고 대답했다. 그의 팔에는 두 개의 문신이 새겨져 있었다. 하나는 그가 자란 텍사스 주이고 다른 하나는 동화에 나오는 'Ferdinand the Bull'이다. 싸움보다 꽃을 좋아하던, 투우 경기에 나갔지만 가만히 앉아 여자들의 모자에 달린 꽃 향기를 맡고 있었던, 밖으로 끌려 나간 후 자신이 좋아하는 나무 아래에 앉아 꽃 향기를 맡으며 행복해했던 황소가 퍼디낸드다.

그의 조각들은 무언가 말해줄 것 같으면서 섣불리 털어놓지 않는다. 금방이라도 터질 것 같은, 그러나 끝내 속으로 잦아드는 그의 목소리와도 같다. 그의 조각을 다 끼워 맞춘다고 해서 그의 모습이 보이는 것도 아닐 테다. 아리스토텔레스의 말처럼 '전체는 부분의 총합보다 큰' 무엇이므로. 게다가 그를 정면으로 보는 것을 나는 원하는가? 음악은, 엘리엇의 음악은, 하나의 모호한 감정에 선명한 색을 부여한다거나, 하나의 희미한 단서에 초점을 맞추어주지 않는다. 모호하고 희미한 날들이 계속되고 있으며, 앞으로도 계속될 거라는 막막한 암시만을 놓고, 음악은 흩어진다.

먼지. 또는 사라지는 시간의 결들. 모든 것을 들어도 아무것도 남지 않는다는 사실만이 절절하게 새겨진다. 심장이 미어터질 때까지 그의 음악을 밀어 넣고, 그것을 다시 뱉어내려 하면, 먼지처럼 눈물처럼 절절한 무(無)가 세계를 무겁게 짓누른다. 그것은 뾰족한 상처를 긁어내어 피 흘리게 하지도 않고, 상처가 치유되는 것을 허락하지도 않는다. 그리하여 어느 늦은 가을 또는 이른 겨울의 하루, 내가 탕진하는 것은 어쩌면 차라리 '비어 있음'이다. 마치 로스코의 그림처럼, '비어 있음'으로 가득 찬 공허이다.

구름 위를 구르다

구름 위를 굴러가다 보면 재미있는 일들이 생길 것 같아
하얀 토끼는 하얀 당근을 들고 하얀 성으로 가고
하얀 다람쥐는 하얀 도토리를 안고 하얀 잠을 잘 거야
하얀 코끼리들이 하얀 모자를 쓰고 하얀 여행을 떠날 때
하얀 기린은 하얀 친구들과 함께 하얀 과자를 굽겠지

캄캄한 밤에도 하얀 새들은 하얀 날개를 퍼덕이며
하얀 새장을 열고 나와 하얀 꿈들을 물어 나를 거야
그런 날이면 나는 아직 하얀 너의 마음에
초록과 파란 물감을 풀어 색칠할 거야

참 재미있는 일일 거야, 구름 위를 굴러가는 건

구름과 바람이 사랑을 할 때

바람, 형체는 없고 마음만 있다. 모든 마음이 그러하듯, 바람 역시 어느 한곳에 머물 수 없는 존재이다. 어디엔가 아주 잠깐이라도 머무는 그 순간, 바람은 소멸해버린다. 태어날 때부터 그런 삶에 익숙해 있기 때문에 특별한 불만은 없다. 불만은 바람을 만났다가 곧 헤어져야 하는 다른 존재들의 몫이다. 그들은 어느 날 갑자기 예기치 않은 곳에서 바람을 맞닥뜨리고 바람을 인식한 다음 무슨 일이 생겼는지 알아차리기도 전에 홀로 남겨진다. 하지만 그들의 슬픔이나 절망 같은 것에 바람은 아랑곳하지 않는다. 가끔 곁에 머물고 싶은 존재를 만나는 일도 있지만, 말했듯이, 바람은 머물 수가 없다.

구름, 형체가 곧 마음이다. 구름은 너무 솔직해서, 누구나 단번에 구름에 대한 모든 것을 알 수 있다. 구름의 희고 둥근 마음, 구름의 깃털처럼 부드러운 마음, 구름의 연약하고 순결한 마음, 구름의 무겁고 캄캄한 마음은 모든 존재들이 볼 수 있는 곳을 떠돌아다닌다. 가끔은 걸음을 멈추고 오래오래 누군가를 응시하기도 하고, 또 가끔은 외로운 이들의 마음을 타고 한없이 흘러가기도 한다. 그 흐름에는 끝이 없다. 알다시피, 외롭지 않은 이는 없다.

저기 저 하늘 끝에 걸려 있는 마음의 형체, 구름을 향해, 형체 없는 마음, 바람이 가고 있다. 바람은 성급한 마음에 길을 재촉하는데, 구름은 어떤 전조도 눈치채지 못하고 있다. 바람의 마음은 폭풍이 몰려오기 전처럼 부산하다. 서두르지 않으면 구름이 사라져버릴 것 같다. 누군가 다른 이가 먼저 앗아가 버릴 것 같다. 질투와 갈망으로 어지러운 바람이 마침내 하늘 끝 가까이 이른다. 그러나 구름은 그 바람을 맞이할 수가 없다. 바람이 구름의 자락을 막 잡으려는 그 순간, 구름은 바람의 기세에 밀려 벌써 다른 하늘의 끝으로 가버린다.

볼 수도 없고 잡을 수도 없는 형체 없는 마음, 바람의 위에서, 마음의 형체, 구름이 그림자를 드리운다. 언제부턴가 구름은 자신의 주위를 맴돌고 있는 바람의 존재를 느끼기 시작한다. 그러나 가까이 오는가 하면 어느새 멀어지는 바람을 믿을 수는 없다. 그래도 사랑은 그렇다. 잡힐 듯 잡히지 않으면 더욱 커지는 것이 갈증이다. 게다가 애초부터 구름의 마음은 그다지 단단하지 않다. 속절없이 애를 태우던 구름은 어느 날 바람을 위해 모든 것을 걸기로 결심한다. 바다를 건너 불어오는 바람 속으로 자신을 던진다. 바로 그 순간, 구름은 산산조각으로 흩어지며 형체를 잃어버린다. 바람은 텅 빈 마음으로 멍하니 사라진 구름의 자취를 찾아보지만, 세상 그 어디에도 구름의 모습은 없다.

모두들 알고 있다. 구름과 바람은 우리가 태어나기 훨씬 전부터 이 세상에 존재하고 있었고, 그 수많은 세월 동안의 경험을 통해 새로운 사랑의 방법을 배웠다. 그 사이에 있었던 일들을 설명하자면 열 권의 책으로도 모자랄 것이다. 어찌 되었거나 나는 그저 그들의 뒷이야기만 전하겠다. 아니 굳이 내가 이야기하지 않아도, 지금 그 자리에서 하늘을 한번 올려다보는 것으로 당신은 모든 걸 알게 될 것이다. 부드러운 바람을 타고 가볍게 하늘을 유영하고 있는 구름, 그리고 구름을 어우

르며 아름다운 그림을 만들어내고 있는 바람. 당신은 이런 사랑을 배운 적이 있나. 아주 오래전에 시작되었고 아직도 끝나지 않은, 구름과 바람의 사랑을.

그리하여

그리하여
온종일 기다린 것이 이 봄이었다면
바로 지금 돌아오기 위해
온 생을 떠나 있었던 거라면
사랑의 변덕과 가혹한 처사를
비로소 견딜 마음이 되어버렸다면
저절로 피었다 끊어지는 숨
허망한 믿음을 끌어안겠다면
꽃잎의 무게를 알아버렸다면

가장 무거운 건 시간이라는 진실
그리하여 낙화를
이제 와서 거절하지 않겠다면

꿈을 주문하는 방법

이 마법을 실현시키기 위해서는 우선 제대로 만들어진 베개가 필요하다. 베개를 만들기 위해서는 아주 좋은 풀이 있어야 한다. 봄, 여름, 가을, 세 계절에 자라나는 풀들 중에서 마음에 드는 것을 각각 하나씩 택한 다음, 봄풀은 봄의 햇살 아래, 여름풀은 여름 햇살 아래, 가을풀은 가을 햇살 아래 얌전히 말린다. 이들을 모두 모아 깨끗한 유리병 속에 담아 보관하는 것으로 첫 번째 준비가 끝난다. 두 번째로는 한 장의 그림이 필요하다. 당신이 원하는 꿈을 하얀 도화지에 정성스럽게 그린다. 아주 잘 그릴 필요는 없지만, 적어도 꿈의 요정이 알아볼 수 있을 정도는 되어야 한다. 나무를 그렸는데 그게 뾰족한 첨탑처럼 보이면 곤란하다. 세 번째로는 아주 잘 익은 추억이 하나 필요하다. 당신의 기억 창고에서 제대로 숙성된 추억을 하나 꺼내야 하는데, 너무 오래되어서 빛이 바랜 것은 좋지 않다. 또한 너무 최근의 것은 떫은 맛이 나므로 주의해야 한다. 좋은 추억은 만져보면 따뜻하고 중앙에서 맑은 빛이 번져 나온다.

자, 이제 모든 준비는 끝났다. 그해의 첫눈이 내리는 날, 잘 말린 풀들과 당신이 그린 그림, 그리고 추억을 꺼내어 하얀 천으로 곱게 싼다. 만약 색깔이 있는 천을 쓰게 되면 꿈의 색깔이 그 천에 의해 변질될 수 있으므로 주의해야 한다. 당신이 평소에 베고 자던 베개 속에 있는 솜을 조금 꺼내고, 그 자리에 준비한 것을 조심스럽게 집어넣는다. 가슴이 두근거려 잠을 쉽게 이룰 수 없을 경우에는 레드와인을 한 잔 마시는 것도 좋다. 이 마법은 틀림없이 당신이 원하는 꿈을 꿀 수 있게 해준다. 만에 하나 효과가 없다면 당신이 선택한 풀이 잘못되었거나(봄풀을 여름 햇살에 말렸을 경우), 당신의 그림이 잘못되었거나(강아지를 그렸는데 송아지처럼 보이는 경우), 혹은 당신의 추억이 잘못된 것이다(너무 오래되었거나 아직 덜 익었을 경우).

당신이 원하는 꿈은 일 년에 꼭 한 번만 주문할 수 있는데, 바로 첫눈이 오는 날이다. 그러나 이날 주문이 폭주하여, 꿈의 요정들이 미처 다 배달하지 못하는 경우가 종종 생긴다. 그럴 때는 너무 화내지 말고 잠자코 기다리자. 며칠 안에 당신이 원하는 꿈을 받을 수 있을 것이다.

끝까지 가본 적 있니

_그래, 다 이야기하겠어
그건 끝을 위한 너의 권리였다

_응, 아무것도 말하지 않겠어
그건 끝을 위한 나의 의무였다

_자, 이제부터 따로 가는 거야
그건 끝을 위한 너의 다짐이었다

_아니, 난 이제 너를 기다리지 않을 거야
그건 끝을 위한 나의 맹세였다

아무런 준비도 되지 않았는데
갑자기 꽃들이 피어나고
서둘러 지려 한다

이렇게 가만히 서 있는 것밖에
아무것도 할 수가 없는데

_이별을 치른다고 끝은 아니야
그건 끝까지 가보지 않았던 너의 변명이었다

_사랑을 다한다고 끝은 아니야
그건 끝까지 가보지 않았던 나의 고백이었다

끝의 전성시대

이 시대의 트렌드는 '끝'이다. 트렌드가 끝난 것이 아니라 끝 자체가 트렌드가 된 것이다. 한두 사람이 조심스럽게 그런 소리를 꺼낸 것이 불과 몇 달 전이었다. '일부에서는 그런 경향도 보인다'는 식의 꽤나 내성적인 의견에 대해 대부분의 트렌드세터들은 코웃음을 쳤다. 지금 생각해보면 그건 지나치게 예민한 반응이었다. 자신들이 주도하지 않는 트렌드는 만들어져서도 안 되고 성행해서도 안 되며 상상하는 것조차 용납할 수 없다는 입장을 확고히 해온 트렌드세터들은 곧 방어와 공격에 들어갔다. 그러나 그들의 재빠른 대응에도 불구하고, '끝'을 향한 대중들의 갈망, 열정, 탐닉은 불꽃처럼 타올라 마침내 세계를 정복했다.

당황한 것이 트렌드세터들이라면 바빠진 것은 문화평론가들이었다. 각종 언론매체들이 '끝'에 관한 이야깃거리를 만들기 위해 그들에게 러브콜을 보냈고, 대중들에 비해 그다지 아는 것도 없는 평론가들은 머리를 싸매고 어려운 단어와 복잡한 도식을 창출해야 했다. 그들이 수많은 시행착오를 겪고 있는 동안, 혜성같이 나타난 미모의 어느 문화평론가가 대단히 선명하고도 솔깃한 결론을 내놓았다.

"이 트렌드는 하늘에서 뚝 떨어진 것이 아니라 땅에서 솟아 올라온 것이에요. 그러니까 일부 트렌드세터들의 정치적이고 자본주의적인 의

도와 관계없이, 불특정 대다수의 대중이 일으킨 불꽃이라는 거죠. 저
의 집요한 추적에 의하면, 불꽃의 근원지는 종로의 모 선술집이었답
니다. 그곳에서 술을 마시던 회사원 김 모 씨(35세, 미혼)가 '이젠 끝
이야, 끝'이라는 말을 취중에 내뱉자, 그의 일행들이 그의 말에 공감
하며 잔을 들었고, 그걸 지켜보던 옆 테이블의 사람들이 동조했으며,
순식간에 그 선술집에 있던 사람들이 공감대를 형성한 것이죠. 다음
날 일상에 복귀한 이들을 통해 각 가정과 직장, 학교, 놀이터, 시장, 마
트 등으로 번져 나간 이 말은 수많은 사람들의 정서적 뿌리를 자극했
고, 마침내 '끝'의 냄새와 색깔, 형태와 소리, 이미지와 영혼을 전 세계
가 갈구하게 된 거예요."

이 트렌드에 가장 먼저 편승한 것은 휴대폰 업체들이었다. 그들이 앞
다투어 '끝'을 테마로 한 신제품을 내놓는 사이, 패션과 뷰티, 건축과
디자인, 출판과 공연과 영화와 전시 등이 '끝'의 시장에 달려들어 콩
을 볶아댔다. 그중에서도 사람들의 마음을 일시에 빼앗아간 것은 새
로 등장한 여행 상품이었는데, 당연히 여행의 목적지는 이 세계에 존
재하는 모든 '끝'이었다. 여행사마다 '세계의 끝'이라고 주장하는 장
소가 우후죽순으로 늘어간 것도 당연한 일이었다. 한적한 바닷가와
오지는 물론이고 일부 여행사들은 쓰레기 매립장, 원자력 발전소, 세
계에서 가장 높은 빌딩, 런던의 특정 지하철역 등에 온갖 의미를 갖다
붙여 그 지역의 인구밀도를 높이고, 환경을 파괴하고, 그 결과 심각한
폐해를 끼쳤다.

결국 지구를 지키기 위한 긴급, 비상, 비밀 회의가 소집되었다. 좀 늦
은 감은 있었으나 '끝'의 힘이 이 정도일 줄은 누구도 몰랐으니 어쩔

수 없는 일이었다. 이 전례 없는 회의에 어떤 이들이 참석하여 어떤 이야기를 주고받았는지는 알 수 없으나, 그들은 우여곡절 끝에 방법 하나를 찾아냈다. 그건 바로 '세계의 끝'을 공식 지정한 것이었다.

터무니없게도, 사막 한가운데 '세계의 끝'이라는 이름의 인공 도시가 세워졌다. 관광객들을 위한 숙박 시설, 음식점, 유흥업소, 쇼핑몰, 카지노, 기념품점 같은 건물들로 인해 그곳이 포화 상태가 된 건 순식간의 일이었다. 다시 한 번 소집된 비밀 회의의 참석자들은 그 도시 주위에 위성 도시를 만들어야 한다고 주장했다. 공식 지정 도시 '세계의 끝' 주위에 열 개의 위성 도시가 생기자마자 건축가들은 위성 도시의 위성 도시를 위한 도면을 그리기 시작했다.

그런 식으로, 세계의 끝은 무한 확장되었다. 사람들은 이제 '세계의 끝'으로 가기 위해 여행을 떠날 필요가 없어졌다. 그들은 끝의 일부인 집에서 나와 끝의 다른 일부인 직장으로, 학교로, 거리로 간다. 그들은 끝을 입고 끝을 먹고 끝에서 잠이 든다. 그렇게 해서 자신들의 삶이 좋아진 건지 나빠진 건지, 그런 것을 가늠해보는 사람은 아무도 없다. 과거에 무슨 일이 일어났든 이제 '끝'이니까. 미래의 행복을 위한 장밋빛 계획을 세우는 사람도 없다. 지금 이 순간이 '끝'이니까. 단 한 사람, 종로의 모 선술집에서 처음으로 '이젠 끝이야, 끝'이라고 말했던 김 모 씨를 제외하고. 참고로, 당시 미혼이었던 그는 혜성처럼 나타난 미모의 문화평론가와 결혼한 다음 여행사를 차려 떼돈을 벌고 적당한 시기에 몸을 뺀 후 차기 프로젝트를 준비하고 있다. '끝장일 정도로 힘센 트렌드도 언젠가는 끝이 난다'는 사실을 그들은 결코 잊지 않고 있다.

나는 다 말했잖아요.
나의 마음에 당신이 살고 있었고 살아 있고
영원히 살 거라고 고백했잖아요.
당신의 손을 잡고 꼭 그렇게 말한 건 아니지만,
세상은 아름답다고 그랬잖아요.

나는 볼펜이고 싶어요

오해는 하지 말아요. 딱히 볼펜을 좋아하는 건 아니니까요. 그다지 예쁘지도 않고 감촉도 좋지 않은 볼펜보다야 낭만적이면서도 소박한 연필이나 우아한 기품이 넘쳐흐르는 만년필이 훨씬 좋죠. 하지만 그건 어디까지나 내가 인간이었을 때의 얘기예요. 사실 볼펜의 입장에서 감촉 같은 게 뭐 중요하겠어요. 깍쟁이처럼 들릴지 모르지만, 내 알 바 아니죠. 물론 이왕이면 날씬하고 예쁜 볼펜이 되고 싶어요. 그래야 나를 소유하게 될 누군가가 나를 아껴줄 테니까요. 아무런 장식도 없는 하얀 옷에 까만 모자 같은 건 사양할래요. 아무렇게나 방치되었다가 쥐도 새도 모르게 사라져버리기 딱 좋잖아요.

글쎄요, 어쩌다가 볼펜이 되고 싶다는 생각을 하게 되었는지는 잘 모르겠어요. 그저 어느 날 문득 눈을 떴는데, 인간으로서 살아가는 것이 너무 복잡하다는 기분이 들었어요. 아마 그날 해야 할 일이 너무 많았던 건지도 몰라요. 아니 어쩌면 할 일이 아무것도 없었던 날일 수도 있어요. 그렇다고 아무것이나, 닥치는 대로, 내키는 대로 살아갈 수는 없잖아요. 인간으로 태어난 이상, 인간답게 살아야 한다는 교육을 수십 년 동안 받았으니까요. 나는 그런 책임감으로부터 쉽게 벗어날 수 있는 타입이 아니에요. 인간이 해야 할 일과 하지 않아야 할 일의 리스트를 언제든지 마음속에서 불러올 수 있어요. 내가 좀 더 충동적이거나 열정에 몸을 맡기는 무책임한 인간이었다면, 뭐 하러 볼펜 같은 게 되려고 하겠어요. 그냥 인간인 채로, 볼펜처럼 살면 그만이잖아요.

하지만 매사에 철저하고 분명한 것을 원하는 나는, 어떤 형식이 필요한 거예요. 미안하지만, 나는 아직도 형식이 내용을 규정한다는 마르크스의 이야기를 어느 정도 신봉하고 있거든요. 내가 볼펜으로서 하나의 완성된 미를 추구하는 것도, 바로 그 때문이에요. 유물론은 그런 게 아니라고요? 알 게 뭐예요. 나는 지금 볼펜으로서 이야기하고 있는 것이고, 볼펜의 세계에서는 다들 그렇게 알고 있으니 시비는 걸지 마세요. 그래요, 나는 볼펜의 세계에 대해 꽤 많은 연구를 했어요. 내가 앞으로 속하게 될 세계에 대해 조사하는 건 기본이니까요. 말했잖아요, 나는 철저하고 분명한 사람이라고요.

볼펜의 세계에 대해 궁금해하시는군요. 하지만 당신의 호기심을 만족시켜줄 만큼 대단한 세계는 아니에요. 생각을 해보세요. 뭐가 있겠어요. 볼펜으로 태어나서, 볼펜으로 살다가, 볼펜으로 죽는 거죠. 정말 멋지지 않아요? 그보다 더 단순한 세계는 상상할 수도 없어요. 모든 볼펜은 태어날 때부터 자신이 볼펜이라는 것을 알고 있고, 이 세계에서 자신이 할 일 또한 분명히 알고 있죠. 볼펜의 일이란 단 한 가지뿐이니까요. 그래요, 뭔가를 쓰면 되는 거죠. 그것도 스스로 생각해서 만들어내는 것이 아니라, 누군가의 의지에 복종하는 것으로, 모든 의무와 책임을 다하는 거예요.

이제 아셨군요. 내가 왜 볼펜이 되고 싶어 하는지. 나는 내 삶에 대해 욕심을 내지 않아도 좋을 거예요. 더 많은 돈을 벌고 더 멋진 사람을 만나고 더 큰 행복을 누리겠다는 욕심 같은 건 지나가는 개에게나 던져주면 그만이죠. 누군가에게 지나친 기대를 하지 않아도 좋을 거예요. 좀 더 사랑받고 싶다거나, 좀 더 사랑하고 싶다거나 하면서, 자만과 자학을 오가는 비정상적인 정신 상태로 밤마다 비생산적인 감성에 빠지지 않을 수 있어요. 나는 위대한 예술가가 되지 않아도 좋고, 세상을 구원하지 않아도 괜찮아요. 나는 다른 누군가의 마음으로 들어가고 싶어 안달하지 않고도 살 수 있어요. 내가 아닌 누군가가 되지 않고도 죽을 수 있어요.

그러니까 제발, 이제 볼펜이 되게 해주세요. 인간의 자유의지 같은 건아주 지긋지긋해요. 무엇을 해야 할지 모르겠는 날들에 충분히 싫증이 났어요. 내가 태어난 이유, 내가 살아가는 이유, 내가 존재하는 이유를 찾는 것에도 지칠 대로 지쳤어요. 나는 볼펜이 되어, 볼펜으로 살다가, 볼펜의 삶이 끝난 후에 먼 우주로 떠나, '잃어버린 볼펜들의 행성'에서 조용히 지내고 싶어요. 저의 이 작은 소원을 들어주실 거죠?

나쁜 여자에 대한 세 가지 충고

♩: 당신이 봤어야 했어요. 내가 처음 그 여자를 만났을 때, 그녀가 어떤 꼴을 하고 있었는지 말이에요. 입고 있던 옷이며 차림새는 그렇다 치더라도, 그 커다란 눈동자 안에 담겨 있던 두려움을 어떻게 설명해야 할까요. 그 여자는 태어난 지 사흘 만에 영문도 모르고 길거리에 버려진 아기 고양이처럼 떨고 있었어요. 당신도 알겠지만, 누군가 돌봐주지 않으면 살아갈 수 없는 존재들은 이 세상의 모든 위험에 노출되어 있죠. 도움의 손길을 뻗는 상대가 악의를 가지고 있다는 걸 알면서도 그것을 거절할 수 없는 심정, 그건 겪어본 사람만 알 수 있는 거예요.

그 여자가 그때 나를 만난 건 정말 다행이었죠. 나는 그 여자에게 필요한 충고를 해줄 수 있는 유일한 사람이었으니까요. 나의 첫 번째 충고는 '마음의 껍질을 여러 겹 만들라'는 것이었어요. 그녀는 현명하게도 나의 충고를 받아들였고 지금까지 썩 잘 해내고 있답니다. 물론 지금의 당신처럼, 처음에는 그 여자 역시 어리둥절해서 되물었지만요. "여러 겹의 껍질이요?" 그래서 나는 수박과 양파의 비유를 들어 설명을 해주었어요. 수박처럼 단단한 껍질을 가지고 있는 사람은 강해 보일지 몰라도 한번 부서지면 돌이킬 수가 없다, 하지만 양파처럼 여러 겹의 껍질을 가지고 있다면 몇 번이라도 다시 시작할 수가 있다, 그리고 아무도 너의 본심을 들여다보지 못하기 때문에 누구도 너를 상처 입힐 수 없는 것이다, 라고.

그 여자가 입고 있는 여러 겹의 껍질에 대해서는 당신도 잘 알고 있겠죠. 맞아요, 그녀는 금방이라도 속내를 다 드러낼 것처럼 굴다가 순식간에 다른 사람처럼 행동하곤 해요. 겨우 그녀의 마음을 얻었다고 생각하는 순간 모든 것이 원점으로 돌아가버리는 거죠. 나는 그녀를 대동한 자리에서 종종 재미있는 장면들을 목격하곤 했어요. 누군가 반가운 얼굴을 하고 그 여자에게 다가와 활짝 웃으며 인사를 건네는데, 그녀는 그 크고 아름다운 눈동자에 묘한 미소를 떠올리며 '누구세요?' 하고 눈으로 묻곤 했죠. 그러면 상대는 당황해서 어쩔 줄을 모르다가 그녀가 자신을 떠올릴 만한 몇 가지의 코드를 떠듬떠듬 늘어놓곤 해요. 그녀는 미안해하지도 않고 호기심 많은 아이처럼 눈을 빛내며 이야기에 열중하고, 상대는 다시 한 번 그녀에게 반하게 되어버리죠. 그럴 때마다 나는 옆에서, '앞으로 한 시간도 채 지나지 않아서 당신은 다시 한 번 잊힐 거예요'라는 이야기를 하고 싶어 죽을 지경이 되어버리죠.

정말 많은 사람들이 그녀에게 사랑을 고백했고, 지금도 하고 있고, 앞으로도 그럴 거예요. 현명한 사람들은 본능적으로 그 여자가 위험하다는 것을 감지하고 멀리하려 하지만, 아이러니하게도 그런 사람들일수록 그녀의 매력에 깊이 빠지고 말죠. 그런 사람들의 공통점은 '나만은 그녀에게 특별한 사람이 될 수 있다'라고 자만한다는 거예요. 하지만 그녀에게 특별한 사람은 아무도 없어요. '모든 사람들은 동등하다, 설사 그렇지 않더라도 그런 시각으로 사람들을 보라'는 것이 나의 두 번째 충고였거든요. 물론 나도 그녀가 그렇게까지 잘 해낼 줄은 몰랐어요. 어느 날, 파티가 끝나고 집으로 돌아가는 길에 내가 넌지시 물어본 적이 있어요.

"그 사람들을 정말 기억하지 못하는 거야?"

그러자 그녀는 이렇게 대답했어요.

"나한테는 어차피 다 비슷비슷하게 보이는걸요. 일일이 기억할 만한 가치가 없잖아요."

손가락을 보지 말고 손가락이 가리키는 달을 보라는 말이 있죠. 이 세상에 존재하는 모든 생명들 중에서 손가락이 아니라 손가락이 가리키는 달을 보는 유일한 동물이 고양이래요. 당신이 그녀를 조금이라도 이해하고 싶다면, 그녀가 왜 늘 무엇인가를 또 누군가를 잊어버리고 멋대로 행동하며 항상 먼 미래를 응시하는 듯한 눈빛으로 사람들을 현혹시키는지 알고 싶다면, 눈앞에 있는 당신이 아니라 당신을 초월한 다른 세계를 보고 있는지 궁금하다면, 당신도 손가락이 아닌 달을 보아야 할 거예요. 물론 그게 어려운 일이라는 건 나도 잘 알고 있어요. 그리고 사실을 말하자면, 그녀가 바라보는 달이란 것도 그다지 특별할 건 없거든요. 그건 무슨 상징도 아니고 은유도 아니고 대단한 비밀이 있는 것도 아니에요. 그저 좀 멋있어 보이는 거죠. 그런데 놀랍게도, 대부분의 남자들이 바로 그 점 때문에 그녀를 사랑하게 되었다고 고백하고 있어요.

그러니까 그녀를 미워하지 말아요. 그녀와 잠시 가까이 지낼 수 있었다는 것에 감사하게 될 날이 곧 올 거예요. 당장은 아니더라도, 먼 훗날 우리 뒤의 삶을 살게 될 사람들에게는 그렇게 기억될 거예요. 그래요, 당신은 벌써 그녀의 신비로움을 이해하기 시작했군요. 사실이든 아니든, 그녀는 신비롭고 누구의 것도 될 수 없으며 영원히 그럴 거라고 생각하는 것이 당신에게도 좋아요. 만약 그렇지 않다면, 당신은 그저 그런 여자에게 몇 번씩이나 실연을 당한 바보 같은 남자가 되어버리니까요. 보세요, 나는 늘 당신 같은 남자들을 만나서 위로하는 역을 맡고 있지만, 그녀가 어떤 여자인지 설명하려는 건 아니에요. 오히려 당신이 만난 그녀는, 우리의 상식으로 이해할 수 없는 여자라는 것을 알려주는 것이 나의 목적이죠. 당신들 사이에서 그녀가 '못된 여자'라고 불린다는 거, 나도 잘 알아요. 사람들은 흔히 자신이 이해할 수 없는 사람을 나쁘다고 생각하거든요. 그녀가 정말 나쁜 건, 자신이 떠난 후에도 미워할 수 없도록 만든다는 거예요. '너는 그를 버려도, 사랑은 그를 버린 것이 아니라는 것을 상기시켜라.' 이것이 바로 나의 세 번째 충고였어요. 내 충고에 대해 그녀는 이렇게 말했죠.

"그렇다면, 저를 도와주세요."

이제 알겠죠? 그게 바로 오늘 내가 당신을 만난 이유예요. 그녀는 지금 어디 있느냐고요? 미안하지만, 그건 나도 몰라요. 얼마 후 또 다른 남자가 나를 만나고 싶어 하면, 그때 알게 되겠죠. 그 여자가 그동안 어디서 무얼 했는지.

날아가도

날아가도 하늘 끝까지는 아닐 거라 믿고
오래 붙잡고 있었다
달아나도 그대 마음 벗어나진 않을 거라 믿고
오래 붙잡혀 있었다

목숨보다 무겁지 않은 인연이어서
사랑만큼 흐리지 않은 얼굴이어서
초조한 심장에 안도의 숨결을 불어넣으며
몇 번이나 회생시켰던 긴긴 이야기

이제 그 마음 어디에도 없으니
하늘은 가장자리부터 천천히 부서진다
아무 데도 닿지 못한 날개를 접으니
이대로 저물어도 굳이 서럽진 않다

내 서랍 속에는 돌고래가 살고 있다

그날 새벽, 기차 소리에 잠이 깼어. 기차? 우리 동네에 기찻길 같은 건 없는데, 라는 생각이 잠시 후에 들었지만 그건 틀림없이 기차 소리였어. 칙칙폭폭, 칙칙폭폭, 하면서 기차는 어디론가 달려가고 있었어. 어쩌면 달려오고 있는 중이었을지도 몰라. 몸을 일으키자 방 한구석에서 작고 희미한 불빛 하나가 반짝이는 것이 보였어. 부주의하게 열린 문의 틈, 또는 갈라진 벽의 틈 사이를 비집고 들어오는 빛이었어.

잠시 후 나는, 그 빛이 아주 조금 열린 서랍으로부터 새어 나오고 있다는 것을 알아차렸어. 서랍을 향해 쉽게 손을 뻗지 못하고 나는 약간 망설였어. 그것을 열어버리면, 어떤 비밀이 깨어질 것 같았거든. 어떤 비밀이냐고? 그야 난 모르지. 비밀이란 그런 거잖아. 하지만 서랍 속에서 새어 나오는 빛, 그리고 그 안으로부터 흘러나오는 기차 소리가 나를 더 이상 견딜 수 없게 만들었어.

언젠가 한 번쯤 본 듯한 풍경이, 서랍 속에 들어 있었어. 오래된 두 그루의 벚나무가 서 있고, 푸른 지붕의 간이역이 있는, 두 개의 기찻길이 달려오다 만나고 다시 갈라지는, 그래, 너도 잘 알고 있는 바로 그 풍경 말이야. 그리고 작은 기차 하나가 칙칙폭폭, 소리를 내며 레일 하나하나를 밟고 달려오고 있었어. 달려온다기보다는 걸어온다는 게 정확한 표현일 거야. 그렇게 걸어오던 기차는, 간이역에 이르러 멈춰 섰어. 기차 안은 온통 바다로 채워져 있었어. 창문 너머로 푸른 물결이 휘청대고 있었고, 오렌지와 초록 빛깔의 작은 물고기들이 객차와 객차 사이를 오가고 있었어. 몇몇 물고기는 창문 너머의 나를 발견하고 자신의 모습을 뽐내듯 그 자리에서 빙그르르 돌아 보이기도 했어. 그 물고기들 사이에서, 나는 그를 발견한 거야. 기품이 넘치는 한 마리의 푸른 돌고래를.

어디로 가는 거야? 나는 물었어. 돌고래는 고개를 갸웃거리더니 이상하다는 듯 나를 가만히 바라보았어. 어디겠어, 당연히 바다로 가는 거지. 그의 까만 눈동자가 그렇게 대답했어. 바다? 하지만 그 기차 안에 있는 건 바다가 아니야? 나는 다시 물었어. 아, 그래, 물론 여기도 바다야. 하지만 너 역시 늘 길에 있으면서 또 다른 길을 향해 가지 않니? 돌고래의 질문에, 나는 대답을 할 수 없었어. 그런 건가? 내 말에, 그런 거야, 그가 말했어. 좀 더 말해줘, 너는 어떤 바다로 가고 싶은 거야? 그곳에는 무엇이 있어? 돌고래는 잠깐 생각하더니, 눈동자를 빛내며 이렇게 대답했어. 그곳에는 낮이 있고 밤이 있고 햇빛과 바람과 비가 있어. 그리고 무엇보다…….

나는 돌고래의 다음 이야기를 듣지 못했어. 긴 기적 소리와 함께 기차가 떠나버렸거든. 돌고래를 향해 손을 흔들며 나는 기차가 사라질 때까지 그 자리에 그대로 서 있었어. 그는 내게 무슨 이야기를 하려 했을까, 궁금해하면서. 그것은 어느 새벽, 내 방, 서랍 속에서 일어난 이야기야.

그런데 그거 알아? 내 방에는 서랍 달린 가구가 하나도 없다는 것.

노래를 배우다

언제부턴가 내 창가에
보이지 않는 새 한 마리
봄빛 내리는 날, 봄비 오시는 날
물오른 나무 근처에서 노래하기에
나는 물었지요
너는 어디에서 왔느냐고

새벽노을과 함께 와서
저녁노을과 함께 가는
볼 수 없는 새 한 마리
하루 종일 포롱포롱 노래하기에
나는 물었지요
너는 무엇 때문에 울고 있느냐고

봄 때문은 아니라고 새는 말했지요
멀고 먼 어느 생에서 만난
단 한 사람의 이름을 잊지 않으려 노래한다 했지요
그 사람 너무 외로워서

온 세상 사람들이 그 이름 잊어서
날마다 혼자 그를 부르고 있다 그랬지요

나는 새에게 그 노래를 가르쳐달라 그랬지요
우리는 온 봄 내내 그 노래를 불렀지요
당신이 내 이름 기억하는 동안
나는 당신 믿어도 되겠다 싶어졌지요
내가 당신의 이름 잊지 않는 동안
당신은 내 사랑 가져도 좋겠다 싶어졌지요

노래하지 못하는 새

그를 처음 만났던 순간에 대한 기억은 몹시 아름답고 행복한 것이지만, 그것은 또한 무척 오랜 세월 동안 나의 마음을 아프게 하였습니다. 우연히 그의 소식을 듣기라도 하는 날에는, 파랗게 멍이 든 상처를 깃털 안에 깊이깊이 숨기고 아무렇지도 않은 척 하늘을 올려다보곤 했습니다. 그런 날 밤이면 나는 깊고 긴 꿈을 꾸었고, 꿈에서 깨어날 때마다 몹시 절망하였습니다. 다시는 이 새장에서 빠져나갈 수 없다는 사실이 새삼스럽게 나를 불행하게 만들었으니까요.

나는 새장 속에 갇혀 있었습니다. 새장은 초여름 푸른 잎들이 무성한 숲 속에 걸려 있었습니다. 그 숲에 이르기 전까지 나는 이 세상 모든 숲을 구경하였지만, 그렇게 아름다운 숲은 본 적이 없었습니다. 레몬 향기를 머금은 미풍은 나의 날개를 부드럽게 어루만졌고, 흙에서는 달콤한 꿀의 맛이 났습니다. 백 살쯤 되어 보이는 나무들은 현명하고 인자한 미소를 지으며 나를 맞이했고, 나뭇잎 사이로 쏟아지는 햇살은 천국의 것이었습니다. 그리고 그 숲에서 나는 그를 만났습니다.

그의 수줍고 겸손하고 사랑스러운 미소를 기억합니다. 그는 금빛 은빛으로 칠한 아름다운 새장 하나를, 그 숲에서 가장 위풍당당한 나무의 가지에 막 걸려던 참이었습니다. 그가 입술을 열자 하프의 선율처럼 애틋하고 첼로의 선율처럼 쓸쓸한 노래가 흘러나왔습니다. 노랫소리에 이끌려 나는 점점 그에게로 다가갔습니다. 금빛과 은빛으로 반짝이는 궁전 같은 새장 속으로 한 발을 들여놓자, 그는 조심스럽게 나의 깃털을 쓰다듬었습니다. 그러자 내 심장으로부터 힘차게 솟구쳐 올라왔던 그 멜로디. 그의 노래를 받아 나는 노래를 불렀습니다. 나는 노래하고 노래하고 또 노래했습니다. 그가 나를 떠나던 그날까지.

초록과 오렌지가 뒤섞인 나의 깃털이 마음에 들지 않았던 걸까요? 아침부터 밤까지 초로로롱 초로로롱 부르던 나의 노래가 거슬렸던 걸까요? 그가 주는 먹이를 받아먹으며 기쁨으로 파닥이던 나의 날갯짓에 그만 싫증이 났던 걸까요? 그가 떠난 이유가 무엇인지 몰라서, 나는 울고 또 울었습니다. 나의 목소리는 갈라지고 나의 깃털은 온기를 잃고 나의 날개는 눈물로 흠뻑 젖었습니다.

그리고 어느 날, 나는 목소리를 잃었습니다. 그와 동시에 내가 알고 있던 모든 노래를 잊었습니다. 그의 눈동자, 그의 손가락, 그의 사랑스러운 미소도 기억나지 않습니다. 나는 새장에 갇혀, 이제 녹이 슬어버린 창살 너머로 불어가는 미풍과 반짝이는 햇살을 무심하게 바라보며, 어서 이 삶이 끝나기를 바라고 또 바랐습니다. 온 세상의 모든 것이, 그는 돌아오지 않을 거라고 내 귀에 속삭였습니다. 온 세상의 모든 것이, 너는 영원히 새장 속에 갇힌, 노래하지 못하는 새일 뿐이라고 비웃었습니다.

아주 어두운 밤이었습니다. 나는 몹시 목이 말라 눈을 떴지만, 며칠이나 비가 오지 않았고, 새장 바닥에 고여 있는 밤이슬로 갈증을 채우기는 턱없이 부족했습니다. 나는 나의 작은 부리로 오래전부터 텅 비어 있던 물통을 하릴없이 툭툭 쪼았습니다. 물통이 조금씩 흔들리더니 툭, 하고 떨어져나갔습니다. 그것은 새장의 작은 문에 부딪쳤고, 그러자 문이 활짝 열렸습니다. 그때 비로소 나는 알았습니다. 새장의 문은 처음부터 잠겨 있지 않았다는 걸 말입니다.

나는 조심스럽게 날개를 파닥여보았습니다. 날개를 움직일 때마다 몹시 아팠지만, 그를 잃은 나의 마음보다 아프진 않았습니다. 캄캄한 밤을 날아, 나는 한 줄기 샘물이 흐르는 바위틈에 이르렀습니다. 얼음처럼 찬 물을 한 모금 마시자, 목 언저리가 얼얼해졌습니다. 아, 아, 아. 나는 조금씩 소리를 내보았습니다. 아아 아아 아아. 나는 조금씩 멜로디 비슷한 것을 불러보았습니다. 아아아 아아아 아아아. 지나가던 바람이 나를 돌아보며 살짝 미소를 지었습니다. 나뭇잎들이 팔락팔락, 나의 노랫소리에 맞춰 춤을 추었습니다. 새벽의 푸른빛이 서서히 숲을 채우기 시작했습니다.

무척 맑고 푸른 날이었습니다. 나는 하루 종일 숲 속을 날아다니며, 내가 아는 모든 노래를 불렀습니다. 그날이 내 삶의 마지막 날인 것처럼, 부르고 부르고 또 불렀습니다. 마침내 밤이 되었을 때, 나는 나의 새장으로 돌아와 얌전히 날개를 접고 잠이 들었습니다. 꿈속에서 그는 나를 향해 사랑스러운 미소를 짓고 있었습니다. 그는 나를 떠났지만, 나는 그를 떠나지 않았으니, 나는 불행하고 또 행복했습니다. 문은 언제나 열려 있었지만, 나의 간절한 갈증을 풀어줄 물 한 모금은 세상 어디에나 있지만, 그는 내 곁에 없으니, 나는 행복하고 또 불행했습니다. 나는 날개에 머리를 묻고, 내 몸속을 맴돌고 있는 노래에 귀를 기울였습니다. 그것은 다시 뛰기 시작한 나의 심장이 부르는, 기다림에 대한 아름답고 긴 노래였습니다.

누구겠어요?

𝄢 나는 다 말했잖아요. 당신의 눈을 바라보며 한 건 아니지만. 말
로 한 건 아니지만. 그렇지만 수많은 날들 동안 수없이 많은 꽃
을 보냈잖아요. 당신은 그 꽃들을 전철 안에서도 받고, 거리에서도 받
고, 문 앞에서도 받고, 혼자 떠난 여행지의 추운 바닷가에서도 받았잖
아요. 사람들이 한 아름의 꽃다발을 들고 어색해하는 당신에게 질투
어린 미소를 보냈다고 그랬잖아요. 도대체 누가 꽃을 보냈을까, 당신
은 어리둥절하다고 했지만, 내가 아니면 누구겠어요?

나는 다 말했잖아요. 그 많은 밤들 동안 노래를 불러주었잖아요. 말로
하기 쑥스러워 노래로 대신했을 뿐이잖아요. 당신의 귀에 대고 부르
는 건 부끄러우니 다른 방법을 택했을 뿐이잖아요. 당신이 잠에서 깨
어나면 새들이 노래했잖아요. 당신이 길을 걸을 때면 바람이 노래했
잖아요. 늦은 밤 홀로 집으로 돌아가는 그 골목길, 당신의 발길에 차이
는 낙엽들이 아스팔트에 마른 몸 부대끼면서 애틋하게 애절하게 노래
불렀잖아요. 당신은 머릿속에 하나의 노래가 살고 있는 것 같다면서
당황했지만, 노래를 심은 사람이 내가 아니면 누구겠어요?

나는 다 말했잖아요. 나의 마음에 당신이 살고 있었고 살아 있고 영원
히 살 거라고 고백했잖아요. 당신의 손을 잡고 꼭 그렇게 말한 건 아니
지만, 세상은 아름답다고 그랬잖아요. 달이 환하다고 그랬잖아요. 바

다가 깊다고 그랬잖아요. 꿈속에서 종종 당신을 만난다고 그랬잖아요. 꿈에서 깨어나면 아프다고 그랬잖아요. 눈물이 많아졌다고 그랬잖아요. 어지럽다고 그랬잖아요. 세상을 아름답게 하고 달의 환함과 바다의 깊이를 알게 하는 이, 당신이 아니면 누구겠어요? 꿈을 꾸게 하고 울게 하는 이, 당신이 아니면 누구겠어요? 나를 어지럽게 만드는 이, 당신이 아니면 누구겠어요?

알잖아요, 나에게는 못다 한 말이 없어요. 당신에게 전해지지 않았을 뿐. 당신이 듣지 않았을 뿐. 당신이 눈치채지 못했을 뿐. 그래도 괜찮아요. 난 그냥 당신이 환하게 웃는 얼굴 앞에서 환하게 행복해요. 그 한순간을 위해 길고 힘든 시간을 통과해요. 그러니까 당신은 그 자리에 그대로 있어주세요. 내가 보내는 꽃의 향기를 맡고, 내가 전하는 노래의 리듬에 맞춰 춤을 추면서, 아름다운 세상을 사랑해주세요.

우리 그렇게 긴 세월 동안 함께 걸어왔잖아요. 가장 초라하고 쓸쓸한 날에도 온기를 나누며 버텼잖아요. 그래요, 이제 아시겠어요? 당신의 곁에서 당신의 긴 밤을 지키는 사람, 내가 아니면 누구겠어요? 반짝반짝 빛을 내며 이 길을 이끄는 이, 당신이 아니면 누구겠어요?

너를 만난 이후로
나의 인생은 세 가지로 축약되었다
너를 향해 달려가거나
너를 스쳐 지나가기 위해 달려가거나
너로부터 도망가기 위해 달려간다

다섯 송이의 장미

늘 그 꽃집을 스쳐 지나오긴 했지. 한 번도 꽃을 사야겠다는 생각은 하지 않았지만. 그러나 인생에서는 전혀 예상치 못했던 일이 종종 벌어지곤 해. 감히 생각하지 못했던 일들, 꿈에서도 원하지 않았던 일들을 어느 순간 욕망하게 되는 거지. 어째서 그런 일이 생기는 건지는 모르겠지만. 그래도 그것이 고작 꽃을 사고 싶다는 욕망이라니, 참으로 다행이지 뭐야.

난 지갑을 들고 슬리퍼를 끌고 꽃집으로 갔어. 사고 싶었던 건 하얀 장미 두 송이, 노란 장미 한 송이, 오렌지색 장미 한 송이, 빨간 장미 한 송이였어. 하지만 꽃집에 있는 건 빨강과 분홍과 오렌지색 장미였지. 자, 마음을 고쳐먹어야 할 때가 된 거야. 결국 세 송이의 빨간 장미와 두 송이의 오렌지색 장미를 골랐어. 선택의 여지가 없었지. 어쩌면 난 꽃시장으로 가야 했던 건지도 몰라. 까만 장미랑 하늘색 장미랑 연두색 장미도 사고 싶었거든. 어쩌면 꽃 피우지 않는 나무가 필요했던 건지도 몰라. 어쩌면 열매 맺지 않는 풀이 필요했을까. 모르겠어. 난 그냥 살아 있는 뭔가가 필요했던 것뿐이야. 같은 공간에서 숨 쉬어줄 뭔가가. 그러면 조금 덜 외로울 줄 알았지. 슬프게도.

닥터 티의 이상한 모험

금세기 최고의 모험 소설이라 일컬어지는 『닥터 티의 이상한 모험』 시리즈로, 수많은 독자들의 지극한 애정을 받아온 작가 미스터 케이. 그의 집은 의외로 이 도시에서 가장 찾기 쉬운 곳에 위치해 있었다.

"내가 이곳에 산다고 하면, 사람들은 믿지 않습니다. 나에게는 좀 더 위험하고 모험적인 곳이 어울린다고 생각하는 것입니다. 아시겠습니까? 사람들은 자신이 믿고 싶은 것만 보는 법입니다. 그들에게 필요한 것은 상식에서 딱 일 퍼센트 벗어난 것입니다. 그 이상은 수용할 수 없을 테니까요."

그는 그렇게 말했다.

이 유명한 소설을 모르는 사람은 없을 것이라 생각하지만, 형식적인 소개를 잠깐 하자면, 『닥터 티의 이상한 모험』은 총 열두 권으로 이루어진 시리즈물이다. 시리즈의 첫 책인 『닥터 티의 이상한 모험 – 커피를 마시다』가 십이 년 전에 출간되었으니, 매년 한 권씩 꼬박꼬박 나온 셈이다. 홍차를 즐겨 마시는 닥터 티가 어느 날 커피를 마시면서 그의 모험이 시작된다. 일상의 사소한 변화는 주인공을 이상한 세계로 데려가고, 그는 그 속에서 보물을 찾고, 아름다운 여인들을 만나고, 공룡과 싸우고, 지구나 달, 심지어 태양을 구하기도 한다. 소설은 다시 일상으로 돌아온 닥터 티가 '이제부터 사소한 습관은 바꾸지 말고 살아야지' 하고 결심하는 것으로 끝난다. 그러나 다음 시리즈를 위해, 닥터 티는 다시 한 번 사소한 도전을 하게 되고 그것은 예상하지 못한 모험으로 이어진다.

내가 미스터 케이를 찾아간 것은 당시 시리즈물을 모두 끝낸 그가 자전적 소설을 준비하고 있다는 이야기를 들었기 때문이다.

"이제 슬슬 내 이야기를 써야 할 때가 되었다는 생각이 듭니다."

그가 서두를 떼었다. 오로지 새 소설에 대해서만 이야기한다, 닥터 티 시리즈에 대해서는 입도 뻥긋하지 않는다, 라는 것이 그가 내건 인터뷰 조건이었다. 그럼 선생님께서 겪으신 삶의 모험들에 관한 이야기입니까, 내 질문에 그는 지그시 나를 바라보다가 대답했다.

"모험이라고요?" 마치 세상에 태어나 그런 단어는 처음 들어본다는 듯, 그는 묘하고 공허한 표정을 지었다. "모험은 그런 것입니다." 그러나 그는 곧 침착하고 냉정한 얼굴로 돌아와 차분하게 말을 잇기 시작했다.

"말했듯이, 일 퍼센트에서 시작됩니다. 초보자에게는 그것조차 수용하기가 쉽지 않습니다. 하지만 한번 수용하면, 그다음에는 백 퍼센트든 천 퍼센트든, 아무 문제도 되지 않습니다. 사람들은 지금도 닥터 티가 애초에 왜 홍차 대신 커피를 마셨느냐에 대해 왈가왈부하지만, 그가 공룡과 싸워 이긴 것에 대해서는 이의를 제기하지 않습니다. 제 말, 이해하십니까?"

"방금 하신 이야기는 닥터 티에 관한 것이군요."

내 말에 그는 빙긋 웃었다.

"닥터 티에 관한 이야기를 한 것이 아니라, 그것을 쓴 자신에 관한 이야기를 했을 뿐입니다."

정각 한 시에 시작된 인터뷰는 두 시간 삼십 분 동안 진행되었다.

"오후 네 시에는 차를 마셔야 합니다."

세 시 삼십 분에, 그는 그렇게 말했다. 그래요, 나는 순순히 고개를 끄덕이고 녹음기와 노트를 가방에 집어넣었다. 마지막으로 하나만 더, 하고 내가 말했다. 어떤 모험이었나요, 선생님 인생에서 가장 큰 모험은? 그는 잠깐 쓸쓸한 미소를 지었다.

"아직도 모르겠습니까? 나는 이 집에서 한 발자국도 밖으로 나가본 적이 없습니다. 나의 인생 밖으로도 마찬가지이고. 인생은 모험이 아닙니다. 다만 모험을 그리워할 뿐."

나중에 안 사실이지만, 『인생은 모험이 아니다』는 그의 자전 소설의 제목이었다. 그러나 그 책은 초판도 다 팔지 못하고 곧 절판되었다. 그로부터 몇 달 후, 그에게서 한 장의 엽서가 날아왔다. 거기에는 '오후 네 시, 커피를 마시다 ─ 튀니지에서'라고만 쓰여 있었다. 그리고 어제, 나는 신문을 통해 그의 실종 소식을 들었다.

오늘 밤, 나는 이 도시에서 가장 찾기 쉬운 곳, 그래서 결코 잊어버릴 수 없는 곳에 위치해 있는 그의 집 앞에 서 있다. 온통 환하게 불이 밝혀진 그 집 안을, 그의 그림자가 오가고 있다. 역시. 나는 생각한다. 당신은 일 퍼센트도 수용하지 못하는 사람이었어. 누구보다 모험을 그리워하고 평생 그것만을 위해 살았으니까. 나는 실망한다. 그리고 안도한다. 내가 내일 이 도시를 떠나 튀니지로 간다는 사실을 그에게 알리지 않겠다고, 결심한다.

달랐다

𝄢 사랑이 언제 시작되었느냐는 질문에 대해, 여자는 약간 망설이
다가 첫 키스를 떠올렸다. 허공에서 한참을 서성이다가 조심스
럽게 그녀의 어깨에 내려앉은 그의 커다란 손, 손에서 전해지던 온기,
크고 깊은 그러나 불안해 보이는 그의 눈빛을 떠올렸다. 그녀는 눈을
감기 직전에 입술의 모든 수분이 지금 막 모조리 증발해버렸다는 느
낌을 받았고, 그래서 급히 혀끝으로 입술을 적셨다. 남자의 시선이 그
곳에 머물렀고 여자는 문득 고개를 돌리고 싶어졌지만 자신이 간절히
원했던 일이라는 것을 가까스로 상기했다. 시간이 정지한다거나 하늘
에서 흰 눈이 펑펑 쏟아지는 기적은 일어나지 않았지만, 그 키스에서
는 청명한 귤 맛이 났다. 남자의 마음이 마침내 자신의 손끝에 닿은 거
라고, 그녀는 생각했다. 마침내 세상의 모든 것이 제대로 돌아가기 시
작했다고, 그녀는 생각했다.

사랑이 언제 시작되었느냐는 질문에 대해, 남자는 당연하다는 듯 아
무런 망설임 없이 대답했다. 그야, 처음 만났을 때죠.

그는 어떤 사람이었느냐는 질문에 대해서도, 여자는 조금 망설였다.
할 말이 아주 많았기 때문이다. 그녀는 입술을 축이고 천천히 이야기
를 시작했다. 그 사람은 흔한 사랑의 방식에 익숙하지 않은 사람이었
어요. 그는 서툴렀어요. 감정을 인정하는 데도, 감정을 표현하는 데도,

감정을 키우는 일에도. 그는 그런 것보다 다른 것에 재능이 많았어요. 본능을 부정하고, 마음을 계산하고, 관계를 정리하는 그런 것. 그는 나에게 종종 다른 모습을 요구했지만 그것이 나의 궁극적인 존재를 부정하는 거라고는 생각하지 못했어요. 그는 내가 지쳐간다는 사실을 전혀 눈치채지 못했어요. 그는 사랑받는 것에 익숙한 사람이었어요. 그에게는 사랑받는 것이 곧 사랑하는 것이었어요. 그는 늘 나를 다 안다고 얘기했어요. 그러면서 나는 자신을 이해하지 못한다고 그랬죠. 하지만 이 세상에서 나보다 더 그 사람을 잘 아는 사람은 없을 거예요. 아니, 없었을 거예요. 말을 마치고, 여자는 짧은 한숨을 쉬었다.

그녀는 어떤 사람이었느냐는 질문에 대해, 남자도 망설였다. 그는 고개를 갸웃거리다가 이렇게 대답했다. 글쎄요, 안다고 생각했는데, 전혀 모르겠습니다. 그러고 남자는 긴 한숨을 쉬었다.

사랑이 언제 끝났느냐는 질문에 대해, 남자는 쓸쓸하게 웃으며 말했다. 아직 끝나지 않았습니다. 같은 질문에 대해, 여자는 살짝 미소를 지으며 말했다. 글쎄요, 이미 잊었어요.

해야 할 일도 지켜야 할 약속도 없어 이른 귀가를 한 날, 서둘러 찾아든 겨울 저녁, 혼자 밥을 지어 먹고 남자는 오랜만에 그 기억을 호출해본다. 자신의 눈 속에 비치던 그녀의 눈빛을, 자신의 손바닥 안에 남은 그녀의 온기를, 자신의 어깨에 가만히 기대오던 그녀의 설렘을, 자신의 보조에 맞춰 종종걸음으로 따라오던 그녀의 미래를, 두 사람이 함께 걸어갔던 길을, 함께 나누었던 밤을, 함께 들었던 노래를, 그리고 함께할 수 없었던 많은 것들을. 기억의 폭포가 쏟아져 내리고, 남자는 멍한 눈으로 오래 허공을 응시한다.

혼자 먹을 밥을 짓기 싫어서 편의점에 들러 우유와 몇 알의 귤을 사 들고 들어온 날, 여자는 문득 그때 그가 했던 그 말을 떠올려본다. 그러나 그것이 그녀의 일상을 멈추게 하지는 못한다. 남자를 떠올리는 건 그와 헤어진 그녀에게 새로 생긴 습관이었고, 그녀는 이미 그 습관에 익숙해졌기 때문이다.

오늘은 조금 울어도 괜찮겠다고 남자는 생각한다. 여느 때처럼 그냥 웃어버리자고 여자는 생각한다. 남자에겐 사랑이 쉬웠고 이별이 어려웠다. 여자에겐 사랑이 어려웠고 이별이 쉬웠다. 어쩌면 그 반대인지도 모른다. 어찌 되었거나, 우리는 그렇게 달랐다. 함께 사랑을 했다고 믿었지만, 시작은 달랐고 마지막도 그렇게나 달랐다.

달리다

너를 만난 이후로
나의 인생은 세 가지로 축약되었다
너를 향해 달려가거나
너를 스쳐 지나가기 위해 달려가거나
너로부터 도망가기 위해 달려간다

무엇이 행복이고 무엇이 불행인지 알 수 없다
풍경은 아무것도 보여주지 않는다
갈기갈기 찢어지는 그리움의 색채를 보니
지금은 아마 이별의 초입이겠구나

너와 헤어진 이후로
나의 인생은 두 가지로 요약되리라
멈추거나 혹은
사라지거나

당신이라는 사람

멀기도 하고 가깝기도 했지요
따뜻하기도 하고 차갑기도 했지요
과거를 공유할 수 없고
미래를 나눌 수 없어서
아쉽기도 하고 다행이기도 했지요
나는 홀로 꽃 피우고
홀로 시들어갔지요
세상은 나를 고립시켰고
삶은 내게 결핍을 강요했지요
그렇게 해서
당신이라는 사람
만날 수도 없고 헤어질 수도 없었지요
사랑할 수도 없고
견딜 수도 없었지요

두 번째 사랑의 레시피

그 사랑에서는 혹독한 얼음의 맛이 났다고
그러나 어쩔 수 없는 불꽃의 거센 운명이었다고
너는 말했다

나는 따뜻한 차를 준비했다
너의 얼어붙은 손과 발은 조금도 따뜻해지지 않았다

숨 한 번 쉬지 않고 여기까지 걸어왔다고
아무것도 들을 수 없고 보이는 모든 풍경을 믿을 수 없다고
너는 울었다

나는 달콤한 와인을 따랐다
너의 심장은 미동도 없이 멈춰 있었다

세상의 모든 노래에 사랑을 맹세했던 날들을 살며
시간마다 새겨진 한 사람의 호흡을 호흡하며
너는 미소를 지었다

나는 너의 입 속에 억지로 사탕을 밀어 넣었다
너는 화조차 내지 않았다

너의 사랑이 끝난 그 시간 그 장소 그 웅성거리는 불길 곁에서
어쩔 수 없는 나의 사랑이 시작되었다
쉽지 않다, 내가 너의 두 번째 연인이라 해도
쉽지 않다, 네가 나의 두 번째 운명이라 해도

배가 고파.

내 말에, 로빈은 나를 푸른색 뉴비틀 카브리올레에 태우고 고속도로로 진입했다.

휴게소에서 가락국수를 먹으며 내가 물었다.

못 보던 차네. 복권에 당첨이라도 됐어?

로빈의 반전 없는 인생

그해 여름, '누구도 상상할 수 없었던 기막힌 반전'이라는 카피와 함께 대대적으로 홍보되고, 연일 새로운 흥행 기록을 수립해나가던 영화를 보고 나오는 길이었다. 로빈은 극장 앞에서 나를 기다리고 있었다. 영화는 어땠어? 그가 물었다. 글쎄, 그다지 대단한 반전은 없었는데. 시작한 지 오 분 만에 그가 유령이라는 걸 알아버렸거든. 내 대답에, 그는 그럴 줄 알았다는 듯이 고개를 끄덕이며 기분 좋게 웃었다. 배가 고파. 내 말에, 로빈은 나를 푸른색 뉴비틀 카브리올레에 태우고 고속도로로 진입했다. 휴게소에서 가락국수를 먹으며 내가 물었다. 못 보던 차네. 복권에 당첨이라도 됐어? 하지만 로빈은 단무지를 더 가지러 가기 위해 막 자리를 떠난 후였다. 돌아오는 길에 로빈은, 나에게 반듯하게 두 번 접힌 종이 한 장을 주면서, 혹시 필요하면 써도 괜찮다고 말했다. 집에 와서 펴보니, 그건 지난주에 일등으로 당첨된 복권이었다.

그해 가을, 나는 대한민국에서 가장 훌륭한 시설을 갖추고 있다는 어느 병원의 주차장에서 접촉 사고를 일으켰다. 내가 들이받은 것은 검은색 BMW 미니로버였다. 운전석의 문이 열리고 선글라스를 낀 남자가 걸어 나왔다. 안녕, 로빈이 말했고, 나는 보험회사 전화번호를 검색하던 휴대폰을 닫았다. 뭐야, 못 쓰겠네. 그는 내가 조금 전에 들이받은 검은색 BMW 미니로버의 옆구리를 보고 그렇게 말했다. 미안해, 너무 급해서. 로빈은 내게 자동차 키를 건네주며, 괜찮으면 가져도 좋다고 말했다. 하지만 난 스틱은 몰 수 없는걸. 내 말에, 로빈은 잠시 곤란한 표정을 지었다. 그는 지금 막 의사로부터 앞으로 석 달밖에 못 산다는 선고를 받았기 때문에, 차를 수리하기 위한 시간 같은 건 낼 수가 없다고 하며 빠른 걸음으로 주차장을 빠져나갔다. 검은색 BMW 미니로버는 지금도 그 병원의 주차장에 서 있다.

그해 겨울, 로빈에게서 한 통의 엽서가 날아왔다. 그는 자신의 이야기를 책으로, 영화로, 노래로, 표현 가능한 모든 장르로 만들고 싶어 하는 수많은 사람들을 피하여 파키스탄과 네팔과 말레이시아와 베트남과 그리스의 섬들을 떠돌아다니는 중이라고 했다. 태어나자마자 지하철 선반 위에 버려졌던 로빈, 크리스마스에 고아원을 찾은 어느 재벌의 눈에 들어 열 살 때 그 집 아들로 입양된 로빈, 열다섯 살 때 미국으로 유학을 가서 삼 년 만에 박사학위를 받은 로빈, 그를 입양한 양아버지가 파산 직전 자살한 후 한동안 종적을 감추었던 로빈, 스물네 살에 열 살 연상인 할리우드 여배우와 결혼식을 올린 로빈, 미모와 재력을 갖춘 여배우를 버리고 떠돌이 히피 여자와 사랑에 빠졌던 로빈, 그 여자가 마약 중독으로 세상을 떠난 후 기타 하나 들고 여러 나라를 떠돌았던 로빈, 우연히 영국의 레코드 제작자의 눈에 띄어 만든 앨범이 전세계적인 밀리언셀러가 된 이후 별다른 이유 없이 은퇴를 선언한 로빈, 그리고 그해 여름, 의사로부터 사형 선고를 받은 로빈은, 인도에서 만난 사이비 주술사의 치료를 받은 후 건강을 되찾고 여행을 하고 있는 중이라고 했다.

지난봄, 로빈은 내게 전화를 걸어 이렇게 말했다. 내 이야기를 책에 실어도 좋아. 하지만 진짜 내게 일어났던 일에 대해서는 쓰지 않았으면 좋겠어. 그래, 하고 나는 약속했다. 특별히 하고 싶은 이야기는 없어? 내 질문에, 그는 이렇게 대답했다. 난 평생 동안 반전 없는 인생을 꿈꿔왔어. 삶이 어느 날 갑자기 뒤바뀔지도 모른다고 생각하면, 모든 게 늘 뒤죽박죽이고 잠시도 마음을 놓을 수가 없거든. 너무 피곤해서, 지금은 쉬고 싶은 생각뿐이야.

VAR. IV.

당신이 아니면 한 발자국도 움직일 수 없는 것이 세계였으면 해요.
당신이 아니면 꽃도 새도 별도 사라지는 것이 우주였으면 해요.

마네킹 마리

"알겠지? 내가 돌아올 때까지 이곳에서 얌전히 기다려. 바로 돌아올 테니까."

마리는 고개를 끄덕였다. 남자는 안심했다는 듯 미소를 지으며 마리의 손을 가볍게 쥐었다 놓았다. 남자가 떠나고 마리는 그 자리에서 얌전히 그를 기다렸다. 인형처럼 꼼짝도 하지 않고 그대로 서 있었다. 해가 지고 다시 떴다. 오늘이 지나고 내일이 되었다. 달이 바뀌고 계절이 바뀌었다. 마리는 얇은 재킷을 감싸 쥐며 몸을 떨었다.

"춥지 않니? 이리 들어와서 기다리지그래?"

마리가 서 있는 곳은 어느 백화점 앞이었다. 그리 크지 않은, 유명하지도 않은, 지방에 있는 오래된 백화점이다. 마리에게 말을 건 것은 백화점 매장에서 일하고 있는 여자였다.

"하지만 이곳에서 얌전히 기다리라고 그 사람이 얘기했어요."

마리의 말에, 여자는 곰곰이 생각에 잠겼다.

"그럼 이렇게 하자. 쇼윈도로 들어와. 여기라면 이 앞을 지나다니는 사람들을 다 볼 수 있고, 사람들도 너를 볼 수 있으니까, 그 사람이 왔을 때 놓치는 일은 없을 거야."

"하지만……."

마리는 망설였다.

"쇼윈도로 들어온다면, 따뜻한 겨울 코트도 입혀주고 양가죽으로 만든 롱부츠도 신겨줄게. 이것 봐, 코트에는 폭신한 털도 달려 있어. 인조털이지만 말이야."

마리는 쇼윈도 안으로 들어갔다. 인조털이 달린 푸른색 겨울 코트를 입고, 양가죽으로 만든 롱부츠를 신은 채 하루 종일 거리를 바라보았다. 거리를 지나가던 사람들도 가끔 걸음을 멈추고 마리를 바라보았다. 백화점은 저녁 아홉 시부터 다음 날 아침 열 시까지 셔터를 굳게 내리지만, 쇼윈도의 불빛은 꺼지는 날이 없었다. 그래서 마리는 안심하고 남자를 기다릴 수 있었다.

"그런데 너는 왜 그 사람을 기다리는 거지?"

어느 날, 마리를 쇼윈도로 데려온 여자가 물었다.

"약속을 했거든요."

마리가 말했다.

"어떤 약속?"

"무지개를 가져다주기로."

마리의 말에, 여자는 알 만하다는 듯 고개를 끄덕였다.

"사랑이 시작되는 곳에서 생겨난다는 무지개 말이지?"

"네."

"그 사람은 아마, 이곳에서 그 무지개를 사려고 했을 거야."

여자가 말했다.

"여기엔 무지개를 사러 오는 사람들로 넘쳐나거든."

"그런데 왜 아직도 돌아오지 않는 걸까요?"

마리의 질문에, 여자는 한숨을 쉬었다.

"마리, 남자가 여자에게, 여자가 남자에게 선물을 잔뜩 안겨주는 이유를 알아?"

마리는 고개를 흔들었다.

"그건 말이지, 보이지도 않고 잡히지도 않고 만져지지도 않는 사랑 대신, 뭔가 확실한 것을 주고 또 받고 싶기 때문이야. 하지만 눈에 보이고 잡히고 만져지는 물건들은 언젠가 깨지고, 부서지고, 변하고, 사라지지. 네가 기다리는 그 사람이 아직도 돌아오지 않고 있는 이유와 비슷한 거야."

"왜 돌아오지 않는데요?"

마리는 겁에 질려, 여자에게 물었다.

"아마 그는 깨지지 않고, 부서지지 않고, 변하지 않고, 사라지지 않는 무엇인가를 사러 왔을 거야. 이를테면 사랑이 시작되는 곳에서 생겨난다는 무지개 같은 거. 그리고 그 비슷한 것을 샀을지도 몰라. 그런데 불안해졌겠지. 그 사람은 아마 기다렸을 거야. 그 무지개가 진짜 무지개인지, 그래서 영원히 반짝반짝 빛나는 것인지. 어쩌면 몇 번이나 실패를 했을 거야. 물론 대부분의 사람들은 그런 것에 신경조차 쓰지 않아. 그저 눈앞에서 빛나는 것이면 무엇이든 사랑이라고 생각하고, 계산을 치른 다음 포장을 해서 들고 가지. 하지만 그 사람은 달랐던 거야. 너에게 진짜 사랑을 줘야 한다고 생각한 거지."

"그랬던 거군요."

마리는 점점 초점을 잃어가는 눈으로 여자를 멍하게 바라보았다.

"그래. 하지만 그런 것을 구하기 위해 십 년째 이곳에 머물고 있는 사람들도 있어. 중간에 밖으로 나가는 사람들은 포기한 이들이지. 게다가 운이 좋게 물건을 구했다고 해도, 그것을 받을 사람이 기다려주고 있다는 보장은 없어."

"그렇다면, 저는 기다리겠어요."

마리가 말했다. 그녀의 입술 역시 점점 굳어지고 있었다.

많은 것을 바랍니다

자, 이리로 오세요. 여기 부드러운 모래와 부드러운 물결이 만나는 곳이 당신을 위한 자리예요. 신발은 멀찌감치 벗어두세요. 열 개의 발가락과 발바닥으로 모래와 물의 촉감을 느끼도록 해요. 먼저 다녀간 발자국들은 신경 쓰지 마세요. 그들은 이미 이곳을 떠났으니까요. 여기 남은 흔적들은 새로운 파도가 밀려오면 곧 사라질 거예요. 당신은 그냥 눈앞에 있는 바다와 눈앞에 있는 나에게만 집중해줘요. 어때요, 수억 년 전부터 당신을 위해 존재해온 풍경이 아닌가요. 이제 와 하는 말이지만, 나도 수억 년 동안 당신을 기다렸어요.

많은 것을 바라지 않는다는 말 같은 건, 하지 않겠어요. 그건 진심도 아니고 사랑도 아니니까요. 나는 당신을 곁에 앉히고, 작은 아이들이 노는 모습을 바라보며, 내가 바라는 모든 것을 다 이야기하겠어요. 어쩌면 그건 너무 긴 이야기여서, 우리는 몇 날 며칠의 낮과 밤을 고스란히 보내야 할지도 몰라요. 그래도 당신은 불평하면 안 돼요. 말했잖아요. 나는 수억 년 동안 기다렸다고. 그러니 바라는 것이 얼마나 많겠어요. 그래요, 그러니까 나는,

당신이 태양이었으면 해요. 둥글고 뜨거운 것이 당신의 영혼이었으면 해요. 아주 먼 곳에 있어도 당신의 온기를 느낄 수 있었으면 해요. 아주 흐린 날에도 당신을 찾을 수 있었으면 해요. 당신이 없는 긴 밤을

견디게 하는 것은, 당신이 다시 올 거라는 선명한 확신이었으면 해요. 행여 당신의 영혼을 품게 되면 나는 활짝 타버리겠지만, 어때요, 태양에 영혼이 멀어 온전히 불타오를 수 있다면, 그건 그대로 행복이잖아요. 그래요, 그러니까 나는,

당신이 물이었으면 해요. 투명하고 환한 것이 당신의 마음이었으면 해요. 낮은 곳으로 흘러가는 소망이 당신이었으면 해요. 하늘과 나무와 사람의 그림자를 다정하게 끌어안는 기도가 당신이었으면 해요. 아주 슬픈 날에 당신은 끝없이 안길 수 있는 위로가 되어주었으면 해요. 눈이 부신 날에 당신은 마음껏 기댈 수 있는 굳은 믿음이 되어주었으면 해요. 행여 당신의 마음을 품게 되면 나는 흔들리고 흔들리며 깊은 숲과 공허한 하류를 떠돌겠지만, 어때요, 물에 마음이 멀어 온전히 잠길 수 있다면, 그건 그대로 행복이잖아요. 그래요, 그러니까 나는,

당신이 전부였으면 해요. 당신이 이유이고 의미이고 목적이었으면 해요. 모든 것의 바람이고 모든 것의 시작이었으면 해요. 당신이 아니면 한 발자국도 움직일 수 없는 것이 세계였으면 해요. 당신이 아니면 꽃도 새도 별도 사라지는 것이 우주였으면 해요. 당신의 입을 통해 모든 언어를 통역하고, 당신의 눈을 통해 모든 풍경을 투영하고, 당신의 가치를 통해 모든 존재의 무게를 가늠했으면 해요. 그래요, 나는 당신이 욕망이었으면 해요. 꿈의 욕망이고 사랑의 욕망이고 나의 욕망인 것, 그것이 당신이었으면 해요. 그래요, 그러니까,

당신은 다 이루어야 해요. 모든 것을 원하고 모든 것을 가져야 해요. 그럴 수 없다면, 나는 더 이상 당신을 사랑하지 않겠어요. 나는 이렇게 바라는 것이 많으니, 당신은 다 알고 다 가져야만 하는 거잖아요.

모르는 사람

나로서는 알 수 없는 일이에요. 그렇게 즐겁게 이야기를 나누다가, 당신 이야기만 나오면 내 친구들은 입을 다물어버리는 거 말이에요. 그들은 조금 걱정스럽다는 눈빛으로 어색한 미소를 지으면서 잠깐 나의 눈치를 살피다가, 전혀 맥이 닿지 않는 다른 화제를 급히 꺼내곤 하죠. 대부분의 경우, 나는 순순히 포기하고 아무렇지도 않은 얼굴로 다시 어울리곤 해요.

그렇지만 아주 가끔, 눈물이 날 만큼 서러워질 때가 있어요. 밀어내도 밀어내도 당신의 생각을 그칠 수가 없어서, 나도 모르게 뚝뚝뚝 눈물처럼 떨어지는 마음이 밖으로 나오고 말아요. 그런 날이면 다정한 친구들은 내 어깨를 두드리며, 어디 한번 들어나 보자, 하고 귀를 기울여주기도 하죠.

하지만 막상 당신에 대한 이야기를 하려면, 나는 막막해서 어쩔 줄을 모르게 되어요. 겨우 한마디를 힘겹게 내뱉을 뿐이에요. 너희들도 알잖아, 그 사람. 그러면 친구들은 고개를 흔들어요. 무슨 소리야, 우린 몰라. 모르는 사람이야. 그렇게 매정한 이야기를 건네고는, 더욱더 걱정스러운 얼굴을 하고 내 손을 잡아요.

누구는 당신을 알긴 알지만, 어떤 사람이라고 말해야 할지 모른다고 해요. 누구는 당신을 본 적이 있지만, 당신의 말과 행동을 읽을 수 없었다고 해요. 누구는 나와 당신이 한 번도 만난 적 없었다고 하고, 누구는 당신이 아주아주 오래전에 태어나 아주아주 오래전에 생을 마쳤다고 해요. 누구는 심지어 당신이, 한 번도 존재한 적 없었던 사람이라고, 내 상상 속에서만 살아 있는 사람이라고 해요. 그리고 모두들 입을 모아서 말해요. 모르는 사람이야, 우리는.

나는 설명할 수가 없어요. 우리의 기억이 쌓이면 쌓일수록, 당신이 가깝다고 느끼면 느낄수록, 당신의 손가락 하나, 손톱 하나 묘사할 수가 없어요. 낯설어지는 건 당신만이 아니에요. 가끔은 내가 어떻게 생겼는지, 내 목소리가 어떤 울림을 가지고 있는지, 내 손톱이 세모꼴인지 네모꼴인지도 기억나지 않아요. 당신과 나는 점점 투명해지고, 점점 어두워졌어요. 세상에 가만히 스며들거나 세상으로부터 조용히 벗어나, 차가운 바람이나 무게 없는 구름의 어딘가를 떠돌게 된 것 같아요. 나는 당신을 벗어날 수 없게 된 거예요. 당신이 나를 벗어날 수 없듯이. 모래알처럼 서걱서걱한 침묵이 우리 사이에 쌓여 풀 한 포기 자라지 않는 바위산이 된다고 해도, 언젠가 어디선가 당신이 들려주었던 하나의 짧은 봄, 하나의 여린 싹, 하나의 가볍고 친밀한 속삭임을 밀쳐버릴 수는 없는 거예요.

그래요, 당신은 모르는 사람이에요. 쌓인 눈이 녹고 모든 거품이 사라지고 삶의 찌꺼기가 가라앉으면, 그 속에서 당신의 진실을 볼 수 있다고 생각한 적도 있지만, 아니요, 그렇지 않아요. 그 속에 당신이 없을 거라는 확신만 점점 강해지고 있어요. 하지만 그래서 뭐가 어떻다는 거죠? 모르는 사람을 그리워할 수는 없는 건가요? 몰라서 더더욱 그리우면 안 되는 건가요?

뭔가 반짝이는 것

그녀는 생각했다. 인생이란 신비한 것들로 가득 차 있다고. 눈을 들면 그녀 앞의 세계는 온통 반짝이는 것, 두근거리는 것, 부드러운 것과 친절한 것들로 넘쳐났다. 그런 생각을 시작하게 되면 좀처럼 멈출 수가 없다고, 그녀가 말했다. 그리고 그것이 그녀를 얼마나 두렵게 하는지에 대해서도.

"난 그 모든 것을 보고 듣고 느낄 수 있어. 하지만 내가 그들을 만지려고 손을 내미는 순간, 그들은 모두 먼지가 되어 부서져버릴 거라는 것도 잘 알고 있어."

그녀가 말했다.

"알겠니? 그런 사실을 생각하면서 그들을 가만히 바라보고 있는 사이에, 천천히 시간이 흘러가. 아주아주 외로운 시간이. 그리고 다음 순간 조금만 고개를 돌려 다른 곳을 바라보면, 건조하고 지루하고 아무 일도 일어나지 않는 삶이 이 세계를 가득 메우고 있는 거야."

나는 그녀가 하는 말을 모두 알아듣지는 못했지만, 적어도 한 가지만은 알 것 같았다. 애초에 반짝이는 것, 두근거리는 것, 부드럽고 친절한 것들이 없었다면 그 외의 세계가 건조하고 지루하게 여겨지지는 않을 거라는 것. 어느 쪽도 잘못한 건 없는데, 어쩐 일인지 그것 때문에 희생당하는 사람들은 언제나 우리 곁에 있다.

그녀는 가끔 자신을 텅 빈 시간 속에 던져버리고 방치해두는 것을 즐긴다고 말했다. 특별한 목적이 있어서 그런 게 아니라, 단지 세계로부터 고립되는 것이 그녀의 자의에 의해서라는 것을 확인하고 싶기 때문이라고 했다. 그녀는 점점 더 깊은 고립을 원하게 되었다.

"물론 고독한 일이야."

그녀는 미소를 지으며 그렇게 말했다.

"그리고 어떤 것이 진짜 세계인지, 어떤 것이 진짜 현실인지 점점 잊어버리게 돼. 어쩌면 내가 정말 원하는 건 그런 건지도 몰라."

네가 잊어버리고 싶은 현실은 어떤 것이니? 내 질문에, 그녀는 한참 생각하더니 이렇게 말했다.

"아마도, 지나간 이별과 다가올 이별 같은 거. 그게 현실이 아니라고 생각하면, 내가 받은, 그리고 앞으로 받게 될 상처도 가짜가 될 테니까."

하지만 그녀도 나도 알고 있었다. 그것이 진짜든 가짜든, 우리가 받아온 또 받게 될 상처는 우리의 심장에 뚜렷한 흔적을 남기고 갈 것이라는 걸. 그리고 그 시간이 되었을 때, 우리는 뭔가 반짝이는 것, 두근거리는 것, 부드럽고 친절하고 달콤한 것, 우리의 손으로 잡을 수 있는 것을 필요로 하게 될 것이다.

이를테면 한 조각의 초콜릿 같은 것을.

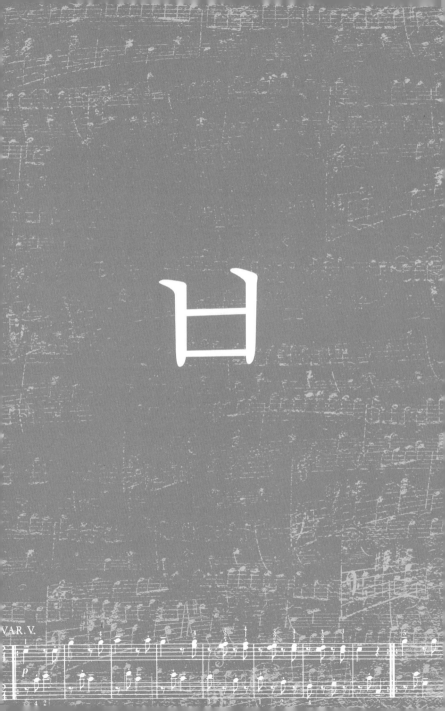

살아 있는 한 사람의 삶에서,
소유란 그러한 형편이다.
기쁨이었던 것이 슬픔이 되고,
가벼웠던 것이 무거워지고,
높이 날던 것이 내려앉고,
영원할 줄 알았던 것이 문득,
끝이 난다.

바꾸다

이쯤에서 바꾸기로 하겠습니다. 무엇을 바꾸느냐고요? 방향이라고 해두지요. 혹은 전략이라고 해도 좋습니다. 만약 이것이 전쟁이라면요. 전쟁이 너무 거창하다면 게임이라고 해도 무방합니다. 그렇다면 방식이라는 말이 적당하겠네요. 사실을 말하자면, 나는 좀 싫증이 났습니다. 게다가 당신도 좀 지루해 보이는군요. 서둘러 이유를 말하자면, 그래요, 이렇게 될 줄 모르고 방부제를 너무 많이 사용했던 것입니다.

나는 언어를 잃었습니다. 더 이상 하고 싶은 이야기가 없어졌어요. 언어를 잃었다는 것은 마음을 잃었다는 말로 대신할 수 있습니다. 그러니까 더 이상 표현하고 싶은 마음이 없어졌다는 것입니다. 얼마나 불행한 일입니까. 더불어 내가 잃은 것은, 우리 사이에서 불던 그 모든 바람, 솟구치던 에너지, 반짝이던 별과 반짝이던 시간들입니다.

아쉬움이 없다면 거짓말이겠지요. 하지만 모든 시간과 상황이 이제 어느 쪽으로도 갈 수 없다는 얼굴을 하고 그 자리에 그대로 서 있으니, 방향을 돌리지 않을 도리가 없습니다. 당신이 알지 모르겠지만, 나는 태생적으로 싫증을 잘 내는 사람입니다. 만약 당신이 알고 있는 내가, 참을성이 많고 잘 견디고 오래 기다릴 줄 아는 사람이었다면, 이런, 당신은 뭔가 착각을 했던 것입니다. 당신의 눈을 믿지 마세요. 당신의 마음이 느낀다고 주장하는 그 어떤 것도, 믿어서는 안 됩니다. 그것이 나와 관계된 것이라면, 더더욱 그래야 합니다.

물론 그 점에 대해 나는 책임감을 느낍니다. 이 편지는 다분히 그런 맥락에서 시작된 것입니다. 나에게는 설명해야 할 의무가 있습니다. 잘될지는 모르겠지만, 그다지 효과가 없다고 해도 실망할 일은 없겠지요. 이미 마음을 잃은 나와, 이미 지루해진 당신은, 우리가 주고받을 수 있는 모든 통증에 대해 완벽한 면역 체계를 갖고 있으니까요.

표면적으로 보기에는 무던하고도 아슬아슬한 시간 속에서 내가 즐거워 보였다면, 그건 내가 시간의 결을 쪼개고 쪼개어 그 마디마디에 무수한 비밀들을 감추어두었기 때문입니다. 가끔 모르는 척 내비치면서 당신의 반응을 떠보기도 했지만, 기실 그건 나 혼자만의 환희였습니다. 처음부터 그 달콤한 고통을 당신과 나눌 생각은 없었습니다. 그것이 바람이 되고 에너지가 되어 나를 조종하리라는 것도 예상한 일이었습니다. 오차가 있었다면 소수점 이하, 언급할 이유도 가치도 없겠지요.

다시 말하지만, 방부제 때문입니다. 생각해보십시오. 영원히 썩지도 않고 죽지도 않는 감정이 어떻게 사람을 휘감겠습니까. 애통한 마음이 들지 않는데, 어떻게 정이니 사랑이니 운운할 수가 있겠습니까. 바람 한 점 공기 한 점 통하지 않는 거대하고 튼튼한 상자 속에 갇혀 있는 형편으로, 무엇을 구하고 무엇을 용서할 수 있겠습니까.

당신을 용서하지 못하는 마음 때문에 즐거이 괴로웠던 긴 밤들이 지겨워지고, 당신을 셀 수 없었던 날들 때문이 즐거이 외로웠던 한낮들이 지겨워진 것입니다. 내가 피워낸 꽃들은 밤낮으로 시들 줄도 모르고, 착해빠지고 순해빠진 얼굴로 제자리를 맴돌고 있는 것입니다. 그 무엇도 극한에 이를 줄 모르고, 하물며 툭 치면 쓰러질 것 같은 벽을 넘보는, 감히 먹은 마음조차 없는 것입니다.

그러므로 이제 와서 새삼스럽게, 바꿉니다. 남은 열심을 끌어모아, 바꿉니다. 혹시라도 어설프게 피어난 꽃이 남아 있다면 부지런히 슬픔에 젖어 떨어지기를 바랍니다. 행여 무정하다 무심하다 탓하지 말고, 답이 없는 곳에서 숨 가쁘게 아름답기를 바랍니다. 이 봄이 다 지나고 나면, 아마도 당신은 나에게 고마운 마음을 갖게 될 터이니, 그러므로 안녕, 나는 이제 행을 바꾸고 연을 바꾸고 장을 바꾸고, 더불어 말갛게 드러낸 나의 얼굴을 바꾸려고 합니다. 어느 쪽이 진의인지, 당신은 결코 알 수 없겠지만요.

바다로 가는 길

그 시절에, 밤을 새우는 것은 흔한 일이었다. 뜨겁고 치열한, 그러나 결론이 나지 않는 논쟁들이 끝나고 새벽이 되었다. 지친 발걸음들이 뿔뿔이 흩어지고 난 후, 누군가 내게 바다를 보러 가자고 했다. 가슴이 쿵, 하고 내려앉았다. 나는 바닷가 도시에서 태어나 바닷가 도시에서 살다가 바닷가 도시를 떠나온, 스무 살의 이방인이었으니까. 내가 떠나온 그리운 바다가 아니라 한 번도 보지 못한 낯선 바다를 보러 가는 일이, 두렵고 무서웠다. 신도림역을 통과하던 쓸쓸한 새벽바람을 기억한다. 누군가의 어깨를 무겁게 짓누르고 있던 커다란 배낭도 기억난다. 그날 본 바다는 기억나지 않는다. 바다 앞에서, 나는 눈을 감아버렸던 건지도 모르겠다.

이제 와 그리운 것은, 언제라도 '바다를 보러 가자'라고 말할 수 있었던 위험한 생의 한가운데, 그 말 한 마디로 당장 떠날 수 있었던 친구들, 두근거리는, 두려워하는, 눈물 어린 시간들이다. 억제하지 않아도 괜찮았던, 덜 익은 욕망들이다.

백 퍼센트의 사랑

이 세계에서는 사랑으로 고민하는 사람이 없다. 사랑의 설렘과 두근거림과 즐거움에 취해 있는 사람들은 어디서나 볼 수 있지만, 사랑의 안타까움과 두려움과 질투로 인한 고통을 아는 이들은 아무도 없다. 이 세계는 처음부터 백 퍼센트의 사랑을 위해 만들어졌다. 사랑에서 불순물들을 모조리 걸러내고, 오로지 사랑의 기쁨만을 추출하여 만들어진 '완벽한 사랑의 백신'으로 인해, 모든 사람들은 평생 동안 영원히 아름다운 사랑 속에서 살아갈 수 있는 것이다.

이 세계에서 자신의 완벽한 연인을 찾지 못하는 사람은 단 한 명도 없다. 모든 사람은 태어날 때부터 자신의 짝을 가지게 된다. 어떤 사람은 어릴 때 연인을 만나기도 하고 또 다른 사람은 좀 더 나이가 들어 연인을 찾게 되기도 하지만, 지금 이 순간 연인이 없다는 이유로 인해 절망하는 사람은 없다. 살아가다 보면 언젠가는 완벽한 연인을 만나게 된다는 것을 모두가 잘 알고 있기 때문이다. 그들은 자신에게 '반드시' 찾아올 완전한 사랑을 꿈꾸며 들뜬 기분으로 하루하루를 즐긴다.

완벽한 연인을 찾지 못하면 어떻게 하나, 그를 만났는데 알아보지 못하면 어쩌나, 하는 걱정도 할 필요가 없다. 백 퍼센트의 연인과 마주하는 순간, 심장은 격렬히 고동치면서 눈앞에 있는 사람이 바로 그 사람이라는 것을 알려준다. 일생 동안 그런 경험은 단 한 번만 할 수 있다.

다른 사람의 연인을 보고 심장이 고동친다거나, 이미 연인을 만났는데 또 다른 사람이 마음을 사로잡는 일 같은 건 결코 일어나지 않는다. 심장의 격렬한 고동은 두 사람이 똑같이 느낀다. 그들은 누가 더 사랑하느냐, 덜 사랑하느냐로 다투지 않는다. 서로에 대한 사랑을 저울에 달 수 있다면, 그 저울은 어느 한쪽으로도 기울어지지 않을 것이다. 그들은 사랑이 시작될 때 흔히 하는 고민들, 이를테면 저 사람은 나를 어떻게 생각할까, 내 마음을 이야기하면 나를 이상하게 여기지 않을까, 좀 더 다가가는 것이 좋을까 아니면 거리를 두는 게 좋을까, 먼저 전화를 걸까 아니면 기다릴까, 마음을 전할 때는 말로 하는 게 좋을까 편지를 쓰는 게 좋을까, 지금 당장 보고 싶은데 달려갈까 말까, 다음에 또 만나고 싶다고 말할까 말까, 손은 언제 잡아야 할까, 첫 키스는 언제 하는 것이 좋을까, 이런 내 감정은 정말 사랑일까, 언젠가 이런 감정이 변해버리는 건 아닐까, 따위의 수천 수백 가지 고민들로 괴로워하지 않는다. 두 사람은 만나자마자 사랑에 빠지고, 그 사랑은 그들이 죽을 때까지 변하지 않으며 영원히 계속되기 때문이다.

이 세계에는 백 퍼센트의 연인을 만나 백 퍼센트의 사랑에 빠진 이들로 가득하다. 사랑의 번뇌에 시달리지 않고 오로지 사랑의 기쁨 안에서 평생을 살아가는 사람들이 행복하지 않을 리 없다. 이들은 행복한 집을 짓고 행복한 음식을 먹고 행복한 꿈을 꾸고 행복한 아이들을 키우며 행복한 이웃들과 함께 행복한 하루하루를 보낸다. 이들은 이미 사랑으로 가득 찬 풍족한 삶을 누리고 있기 때문에 물질이나 명예 같은 하찮은 것에 집착하지 않는다. 그런 것에 조금이라도 관심을 갖고 있는 사람은 아직 연인을 만나지 못한 사람들이다. 하지만 그들에게도 물질과 명예 따위는 그리 중요하지 않다. 미래에 만나게 될 연인을 위해 돈을 벌고 물건을 사 모으기도 하지만, 그보다는 연인을 조금이라도 더 행복하게 해주기 위해 자신을 아름답게 성장시키는 것이 더 중요한 일이다.

그들은 연인에게 맛있는 음식을 만들어주기 위해 요리를 배우고, 연인에게 들려주기 위해 피아노와 바이올린을 배우고, 연인과 오래도록 행복하게 살기 위해 운동을 하며 건강을 유지한다. 이미 연인을 만난 사람들은 그들을 가끔 집으로 초대하여, 연인을 만나기 전과 후의 생활이 어떻게 달라졌는지, 지금 자신들이 얼마나 행복한지에 대해 이야기해준다. 평화롭고 사랑에 넘친 식사가 끝나면, 그들은 다정하게 포옹하며 아직 짝을 찾지 못한 사람에게 하루빨리 연인이 나타나게 해달라고 함께 기도하고 헤어진다. 아직 연인을 만나지 못한 사람은 그들이 나눠준 느긋한 행복에 취해 그날 밤 연인을 만나는 꿈을 꾸기도 한다.

이 세계에는 아무런 사고도 일어나지 않는다. 연인을 빼앗아간 친구와 싸움을 벌이는 사람도 없고, 한꺼번에 두 사람을 사랑하게 되어 거짓말을 밥 먹듯이 하는 사람도 없으며, 자신의 연인이 다른 사람을 사랑하지 않을까 의심하여 질투하는 사람도 없다. 이들은 모든 것을 솔직하게 이야기하고 모든 사람을 완전히 믿는다.

아주 가끔, 이 세계에 이단아들이 나타난다. 어리석게도 그들은 백 퍼센트의 연인과 백 퍼센트의 사랑에 빠져 영원히 행복한 사랑을 하는 것에 대해 회의를 느낀다. 그들은 자신의 연인을 만나기 전에 이 세계를 떠나 다른 세계로 간다. 연인을 만나버리면 이 세계에서 헤어 나올 수 없다는 것을 잘 알고 있기 때문이다.

그들이 도착한 다른 세계에 완전한 사랑 같은 건 없다. 눈이 멀어 백 퍼센트의 연인을 알아볼 수 없으며, 자신의 마음을 솔직하게 고백할 수 있는 언어를 잃어버려 언제나 오해투성이 속에서 살아가는 사람들이 흘러넘칠 뿐이다. 그들은 끝없이 의심하고 질투하며 심지어 사랑이라는 이유를 들먹이며 누군가를 다치게 한다. 그들은 상처받고 외로워하며 눈물로 많은 밤을 지새우지만, 어느 누구도 완전한 사랑을 얻지 못한다.

이 세계를 벗어나 다른 세계로 간 어리석은 사람들은 그렇게 일생을 보낸다. 이 세계 사람들은 누구도 그들의 이야기를 입에 올리지 않지만, 그들에 관한 단 한 가지 이야기가 은밀하게 전해오고 있다. 그건 다른 세계로 간 사람들 중의 한 사람이 생의 마지막에 남긴 말이다.

"후회하지 않아. 불완전한 사랑을 얻기 위해 애쓰던 고통의 날로부터 나는 소중한 것을 얻었으니까. 그건 진짜 삶이었어."

벼랑 끝에서의 키스

어두운 골목길에서, 와이는 그녀에게 키스했다. 와이의 입술은 뜨거웠다. 너무 뜨거워서 그녀는 기분이 나빠질 정도였다. 그녀의 입술이 너무 차가웠기 때문에 그렇게 느낀 건지도 모른다. 그녀는 컵에 담긴 얼음처럼 차갑게, 쇼윈도에 진열된 마네킹처럼 뻣뻣하게, 그 키스가 빨리 끝나기만을 기다리며 가만히 서 있었다. 그녀는 심지어 와이의 목을 끌어안지도 않았다. 그래서 축 늘어진 자신의 두 팔이 몹시 부담스러웠다.

와이와 키스하면서 내가 팔을 쓸 일이 생긴다면, 그건 아마 와이를 밀쳐내는 일일 거야.

그녀는 그런 생각이나 하고 있었다. 그리고 그런 자신이 싫어져서 얼굴을 찌푸렸다. 그녀의 입술에서 막 자신의 입술을 떼어내던 와이는 그런 그녀를 보고 몹시 당황했다. 본의 아니게 와이를 당황시킨 그녀는 억지로 웃으려고 했는데, 그 웃음은 굉장히 어색했다.

어두운 골목길을 돌아 와이가 사라진 후, 그녀는 혼란스러웠다. 와이를 좋아한다고 생각했는데, 와이와의 첫 키스를 기다려왔는데, 어째서 그와의 키스가 좋지 않았을까? 불현듯 그녀는 생에 단 한 번 있었던 특별한 그 키스를 떠올렸다.

그녀는 그를 사랑하지 않았다. 사랑을 하고 말고 할 것도 없이, 두 사람은 데이트 비슷한 것도 해본 적이 없는 사이였다. 그와 그녀는 같은 학교를 다녔지만, 재학 중에도 함께 어울려 다닌 적이 없었다. 학교를 졸업하고도 꽤 긴 시간이 흐른 후, 아주 우연히, 그녀는 그를 만났다. 아니, 만났다는 말보다는 예기치 않은 장소에서 예기치 않게 부딪쳤다고 하는 게 정확하다. 그곳에서 그를 발견한 순간, 그녀는 본능적으로 달아날 곳을 찾았다. 스스로도 납득할 수 없었지만, 그녀는 온몸으로 위험을 감지했다. 그러나 그는 이미 그녀에게 다가오고 있었고, 그녀는 꼼짝도 할 수 없었다.

정신을 차려보니 주위의 모든 사람들이 사라지고, 모든 풍경들도 사라지고, 모든 이성과 판단력과 가치관까지 사라지고 우리 둘만 남아 있었어. 마치 세상으로부터 완벽하게 차단된 진공관 속에 들어 있는 기분이었어.

훗날 그녀는 친구에게 그렇게 말했다.

하지만 그녀는 마지막 남은 이성을 추스르고 집으로 가야겠어, 하고 말했다. 그는 잠깐 그녀의 눈을 응시하다가 커피 한 잔만 마시고 가, 하고 말했다. 그녀가 고개를 젓자 그는 편의점을 가리켰다. 잠시 후 그들은 편의점에서 산 캔커피를 하나씩 들고, 어느 담벼락에 기대어, 잠깐 동안 이야기를 나누었다. 그녀는 그가 하는 이야기의 반도 알아듣지 못했다. 그저 그의 눈을 보고, 그의 입술을 보고, 그의 손을 보았을 뿐이다. 그녀는 점점 벼랑 끝으로 몰려갔다.

정말 가야겠어, 이제.

그녀는 택시를 잡기 위해 무작정 길을 건넜다. 횡단보도에는 빨간 신호등이 켜져 있었고, 차들이 요란하게 클랙슨을 울리며 그녀의 곁을

지나쳤다. 그는 서둘러 그녀의 팔을 잡았고, 그녀가 안전하게 길을 건너도록 도와주었다. 멀리서 빈 택시 한 대가 달려오고 있었고, 그녀가 막 택시를 향해 손을 드는 순간, 그가 그녀의 어깨를 잡고 돌려세웠다. 오래전부터 너를 좋아했어.

그녀에게는 그의 키스를 거절할 수 있는 힘이 남아 있지 않았다. 그가 그녀에게 키스하는 순간, 그들을 둘러싼 공기가 모조리 사라졌다. 그녀의 몸과 영혼은 벼랑 끝에서 마침내 뛰어내렸고, 그녀의 모든 시간과 공간은 그녀와 함께 추락했다.

그 키스로 인해, 그와 그녀의 모든 시간이 뒤틀렸다. 그 키스는 너무 빨랐거나 너무 늦었다. 물론 그와 그녀가 어떻게 할 수 있는 문제는 아니었지만. 택시를 타고 혼자 집으로 돌아오던 그녀의 눈에서, 아득한 눈물이 흘러나왔다. 그녀는 자신이 우는 이유를 도무지 납득할 수 없었다. 그러나 오랜 시간이 흐른 후, 그녀는 깨달았다. 남은 생 동안 그를 다시는 볼 수 없으리라는 것을. 그것은 그와 그녀의 영원한 이별을 약속하는 키스였다는 것을.

이제 그녀는 생각한다.

사랑하지도 않는 사람과 키스하면서, 벼랑에서 떨어지는 것처럼 아득해지는 건 무엇 때문일까. 와이를 사랑하면서, 와이와의 키스가 좋지 않은 건 무엇 때문일까. 키스라는 건 사랑과 별 상관이 없는 것일까.

한때 그녀는 키스를 하게 되면 여러 가지 것들을 알 수 있다고 생각했다. 상대가 얼마나 그녀를 원하고 있는지, 그의 감정이 얼마나 깊은지, 혹은 그녀가 상대에게 어떤 방식으로 매혹당하고 있는지, 무엇이 진실이고 무엇이 한순간을 지배하는 감정인지. 하지만 이제 그녀는 아무엇도 알 수가 없었다. 어쩌면 키스란 모든 것을 뒤죽박죽으로 만들어버리는 것인지도 모르겠다.

거울 앞에 서서, 그녀는 자신의 입술을 바라본다. 와이의 당황한 표정이 떠오른다. 차라리 화를 내거나 우는 게 나았을 텐데. 뒤늦은 후회가 그녀를 찾아온다.

다음에는 틀림없이 괜찮을 거야. 나는 와이를 사랑하잖아. 그도 나를 사랑하고.

그녀는 한숨을 쉬며 스스로에게 말한다. 언젠가 그녀가 아득히 높은 벼랑에서 떨어졌을 때 그녀의 일부분이 죽어버렸다는 것을, 그녀는 아직 모르고 있다. 두 번 다시 그토록 은밀하고 친밀하며 격렬하고 열정적인 키스는 할 수 없을 거라는 걸, 그녀는 영원히 모를 것이다.

그 찰나에, 그의 마음이 넘쳐 그녀에게로 흘러 들어오던 순간, 감은 눈속에 수천의 풍경이 떠올랐다 스러지고, 온몸의 세포가 경련을 일으키고, 심장은 가장 깊은 바다를 유영하던 순간, 그의 우주가 그녀의 우주와 만나 충돌하고 산산조각 나고 다시 생성되어, 새로운 우주에서 아주아주 오래도록 행복할 것 같았던 순간, 그녀는 영원으로 박제되어버렸다는 것을. 그녀는 그를, 그 순간을, 그 우주를 떠나보냈다는 것을. 꼼짝없이, 아무것도 못 하고. 빛의 속도로 닥쳐온 단 한 번의 키스가 끝난 후에.

별리

"별리(別離)와 이별(離別)은 같은 말이야. 순서만 바꾸어놓았을 뿐이지. 하지만 꼭 그렇지는 않아. 한쪽은 나눌 별, 떠날 리이고 한쪽은 떠날 리, 나눌 별이니까. 그러니까 나누고 떠나느냐, 떠난 후에 나누느냐, 그렇게 생각할 수도 있어. 정말로 엄청난 차이잖아."

몇백 권의 책들이 가지런히 꽂혀 있는 서가 앞에 서서, 그녀는 중얼거렸다.

"혹은 애초에 하나였던 어떤 것이 둘로 나누어진 다음에 떠나느냐, 어쩔 수 없이 헤어진 다음에 나누어지느냐, 그 차이인지도 몰라. 그러니까……."

사실은 어느 쪽이어도 상관은 없어, 하는 데 생각이 미쳐, 그녀는 입을 다물었다. 별리 혹은 이별의 순간에는 엄청난 차이겠으나 그 순간이 지나고 나면 거기서 거기인 것을. 누가 따지고 누가 들여다본다고. 그녀는 무거운 손을 들어, 지루하다는 듯 몸을 비틀며 삐져나와 있는 책 몇 권을 가지런히 다듬는다. 책과 그녀의 손가락 사이에 잠깐 마찰과 온기가 생성되었다가 사라진다. 그녀는 무심코 자신의 손을 들여다본다. 한때 그녀는 길고 가느다랗고 하얀 손가락들을 가지고 있었다. 반짝이는 반지를 끼고 보다 크고 단단한 누군가의 손에 꼭 잡혀 있을 수도 있었던, 손이었다. 이제 그 손에는 긴 시간의 흔적들이 새겨져 있다. 하나하나 들여다보면 미소를 지을 수도 있는 흔적들이니, 서운할 것도 억울할 것도 없다.

이것은 별리인가, 이별인가. 그녀는 잠깐 중단한 생각을 계속한다. 어느 쪽이어도 상관은 없지만, 아무래도 별리, 라는 말이 마음에 든다. 그 말은 어쩐지 조금 더 오래된 것들에게 어울린다. 그렇다면 그녀는 무엇과 나누어졌는가.

'사랑이었을지도 몰라. 아니면 사랑이라고 생각했던 무엇.'

그래, 사랑이라고 하자. 그래서 그녀는 오랜 시간 동안 자신이 머물렀던 공간을 둘러보며, 마지막으로 가져갈 것들을 고르고 있는 것이다. 애초에 '과거와 책들의 방'에 먼저 들어오는 게 아니었다고 후회하면서. 그동안 그녀에게 완벽하게 개방되어 있었던 그 방은 어쩐지 그녀의 존재를 어색해하고 있는 것처럼 여겨져서, 그녀는 흠칫 뒷걸음을 친다. 한때 내 손으로 쥘 수 있다고 생각했던, 만지고 냄새를 맡고 글자 하나하나를 마음에 박으며 사랑을 나눌 수 있다고 생각했던 책들이었는데. 그중 몇 권만이라도 가지고 가려 했지만.

'그들에게는 그들의 운명이 있는 거니까. 그래, 누군가 다른 사람이 지켜줄 거야. 그게 아니어도, 이제 버려질 운명이어도, 어쩔 수 없지.'

사랑이 아니었다면, 별리도 이별도 없었을 것이다. 사랑이 아니었다면, 버릴 것과 가져갈 것을 나누는 일도 없었을 것이다. 사랑이 아니었다면, 기억할 것과 잊을 것을 구분하여 이쪽 서랍과 저쪽 서랍에 넣고, 자물쇠로 잠그는 일도 없었을 것이다. 그녀는 그저 눈으로만 조용히, 책에게 인사를 하고, 옆방으로 옮겨간다.

다른 방들에 비해 무겁고 둔중한 문을 가지고 있는 '시간과 기억의 방'으로 들어가기 위해서는, 정교하고 세밀한 여러 개의 열쇠가 필요하다. 그녀는 가방에서 커다란 열쇠 꾸러미를 꺼내 익숙한 손짓으로 몇 개를 골라내어, 하나씩 천천히 열쇠 구멍으로 밀어 넣고, 돌린다. 철커덕, 철커덕, 철커덕. 문은 마지못해 신음 소리를 내며 몸을 틀지만 완전히 열어줄 생각은 없어 보인다. 그녀는 마지막으로 몇 개의 버튼을 누른다. 뇌보다 손가락이 기억하고 있는 숫자들이다.

끼이이이익. 짐승의 비명 같은 소리와 함께 방이라기보다는 창고라고 불러야 할 것 같은 공간이 모습을 드러낸다. 그녀는 단 한 번도 이 방의 모습을 묘사하는 일에 성공한 적이 없었다. 그것은 가히 살아 있는 한 사람의 삶과 같아서, 단 한순간도 멈추지 않고 끊임없이 변화하고 있기 때문이다. 모든 시간이 이곳에서 저곳으로 옮겨 다니고 모든 기억이 서로에게 개입하며 이제 막 만들어진 하나의 모습을 급히 다른 모습으로 전환시킨다. 삶이 계속되는 사람에게 있어 과거란 이미 지나간 일, 즉 종결된 무엇이 아니라 현재와 미래에 적극적으로 영향을 미치는 생명체와 같은 것이다. 그리하여 그 시간과 기억들은 '기쁨'이나 '슬픔' 같은 한 가지 감정으로 분류되지 못하고 광활한 감정의 바다를 표류하며 엎치락뒤치락할 수밖에 없다.

그녀가 이곳에 머무르는 동안 '시간과 기억의 방' 역시 그러했다. 그러나 이제 잠시 후 그녀가 이 방의 문을 잠그고 밖으로 나가면, 적어도 그녀의 기억 속에서만은 하나의 모습으로 고정될 것이다. 그녀는 시간을 기억하고 기억을 기억하기 위해 이 방에서 어떤 것을 가지고 가야 하나, 망설인다. 가능하다면 아름다운 것을, 최소한 유해하진 않은 것을 골라야 한다. 그녀는 유난히 찬란하고 빛나는 시간과 기억 몇 개를 가방에 넣었다가 한숨을 쉬고, 다시 꺼낸다. 그 빛남이 그녀에게 예상하지 못한 통증을 가져다주었기 때문이다. 아니 예상은 했으나 가능하다면 피하고 싶었던 통증, 이라고 해야겠다. 결국 그녀는 아무것도 고르지 못한다.

'사랑이었을 거야. 사랑이었으면 해.'

자신이 떠나려 하는 무엇에 대해 생각하며, 그녀는 중얼거린다. 이별이었다면 별리보다 조금 덜 아팠을까. 달라질 일은 없었겠으나, 그래도 그랬다면 좋았을걸. 그녀는 오랫동안 지녀왔던 열쇠 꾸러미를 '시간과 기억의 방' 앞에 내려놓는다. 몇 개의 방이 더 있으나 그곳에서도 상황은 마찬가지일 것이다. 열쇠 꾸러미가 들어 있었던, 과거와 책과 시간과 기억의 조각 몇 가지를 넣어가기 위해 들고 온 가방은 이제 텅 비었다.

다 잊을 필요는 없지만 다 간직할 필요도 없다. 다 버릴 수도 없고 다 가져갈 수도 없다. 살아 있는 한 사람의 삶에서, 소유란 그러한 형편이다. 기쁨이었던 것이 슬픔이 되고, 가벼웠던 것이 무거워지고, 높이 날던 것이 내려앉고, 영원할 줄 알았던 것이 문득, 끝이 난다. 모든 방들의 밖에서, 그녀는 조심스럽게 '나눌 별'과 '떠날 리'를 나눈다. 그리고 어둡고 좁은 복도에 앉아 가만히 기다린다. 나누어질 시간이 오기를. 혹은 떠날 시간이 오기를. 혹은 그 시간이 영원히 오지 않기를.

보물

옛날옛날 지구 어딘가에 아주 예쁜 나라가 하나 있었습니다. 비록 큰 나라는 아니었지만 푸른 숲과 나무들, 맑고 투명한 공기와 햇살, 바다로 흘러가는 풍요로운 강, 그리고 평화를 사랑하는 사람들로 가득한 멋진 나라였습니다. 이 나라에는 자랑할 만한 보물들이 많았는데, 보물 중에서도 가장 귀한 보물은 바로 이 나라를 다스리는 왕이었습니다. 왕은 무릎까지 닿는 근사한 수염과 한밤중에도 빛을 잃지 않는 왕관, 그리고 친절하고 현명한 성품으로 모든 사람들의 사랑을 듬뿍 받았습니다. 사람들은 모두 자신들의 나라가 몇백 년, 몇천 년, 몇만 년 동안 영화를 누리게 될 것이라고 굳게 믿었습니다.

그러던 어느 날이었습니다. 왕의 충실한 신하 한 사람이 회의석상에서 이런 제안을 내놓았습니다.

"모두들 알다시피, 우리의 왕이야말로 우리나라 최고의 보물입니다. 그가 없다면, 우리는 이렇게 행복한 삶을 살 수 없을 것입니다."

그 자리에 있던 수많은 신하들이 그를 향해 힘찬 박수를 보냈습니다.

"그런데 만약 우리의 왕이 피치 못할 병에 걸리거나 급작스러운 사고를 당해 세상을 일찍 떠나면 어떻게 되겠습니까?"

장내는 온통 비난의 함성으로 가득 찼습니다.

"진정하십시오, 여러분. 나는 다만 그럴 가능성도 있다는 이야기를 하고 싶은 것입니다. 행복은 행복할 때, 건강은 건강할 때 지켜야 한다는 말이 있습니다. 우리는 지금 우리가 갖고 있는 행복을 지키기 위해, 뭔가 조치를 취해야 하지 않을까요?"

신하들은 갑자기 들이닥친 어두운 미래의 모습을 상상하면서, 불안에 사로잡혔습니다.

"우리가 취할 수 있는 조치가 무엇입니까?"

한 신하가 자리에서 일어나, 그에게 물었습니다.

"간단합니다. 왕을 보호할 사람을 정하는 것입니다. 하루 스물네 시간 왕을 지키고, 만에 하나 생길 수 있는 불상사를 예방하는 것입니다. 왕이 먹는 음식을 먼저 먹어서 독이 있는지 없는지를 점검하고, 왕이 가는 곳을 먼저 점검하여 폭탄이 있는지 없는지 찾아내고, 왕이 잠을 잘 때도 목욕을 할 때도 늘 옆에서 지키는 것입니다. 그렇게 하면, 우리는 왕을 대부분의 위험으로부터 안전하게 보호할 수 있을 것입니다."

모든 신하들이 환호성을 올리며 그의 말에 찬성했습니다. 그리고 만장일치로, 그 의견을 낸 신하에게 왕을 보호하는 임무를 맡겼습니다.

사실 왕은 좀 불편하긴 했지만, 신하들의 갸륵한 정성을 차마 물리칠수가 없었던 데다가, 그런 소리를 꺼내봤자 씨도 안 먹힐 분위기여서, 그들의 의견을 수용하기로 했습니다. 며칠이 지났습니다. 회의석상에서 또 다른 신하가, 또 다른 의견을 내놓았습니다.

"왕을 보호하고 있는 신하 역시 우리의 보물입니다. 그 사람에게 무슨 일이 생긴다는 건, 곧 왕에게 무슨 일이 생긴다는 것과 마찬가지입니다. 우리는 그 신하를 보호할 사람을 정해야만 합니다."

그렇게 해서, 왕을 보호하는 신하를 보호할 신하가 뽑히게 되었습니다. 그리고 왕을 보호하는 신하에게는 제1의 보호자, 그를 보호하는 신하에게는 제2의 보호자라는 이름을 붙이기로 했습니다.

그 뒤의 이야기는 당신도 쉽게 짐작하시겠죠. 며칠 후에 열린 회의에서 신하들은 또다시 제2의 보호자를 보호할 제3의 보호자를 정했고, 며칠 후에는 제4의 보호자를, 또 며칠 후에는 제5의 보호자를 정했습니다. 결국 모든 신하들이 누군가의 보호자가 되어버려서, 그 나라의 백성이 누군가의 보호자가 되기 위해 불려왔습니다. 그 백성 역시 또 다른 보호자를 갖게 되었죠. 그리하여 불과 몇 년 만에, 그 나라의 모든 사람이 누군가의 보호자가 되었습니다. 그들은 모두 자신이 보호해야 하는 사람을 보호하기 위해 스물네 시간 동안 제대로 쉬지도 못하면서 일을 해야 했습니다. 그들은 점점 자신의 가족을, 고향을, 나라를, 심지어 왕에 관한 것을 모두 잊어버리고, 마침내는 자신이 누구를, 왜 보호하고 있는지도 잊어버렸습니다. 모두에게 잊힌 왕은 쓸쓸한 죽음을 맞이했고, 나라는 지구에서 사라졌습니다.

봄날이 가지고 가는 것

그날 아침 눈을 떴을 때, 나는 본능적으로, 내가 지금 막 무엇인가를 잃어버렸다는 사실을 깨달았다. 하지만 그게 무엇인지 도무지 생각나지 않았기 때문에, 소지품들을 하나씩 살펴보기로 했다. 휴대폰은 침대 옆 테이블 위에 얌전히 놓여 있었고, 지갑과 카메라도 가방 속에 그대로 들어 있었다. 가방 속에는 그 외에도 전날 밤 누군가에게 받은 명함, 스타벅스의 영수증, 쇼스타코비치의 앨범 같은 것들이 무심하게 담겨 있었다. 없어진 것을 찾기 위해 탐색전을 벌인 지 오분도 채 안 되어, 더 이상 살펴볼 것이 없어졌다.

내 삶이 번잡하다는 생각은 해본 적 없지만, 이제 보니 생각보다 훨씬 단순했다. 할 일이 없어진 나는 다른 날의 아침처럼 밤새 닫아두었던 창문을 열기로 했다. 삼월에 접어든 지도 벌써 보름이 지났지만 지난 며칠 동안 온몸을 움츠리게 하는 바람이 거리를 지배하고 있었다. 봄의 초입에 닥쳐오는 추위는 한겨울의 그것보다 더욱 견디기 어려운 법이다. 모든 기다림은 끝나기 직전이 가장 힘든 것처럼. 이제 그만 봄이 와주면 좋으련만. 나는 혼자 중얼거리며 창으로 다가갔다.

어린 꽃잎 한 장 같은 봄의 기운이 어디선가 나풀거리며 날아와, 겨울의 무거운 외투 속으로 파고드는 순간. 한동안 나는 그 순간을 견딜 수 없었다. 긴 한숨 한 번으로도 사라질 것 같은 봄의 불완전함, 부지중에

흘려버린 눈물 한 방울에도 떠나버릴 것 같은 봄의 냉정함을 감당해야 한다는 것이 내겐 너무 벅차게 느껴졌다. 하지만 견디지 못하고 감당하지 못하는 내 사정 따위는 아랑곳하지 않고, 봄은 왔다가 또 갔다. 그리고 수십 번의 봄이 되풀이되는 동안, 나는 곰곰이 나의 '견딜 수 없음'에 대해 생각했다.

「봄날은 간다」라는 노래가 있다. 물론 영화도 있지만 내 경우에는 노래를 먼저 알았다. 그 처연한 멜로디에 실려 오는 처연한 가사를 듣고 있으면, 그 자태를 잠깐 보여주었다가 금세 옷자락을 감추며 달아나버리는 봄의 모습이 눈앞에 떠오른다.

내가 봄을 견디지 못하는 이유는 봄이 잠시 머물렀다 금세 가버리기 때문일까? 그러나 머물렀다 가버리는 것은 봄뿐만이 아니다. 머무름의 기간이 길 수도 있고 짧을 수도 있지만, 언젠가 사라진다는 것에는 변함이 없다. 나는 세상의 그런 속성을 모를 정도로 철없는 사람이 아니다.

그렇다면 봄날이 가는 것에는 어떤 특별함이 있는 것일까? 모든 것, 그러니까 사랑이라거나 희망이라거나 꿈 같은 것은 고스란히 남겨놓고 봄날만 훌쩍 떠나버리기 때문에? 아니면 그 모든 것을 모두 데리고 가버리기 때문에? 만약 둘 중 하나라면, 어느 쪽이 더 슬플까? 혼자 가버리는 것? 아니면 모두 다 가버리는 것?

사랑을 해도 외롭고 사랑을 하지 않아도 쓸쓸한 봄날, 하지만 세상은 너무나 아름다워 그것만으로 눈물겹게 행복해지는 봄날, 그런 날들이 막 시작되려 하는 어느 날 아침에 나는 무엇인가를 잃어버렸다. 그건 어제까지만 해도 소중하게 붙잡고 있었던 기억이었을까? 아니면 끝내 떨쳐버리고 싶었던 기억이었을까? 다시 돌아온 이 봄날이 또다시 떠나는 그날, 그는 내게서 무엇을 가지고 갈까? 혹은 무엇을 남겨두고 갈까?

봄을 보여줘

겨울이 언제 시작되었는지 더 이상 기억나지 않게 되었을 무렵
이었다. 모든 좋은 이야기들이 하나둘 잊히고 희망이라는 단어
는 영원히 오지 않을 산타클로스의 가방에나 들어 있을 것 같은 날들
이 이어지고 있었다.

하루를 고스란히 밟은 신발들과 함께 지하철을 탔다. 남루한 일상이
화를 내듯 파르르 먼지를 날렸다. 내가 내려야 할 역을 오래전에 지나
쳐온 것 같은 기분이 자꾸만.

안전을 위해 창의 안쪽을 택했으나 그곳도 늘 따뜻하진 않았다. 그곳
에서 보이는 풍경이 밤낮으로 아름다운 것도 아니었다. 하지만 창의
바깥쪽으로 발을 딛기에는 너무 이르거나 너무 늦어 있었다.

그런 식으로 하루 종일 눈이 내렸다. 눈의 결정(結晶)들은 도시의 가
장 더러운 곳들을 습격하기로 단호하게 결정(決定)했다. 걸음을 내디
딜 때마다 나는 뒤엉키고 파헤쳐졌다.

상처 난 손가락을 할짝거리며 구석에 몰린 동물처럼 웅크리고 있을
때 먼 나라에서 하나의 상자가 왔다. 온통 흑백인 이 세계에서 유일하
게 알록달록한 것들이 건네는 이야기를 들으며, 오래된 레코드를 털
어내자 몇 개의 음표들이 후드득 떨어졌다. 피처럼 검붉은 그것을 유
리잔에 담고 손바닥으로 감싸면 온기를 나눌 수도 있을 것 같았다.

아득한 무엇이 아득한 무엇으로, 다시 아득한 무엇이 또 아득한 무엇으로. 뭐가 이리도 아득한 것일까. **대체로, 온통, 마음껏.**

뜨거운 이마에 한 손을 얹고 나는 회복기 환자의 식사를 준비했다. 연두부와 밥을 비벼 명이로 싸고 포도와 바나나를 담고 옥수수차를 끓이는 동안, 아득한 겨울과 아득한 일상, 아득한 눈.

나는 무릎을 꿇고 속삭였다. 괜찮다면 이제 뭔가 달콤한 것을 보여줘. 사라지지 않을 알록달록한 무엇을.

단단히 얼어붙은 날들이 아무래도 쉽게 녹을 것 같진 않았다. 더욱 차가운 곳으로 가면 나는 조금 따뜻해질지도 몰라, 중얼거리며 몇 번이나 같은 꿈을 꾸었다.

빛의 꼬리를 밟으며 그곳까지 가는 일은 그리 쉽지 않았다. 하지만 달아나는 것보다 중심을 향해 걸음을 옮기는 일이 나에게는 어쩐지 익숙했다.

캄캄하고 환한 밤 속에, 작은 오두막의 작은 창가에, 꼬마전구 몇 개가 올망졸망 붙어 빛을 내고 있었다. 그것이 신호였다.

나는 오늘밤 잘 곳이 필요해요.

나의 부탁을 받고, 초록색 고깔모자를 쓴 이들이 나를 안내했다.

이렇게 건조해지다니. 너에게는 많은 물이 필요하겠어.

뜨거운 물이 욕조에 가득 채워지고 오리 장난감이 물 위에 띄워졌다. 잠에서 깨어날 때마다 머리맡에 손을 뻗어 물통에 들어 있는 물을 마시도록 해. 물을 마실 때 눈을 뜨면 안 돼. 그럼 죄다 쏟아지니까. 우리를 믿어. 아침에 일어나면 모든 게 좋아져 있을 거야.

그들이 당부한 대로 나는 몇 번인가 잠에서 깨어 레몬 맛이 나는 물을 마셨다.

꿈속에서 나는 하나의 풍경을 오래오래 응시했다. 빨간 체크무늬 벽지 위에는 오래된 사진이 붙어 있었다. 너무 오래되어 바싹 말라붙은 기억들 위로 온전한 습기가 조금씩 스며들었다.

괜찮다면 이제 뭔가 촉촉한 것을 보여줘. 말라붙지 않을 보드라운 무엇을.

삶에서 가장 좋은 것들은 알지 못하는 사이에 황급히 지나가지. 딸기와 체리를 골라 먹고 눈처럼 하얀 생크림을 걷어 먹고 나면 부스러지는 알갱이들.

마음을 들이고 시간을 들여 덧붙이고 색칠을 해도 언젠가는 맨얼굴이 드러나게 되어 있어.

삶은 언제나 앞질러 가고 우리는 미망인으로 남겨지는 거야.

가질 수 없는 것을 가지려 하고 볼 수 없는 것을 보려 하고 갈 수 없는 곳을 가면 좋을 것 같지. 나는 눈앞에 있는 너를 보지 않고 너는 눈앞에 있는 나를 보지 않아.

그리고 지상에서 가장 슬픈 변명, 외로워서 그랬다는 이야기. 외로워서 춤을 추고, 외로워서 노래를 부르고, 외로워서 마시는 거야. 무엇이 들어 있는지도 모를 한 잔의 사랑을.

혹은 이렇게 말할 수도 있지. 노래 때문에, 취기 때문에, 불빛 때문에, 외로움 때문에, 두서없는 음들이 반복되는 날들이라고. 기억을 온통 휘저어 만신창이로 만들어놓고서야 겨우 잠들 수 있었던 날들이 있었다고.

나는 아직도 너의 거리를 무서워하고 있지. 네가 숨겨놓은 수많은 의미들은 지금도 그곳에서 칼날을 벼리고 있지. 어째서 한 인간의 삶에 이토록 많은 칼날이 있어야 하는지 모르겠으나.

터무니없이 꿈이 많은 밤이면 꼬마전구처럼 작은 거품으로 기억을 말갛게 닦아내는 상상을 하지. 너의 얼굴이 거품처럼 부풀어 올랐다가 터지고 사라지는 상상.

그러니 괜찮다면 이제 뭔가 피어오르는 것을 보여줘. 힘없이 져버리지 않을 환한 무엇을.

그때 누군가 캄캄한 밤을 밟고 망설임도 없이 다가와 단호하게 작은 불 하나를 켰다. 어둠이 조금씩 바스러지고 추위가 움찔거리며 몸을 비켰다. 그 누군가는 푸른 테이블을 깨끗이 닦고 말갛게 빈 하루를 세팅했다. 테이블과 하루가 경쾌하게 부딪쳐 맑은 종소리를 울렸다.

잘 구운 크루아상과 신선한 자몽, 바나나와 키위와 토마토와 오이, 푸른 포도. 그 누군가는 신선한 우유를 듬뿍 넣은 커피를 만들며 하루보다 먼저 노래를 부르는 중이었다.

저기 봐, 햇살이야. 빈자리마다 고이고 팬 자리마다 흘러넘치잖아. 그런게 햇살이잖아.

포장을 뜯기 전까지는 무엇이 들어 있는지 모르지만, 아니 어쩌면 뜯고 난 후에도 그것이 무엇인지 모르지만, 지금 막 도착한 이것은, 어디론가 우리를 데려갈 하루.

창을 열고 문을 열고 마음을 열고 빛을 따라 길을 따라 어디론가, 알

수 없지만 그러나 노랫소리를 따라, 혹시 떨어뜨리지 않도록 혹시 부
서지지 않도록 두 손으로 조심스럽게 받쳐 들고 다가간다, 다가온다.

아득하게 얼어붙은 며칠째의 밤이었다. 많은 것들을 배웅하고 혼자
남겨졌던 기억을 흔들고 부수고 닦아내던 며칠째의 밤이었다. 기억의
거품들만큼 많았던 날들이었다.

그러니 괜찮다면 이제 뭔가 푸른 것들을 보여줘. 어린 민트 잎을 듬뿍
넣은 모히토와 수줍은 딸기의 봄을 보여줘. 나를 앞질러 가버리지 않
을 무언가를. 나를 혼자 남겨두지 않을 누군가를.

봄이 온 소리

언젠가 그대와 걷자 했던

오솔길 사이로 봄이 왔다고

파랑새 날아와 노랑나비 날아와

나에게 말하네, 봄이 왔다

내 마음 깊이깊이 숨겨둔

내 작은 소망이 나비 따라 새 따라

푸른 하늘 너머 푸른 언덕 너머

훨훨 날아가네, 봄이 왔다

햇살에 바람에 뺨을 대보면

너무 따뜻해 눈물이 나와

개나리 병아리 따라서 나도

그림처럼 머물고 싶어

언젠가 그대와 걷자 했던

오솔길 사이로 봄이 온 소리

푸른 나무 사이로 부는 바람처럼

스르르 사라질 이 봄날

불시착

하늘을 올려다보자 당신이 난감한 미소를 지으며 말했지
연료는 바닥나고 계기판은 멈추었다고
새벽 네 시 이십오 분의 환한 나의 방으로
어쩔 수 없이 내려앉게 되면, 어떤 표정을 지을 거냐고
아직 꿈을 꾸는 중이라고 나는 말했지
몹시 부산하고 어리석은 꿈이어서 지금 깨어나긴 곤란하다고
시계는 네 시 이십육 분을 넘어가고 있으니
어쩔 수 없는 당신은, 그곳에 그냥 있는 게 좋지 않겠느냐고
나의 경계를 허물고 무너뜨리고 파헤치는 건 제발
끝나지 않는 헛된 소망만 가져다주는 건 부디
제발, 부디, 부디, 제발 말아달라고 애원했지
새벽 네 시 이십칠 분, 갑자기 어둠이 밀려왔지
당신의 부질없는 열정이 추락하고
나는 그 잔해 속에서 홀로 견디자고 되뇌었지
쏟아져 내리는 먼지 같은 추억 속에서
나뭇잎처럼 흔들리는 잠을 잡았다 또 놓치며

불편한 사랑

나는 가진 것이 없고 그대는 이 세상 누구보다 아름다우니, 그대에게 나의 가난한 노래를 드릴게요. 나의 보잘것없는 이야기와 불편한 사랑을 드릴게요. 이제 생각해보니 그동안 우리는 너무 편안한 길을 걸어왔어요. 누군가 이미 만들어놓은 길 위를 그저 밟아왔던 거예요. 아픔은 피하고 고통은 외면하고 슬픔은 나뭇가지 위에 걸어둔 채로, 그러나 더 이상 새로울 것은 없다고 불평하며 걸어온 지난 길을 나는 지금 돌아보고 있어요. 그건 어떻게 끝날지 모두 알고 있는 이야기. 그러나 누구도 바라지 않는 이야기. 그래서 나는 모든 것을 어렵게 만들려고 하는 거예요.

아주 잠깐의 실수로 산산조각 나버리는, 세상에서 가장 위태로운 사랑의 잔을 그대에게 드릴게요. 가장 얇은 종이보다 더욱더 얇은, 그것을 잡을 때면 온몸의 세포를 곤두세워야 하는, 유리로 만든 사랑의 잔이에요. 한 모금의 성숙한 와인을 얻기 위해, 그대는 날마다 깨끗한 천으로 그 잔을 닦아야 할 거예요. 마음을 졸이며 반짝반짝 빛날 때까지, 완벽한 투명함을 얻을 때까지. 두 손은 부르트고 눈에는 눈물이 고여도, 그대는 어쩔 수 없을 거예요.

수백 번을 되풀이하여 읽어도 그 깊이를 알 수 없는 사랑의 텍스트를 그대에게 드릴게요. 읽으면 읽을수록 알 수 없는 갈증이 더해지는, 그러나 가끔 그 모든 고통을 씻어줄 차가운 샘물이 솟아나는, 모든 이들이 알고 있지만 그러나 아무도 모르는 텍스트예요. 나의 사랑은 그 갈피마다 숨어 있지만, 그대의 시선이 이르기 직전에 다른 곳으로 달아날 거예요. 그대는 떨리는 손끝으로, 그곳에 남아 있는 온기, 이제 막 사라지려고 하는 빛, 구석을 떠도는 메아리만을 더듬을 수 있겠죠. 하지만 그대는 책장을 덮을 수 없어요.

아주 어려운 암호들로 가득 채워진, 해독할 수 없는 사랑의 지도를 그대에게 드릴게요. 존재하지 않는 장소들을 가리키는 보이지 않는 지명들을 헤아리며, 그대는 홀로 길을 찾아야 해요. 그대가 의지할 수 있는 것은, 수억 년 전에 시작된 별빛과 낡은 나침반뿐이에요. 그대는 어두운 동굴에서 무서운 괴물과 싸워야 하고, 복잡한 미로로 가득 찬 성에서 나쁜 마녀와 맞서야 해요. 그대가 진실이라고 믿었던 것은 모두 거짓이 되고, 그대가 소유하고 있다고 생각했던 것은 모두 먼지로 변할 거예요. 그러나 끝이 없을 것 같은 그 동굴의 끝, 올라갈 수 없을 것 같은 성의 가장 높은 탑까지, 그대는 가지 않을 수 없어요.

나의 사랑, 세상의 누구보다 아름답고 귀한 그대에게, 이 불안하고 힘들고 안타까운 사랑을 드릴게요. 불편하고 어렵고 거친 사랑을 드릴게요. 달콤한 밀어와 부드러운 손길은 더 이상 기대하지 말아요. 내가 줄 수 있는 것은 오직 그대가 싸워야 할 이 세상과 어디에나 널려 있는 슬픔과 온전히 혼자 견뎌야 하는 천년 같은 밤이에요. 내 사랑, 나를 원망하진 말아요. 이것이 진짜 사랑이고, 이 사랑은 내게 속해 있는 게 아니니까요. 나도 어쩔 수 없다는 걸 그대는 이미 알잖아요. 그대가 정말 원하는 것은 그곳에 있다는 것을, 그대는 이미 알고 있잖아요.

비상구를 열다

그는 비상구를 구입했다
자신을 위해 제작된, 세상에 하나뿐인 맞춤형 비상구였다
푸른 넥타이를 맨 세일즈맨은 원하는 것은 무엇이든
비상구를 열고 던져버릴 수 있다고 했다
그 말은 사실이었다

그는 우선 평생을 지고 살아온 가족에 대한 책임감을
비상구 밖으로 던져버렸다
지키고 싶지 않은 약속과 오래된 친구의 부탁
유통기한이 지난 우유와 옛 애인의 사진을 던져버렸다
언제나 몸을 칭칭 감고 있던 온갖 것에 대한 걱정들
두통의 원인이 되는 스트레스와 처치 곤란한 운동기구들
우편함을 채우고 있는 고지서들을 던져버렸다
아침마다 창밖에서 노래 부르는 작은 새 한 마리도 던져버렸는데
그 새는 너무 시끄러웠기 때문이다

날이 갈수록 그는 점점 가벼워졌다
그의 눈에는 눈물이 사라졌고
그의 어깨에는 짐들이 사라졌고
그의 심장은 고동 소리를 멈추었다
때때로 그는 허공을 가볍게 차고 올라 바람 위를 걸었다
그래서 그는 한 잎의 낙엽이 되었다

떨어져 내린 낙엽 위로 차가운 비가 내렸다
차고 둥근 비가 하루 종일 내렸다

빨간 리본과 파란 리본

사이좋게 어깨를 맞대고 있는 두 집에서, 같은 날, 같은 시각에 아이가 태어났다. 두 아이의 엄마들은 사이좋은 이웃이자 친구였고, 이 집 아니면 저 집에서 하루를 함께 보내며 아이를 함께 키웠다. 아이들은 같은 음식을 먹고 같은 옷을 입고 같은 책을 읽고 같은 음악을 들으며 자랐다. 시간이 지날수록, 두 아이는 쌍둥이처럼 서로를 닮아갔다. 학교에 입학하자 친구들과 선생님들이 몹시 혼란스러워했기 때문에, 두 아이는 각각 빨간 리본과 파란 리본을 머리에 달고 다니기로 했다. 세월이 흘러 두 아이는 소녀가 되었고, 열일곱 번째 생일을 함께 맞이했다. 두 집 식구들이 어울려 떠들썩한 생일 파티를 치렀고, 두 소녀는 각각 열일곱 개의 촛불을 껐다. 파티가 끝난 후 두 소녀는 다정하게 손을 잡고 산책을 나갔다.

"우리는 어떤 사람하고 연애를 하게 될까?"

빨간 리본의 아이가 파란 리본의 아이에게 물었다.

"글쎄, 어떨까. 나는 이 세상에서 가장 멋진 남자를 만나고 싶은데."

파란 리본이 대답했다.

"나도 그래. 하지만 세상에서 가장 멋진 남자를 만난다고 해도, 그가 가장 멋진 남자인지 어떻게 알 수 있지?"

빨간 리본이 다시 물었다.

"책이나 영화에 나오는 남자들의 좋은 점들을 하나하나 적어두었다가, 남자를 만날 때마다 맞춰보면 어떨까?"

파란 리본이 말했다.

"그것도 괜찮지만, 그보다 닥치는 대로 만나다 보면 정말 멋진 남자를 만날 수 있을지도 몰라."

빨간 리본이 말했다.

빨간 리본과 파란 리본은 머리를 맞대고 그 문제에 대해 심사숙고했다. 그리고 두 사람은 '세상에서 가장 멋진 남자'를 만나기 위한 두 가지 방법을 테스트해보기로 했다. 우선 빨간 리본은 가장 멋진 남자를 만날 때까지 '닥치는 대로' 남자들을 사귀기로 했다. 파란 리본은 '가장 멋진 남자가 갖추어야 할 덕목'을 만든 다음, 멀리서 남자들을 관찰하다가 조건에 합당해 보이는 사람이 나타났을 때 비로소 처음이자 마지막 사랑을 하기로 했다.

"우린 똑같이 닮았으니까, 똑같은 곳에서 출발을 하는 것과 마찬가지야. 둘 중 한 명이 성공을 하면 다른 사람은 그 방법을 그대로 따라 하면 되니까 우리 둘 다 손해 볼 건 없어."

그들은 기뻐하며 굳게 손을 잡고 집으로 돌아왔다.

두 소녀의 우정은 평생 지속될 것처럼 보였지만, 그로부터 며칠 후 예기치 않았던 어떤 운명으로 인해, 파란 리본의 집이 먼 곳으로 이사를 가게 되었다. 그들은 몹시 슬퍼하며 이별 인사를 나누었다.

"우리, 헤어져 있어도 매일매일 서로를 생각하는 거야."

빨간 리본이 말했다.

"응, 아침에 눈을 뜰 때랑 밤에 잠들기 전에, 매일 생각하는 거야."

파란 리본이 말했다.

"그리고 십 년 후 오늘, 다시 만나기로 하는 거야."

빨간 리본이 말했다.

"그래, 가장 멋진 남자를 찾는 일이 어떻게 되었는지 서로 알려주는 거야."

파란 리본이 말했다. 눈물에 젖은 두 소녀의 눈빛이 반짝반짝 빛났다. 십 년 동안, 빨간 리본은 아흔일곱 명의 남자와 데이트를 했고, 그중 마흔세 명의 남자와 평균 열 번 이상 만났고, 그중 열두 명의 남자에게 청혼을 받았으며, 그중 가장 멋진 남자일 것 같은 세 사람과 결혼을 했다가 헤어졌다. 십 년 동안, 파란 리본은 멋진 남자가 갖추어야 할 일흔일곱 개의 목록을 만든 다음, 아흔아홉 명의 남자를 주도면밀하게 관찰했으나, 그들의 점수는 턱없이 모자랐다. 단 한 번, 일흔일곱 개의 조건을 모두 갖춘 것 같은 남자를 만나 신중하게 몇 번 데이트를 했지만, 자신도 이해할 수 없는 이유로 인해 세 달 만에 헤어져버렸다.

십 년 만에 만난 빨간 리본과 파란 리본은 감회에 젖은 눈으로 서로를 한참 동안 바라보았다. 그러다가 거울 앞에 나란히 서서 그동안 서로가 얼마나 달라졌는지 비교해보기로 했다. 빨간 리본의 몸은 부드럽고 풍성한 곡선을 그리고 있었고 긴 머리카락이 어깨 위에서 물결치고 있었으며 입매에는 다정한 미소가 감돌고 있었다. 하지만 지치고 텅 빈 눈빛, 공허해 보이는 손은 외로움을 호소하는 듯했다. 파란 리본은 아직도 소녀처럼 순수하고 투명한 분위기를 간직하고 있었다. 그러나 무심하고 차가운 눈빛, 오만해 보이는 손은 쓸쓸함을 말해주는 듯했다. 이제 두 사람은 완전히 다른 얼굴을 하고 있었지만, 그럼에도 불구하고 어딘지 닮은 부분이 있었다.

"무엇이 잘못된 걸까? 그렇게 많은 연애를 했는데, 세상 어디에도 나에게 맞는 남자는 없다는 사실만 깨달았어."

빨간 리본이 말했다.

"나도 그래. 그렇게 오래 기다렸는데, 내가 원하는 남자는 결코 오지 않을 거라는 사실만 깨달았어."

파란 리본이 말했다.

그제야 두 사람은 알게 되었다. 멋진 남자를 만난다고 해서 멋진 사랑을 할 수 있는 건 아니라는 사실을. 그들이 찾고 있었던 건 '세상에서 가장 멋진 남자'가 아니라, 그들을 행복하게 해줄 수 있는 남자였다는 사실을. 하지만 세상의 어떤 남자도, 행복을 베풀어주지만은 않는다는 것을. 아무리 많이 해보아도 그 답을 알 수 없는 것이 연애이며, 한 번도 하지 않아도 그 뻔한 답을 짐작할 수 있는 것이 연애라는, 무시무시하고 무의미한 진실을.

당신은 한때 칼날 같은 사랑을 품고 있었다.
사랑 같은 칼날이었는지도 모른다.
당신이 내게 내민 것이 사랑인 줄 알고 품었으나 칼날인 적도 있었고,
칼날인 줄 알고 피했는데 사랑인 적도 있었다.

사랑은 어디서 오는가

당신은 고개를 비스듬히 들고 하늘을 바라보고 있었다
짧은 겨울 하루가 서둘러 저물고 있었다
하늘 가장자리에는 반달 하나가 다소곳이 놓여 있었다
나는 달을 바라보는 당신을 바라보고 있었다

당신의 왼쪽 뺨을 어렴풋이 밝히는 건
달빛이라고 나는 생각했다

하늘에서 내려온 달빛은
당신의 비스듬히 기울어진 얼굴을 타고 흘러
어디로 갈까 망설이듯 헤매다가
텅 빈 내 손 위에 똑, 똑, 떨어졌다

달콤한 데이지 꽃 향기가 손바닥에 가득 찼다
은밀한 초콜릿 향기가 심장을 찔렀다
나의 마음은 우윳빛 눈보라가 몰아치는 강,
조각배 위에 누워 있었다

모든 것이 순간이었고, 나는 두려워졌다
불처럼 뜨거운 달빛으로부터 황급히 손을 거두었을 때

툭, 툭, 메마른 땅 위로
먼 우주에서 지금 막 도착한 사랑이
떨어지는 소리가 들렸다

살고, 쓰고, 사랑했다

삶이 지속되는 동안, 우리는 삶을 제대로 볼 수 없다. 삶의 정면
은 검증하지 못하는 관념으로 인해, 슬픔의 원천과 사랑의 징조
를 찾느라 분주한 마음으로 인해, 나타났다 사라지는 당신으로 인해
눈이 부시다. 무언가를 보았다고 해도 그 정체를 알 수는 없다.

삶의 옆면은 자기사랑으로 인해, 또는 그것에서 필연적으로 파생되는
자학으로 인해, 섣부른 기대와 희망으로 인해 눈이 부시다. 흔적을 찾
았다고 해도 그것을 증명할 수는 없다. 삶의 뒷면은 삶이 끝난 후에 드
러난다. 그렇다고 해서 죽음이 삶의 완결이라고 말할 수는 없다. 세계
가 지속되는 한 그 어떤 생명도 완결되진 않는다. 그러므로 우리에게
는 한 인간의 삶에 대해 현명한 판단을 내릴 자격이 없다. 우리가 볼
수 있는 것은 말 그대로 뒷모습이다.

한때 영혼이 머물다 간 육체를 깊은 땅 속에 묻고 우리의 생명을 탄생
하게 한 흙을 덮는 것은 삶과 죽음이 오래전부터 이미 한 몸이기 때문
이다. 묘비에 새기는 글은 죽은 자가 아니라 산 자를 위한 것이다. 삶
과 죽음이 하나라는 전제 속에 숨어 있는 은밀한 비밀을 간결한 방식
으로 보여주는 것이다. 그 전제가 진실임을 받아들일 수 있다면 우리
의 삶은 좀 더 자유로울 수도 있다. 이를테면 얻는 것과 잃어버리는
것, 오는 것과 가는 것, 만나는 것과 헤어지는 것, 사랑하는 것과 미워

하는 것, 당신과 내가 궁극적으로 하나일 수밖에 없다는 아름답고 무서운 진실이 묘비명에 새겨진다.

여기 묻힌 자의 이름. 태어난 해와 죽은 해.

어쩌면 그 외의 다른 것은 불필요할지도 모른다. 삶의 본질에 대해 질문해본 적 있는 사람이라면 읽을 수 있을 것이다. 태어난 해와 죽은 해의 연도, 단지 여덟 개의 아라비아 숫자 사이에 존재하는 그 무한하고 깊은 행간을. 하지만 어쩌다 작별의 인사를 남기고 싶어질 때도 있다. 사람을 사랑하여 세상을 사랑하여 차마 떨어지지 않는 발걸음으로 문득 뒤돌아보는 그때.

'일어나지 못해 미안하다'고 사과를 한 사람은 헤밍웨이였다. '후세 사람들이여, 나의 휴식을 방해하지 마시오'라고 부탁을 한 사람은 노스트라다무스였다. '최상의 것은 앞으로 올 것이다'라고 미련을 남긴 사람은 프랭크 시나트라였다. '잠시 때가 지나면, 그때 나는 승리하고 있으리라' 하고 확신을 한 사람은 키르케고르였다. 라이너 마리아 릴케의 '오오 장미여, 순수한 모순이여'는 삶에 대한 탄식이자 경외다. 카를 마르크스의 '만국의 노동자여, 단결하라'는 확고부동한 신념이다. 중광 스님의 '에이, 괜히 왔다'는 생사를 초월한 해학이자 심장이 서늘해지는 솔직함이다. 그 유명한 버나드 쇼의 '우물쭈물하다 내 이럴 줄 알았다'는 수많은 촌철살인을 남긴 그가 나름대로 공정한 인간이었음을 말해준다. '누구든 이 돌을 건드리지 않는 자는 축복받으리오, 내 뼈를 옮기는 자는 저주받으리다'는 셰익스피어의 묘비명에 새겨진 말이다. '삶에, 그리고 죽음에 차가운 시선을 던지라, 마부여 지나가라'는 예이츠의 유언이다. 에밀리 디킨슨의 '돌아오라는 부름을 받다'와 천상병 시인의 '귀천(歸天)'은 동일한 맥락이다. 이 위대한 작가들은 지상의 모든 것을 지웠다.

실존 인물은 아니지만 세르반테스가 창조한 돈키호테의 묘비명은 '광인으로 살다가 제정신으로 죽은 이여'다. 약간의 과장을 하면, 누구의 무덤 앞에 있어도 이상하지 않을 글이다. 단 세 마디로 모든 것을 이야기한 사람은 스탕달이다. 그는 '살고, 쓰고, 사랑했다.'

여태 삶의 뒷모습은커녕 앞면도 옆면도 온통 흐릿하고 서투른 나에게는, 여태 삶의 중앙에서 서성이고 흔들리는 나에게는, '나의 투쟁은, 그리움에 몸을 바치며, 나날을 헤어나는 것'이라는 릴케의 말이 가장 잘 어울릴 것이나, 언젠가 죽음이 찾아와 마지막 이야기를 묻는다면 눈물과 미소로 반짝이는 눈을 들어 말하고 싶다.

나 역시 살고, 쓰고, 사랑했다고. 혹은 그저 다녀간다고.

삼각관계

불완전한 한 사람이
불완전한 다른 사람을 만나 완전해질 수 있다는 착각
이 사람이 채워줄 수 없는 어떤 부분을
저 사람은 채워줄 수 있을 거라는 착각
완전을 추구하려는 인간의 본능에 의해
엉망진창으로 얽히는 관계

팽팽하거나 느슨하거나
단단하거나 흐물흐물한 관계
누군가 숨 한 번만 몰아쉬어도
끝장날 아슬아슬한 관계
아무리 애를 써도 끊을 수 없는 질긴 관계

친구, 아름답지 않니?
우리 이토록 불완전하면서
또 다른 불완전함을 갈망하다니

삼각관계의 해피엔딩

그녀의 잘못이라면 오로지 단 하나, 그녀의 머리가 너무 나쁘다는 것이었다. 하지만 그건 그녀의 장점에 비해 너무나 사소한 요소였기 때문에 누구도 그것에 대해 신경을 쓰지 않았다. 그녀는 착한 심성과 귀여운 눈웃음과 근사한 몸매와 다정한 목소리와 연약한 자태를 가졌으며, 그것만으로 사람들을 충분히 행복하게 만들어주었다. 만약 그녀가 똑똑하기까지 했다면 사상 최고의 마타 하리나 큰손으로 성장했을 터니 다행이라면 다행인 셈이다. 하지만 정작 피해를 본 것은 그녀를 둘러싼 두 남자였다. 두 남자는 각각 그녀가 자신의 연인이라고 믿었지만, 그녀는 자신이 누군가를 사귀고 있다는 사실을 인지하지 못했다. 두 남자는 그녀를 설득하고 애원하며 그녀에 대한 '우선권'이나 '소유권'을 호소하기도 하고, 대한민국 헌법에 명시된 '일부일처제'에 관해 상세한 해설을 들려주기도 했지만, 문제는 그녀가 그런 개념을 이해하지 못한다는 것에 있었다. 어떤 사람은 그녀가 일부러 아무것도 모르는 척하는 것이라고 말한다. 그녀의 연인들은 그녀와 더불어 행복해질 수 있을까? 또한 그녀 자신은 정말 행복한가?

그의 잘못이라면 오로지 단 하나, 그의 머리가 너무 좋다는 것이었다. 하지만 그것은 그의 다른 장점과 합해지면서 시너지 효과를 일으켜 언제 어느 자리에서나 그를 돋보이게 만들기 때문에, 누구도 그것을 경계하지 않았다. 서글서글한 눈매로 기분 좋은 미소를 지으며 그가 이야기를 시작하면, 여자들은 물론이고 남자들까지 그에게서 눈을 떼지 못했다. 그의 동료들과 친구들과 선후배들은 모두 그를 좋아했고, 그는 언제나 센스 있는 대화와 행동으로 사람들이 원하는 것을 채워주었다. 그를 둘러싼 두 여자는 불행하지 않았다. 왜냐하면 서로의 존재를 전혀 알지 못했기 때문이다.

남자는 연애에 얽힌 복잡하고 미묘한 철학, 정치학, 경제학, 심리학, 지리학, 과학, 수학, 미학은 물론이고 '알려지지 않은 소문의 역사'와 '알면 큰 코 다칠 수도 있는 흑마술'에까지 통달해 있었다. 그의 연인들이 사실을 알게 될 확률은 통계적으로 영 점 일 퍼센트 미만이지만, 만에 하나 사실이 밝혀질 경우, 그녀들은 치명적인 충격을 받게 될 것이라고 사람들은 말한다. 그의 연인들은 그런 위험을 피해갈 수 있을까? 또한 그 자신은 정말 행복한가?

메리 맥그리거의 「Torn Between Two Lovers」라는 노래가 있다. 제목은 '두 연인 사이에서 찢어진' 정도로 해석할 수 있을 테고 내용은 '두 연인을 사랑하는 것은 바보 같은 짓이야, 모든 규칙은 깨어지지'라는 것이다. 생각해보면 '연인이 둘이라는 것부터 일단 규칙에 어긋난 거 아닌가?'라는 의문이 제기된다. 그러면서 한편으로는 '하긴 사랑에 규칙이라는 게 처음부터 있기나 하겠어?'라는 생각도 든다. 어쨌거나 이 노래가 말하고자 하는 것은, 삼각관계를 소재로 다룬 대부분의 영화와 소설과 노래 등과 마찬가지로, '삼각관계의 해피엔딩 따위는 없는 거야'라는 것이다. 누군가 포기하거나, 누군가 마음이 변하거나, 누군가 지치거나, 누군가 화를 내고 고통에 빠지고 잊고 사라진다. 그런데 불행하게도, 이것은 비단 삼각관계뿐만 아니라, 일대일의 관계에서도 언제든지 일어날 수 있는 일이다.

사랑의 화살표가 삼각이든 사각이든 오각이든 혹은 일대일이든, 그것을 해피엔딩으로 끌어가는 일은 멀고 험하다. 그 와중에 누구는 잠시 행복하고 누구는 당분간 불행할 것이며 누군가는 외로울 것이고 또 누구는 달콤한 꿈에 잠길지도 모른다. 그러나 어떤 경우에도 진실함이 없다면, 그 사랑은 허공에 떠 있는 것처럼 불안하고 허무하여, 이 세상의 누구도 행복하게 해줄 수 없을 것이다.

새빨간 거짓말

어느 날 아침 눈을 떴을 때, 그는 자신이 마치 짐을 잔뜩 짊어진 채 어디론가 하염없이 걸어가고 있는 노새처럼 여겨졌다. 허리를 휘게 할 것 같은 무거운 짐의 내용물이 무엇인지도 모르고, 가고자 하는 곳이 어딘지도 모르는 한 마리 노새 말이다. 갑작스러운 인사발령으로 인해 일선에서 한직으로 물러나게 된 것이 일주일 전이었지만, 딱히 그 사건 때문은 아니라고, 그는 생각했다. 언제나 다정한 미소로 한결같은 사랑을 약속하던 그녀가 며칠 전 그에게 이별을 통보했지만(그녀는 그 순간에도 다정한 미소를 잃지 않았다), 그것도 별로 상관없는 일이라고, 그는 생각했다.

그는 평생, 자신의 삶에 치명적인 영향을 미칠 수 있는 사건이란 일어나지 않는다고 믿어왔다. 무슨 일이 있어도 달라지는 건 없다, 라는 게 그의 입버릇이었다. 그러나 그날 아침, 특별한 이유도 없이, 그는 피로하고 멍청한 노새가 되어버렸다.

한 통의 전화가 온 것은 그날 오후였다. 점심을 먹고 책상 앞에 앉아 중요하지도 않은 서류들을 뒤적이던 그에게, 전화 속 여자는 느릿느릿한 말투로 괜찮은 아르바이트가 있다고 말했다. 여느 때처럼 무시하고 끊어버리는 대신, 그는 재킷을 걸쳐 입고 사무실을 빠져나갔다. 어차피 중요한 일도 없었고, 어차피 무엇인지도 모르는 짐이었고, 어차피 어디를 향하는지도 모르는 길이었으니까.

회사 앞에 서 있는 낡은 푸조가 그를 향해 클랙슨을 울렸고, 표정을 읽기 어려운 여자가 조수석에 타라고 손짓했다. 여자는 도시를 벗어나, 다리를 건너, 나무들로 둘러싸인 은밀한 건물의 입구로 그를 데려갔다. 건물은 온통 검은색이었고, 빛을 차단하려는 듯 두터운 커튼으로 감싸여 있었다. 그리고 그들은 어두운 건물에서 가장 어두운 공간인 지하로 내려갔다.

지하는 나무로 만든 선반으로 가득 차 있었고, 그 선반들은 수백 개의 비커들로 가득 차 있었다. 각각의 비커 안에는 젤리처럼 물렁한 유동액이 들어 있었는데, 모두 투명한 색깔이었다. 여자는 그에게 가느다란 주사기 하나를 내밀었다.

"이 주사기 안에 있는 용액을 각각의 비커에 한 방울씩 떨어뜨리면 됩니다. 그게 전부예요."

여자는 시험 삼아 하나의 비커 안에 주사기를 대고 한 방울의 용액을 떨어뜨렸다. 비커 안의 투명한 유동액은 곧 붉은색으로 변했다.

"별로 주의 깊게 할 필요도 없고, 두 방울이나 세 방울이 떨어졌다고 해서 걱정할 필요도 없어요. 빨리 해치우려고 애쓰지 않아도 괜찮습니다."

그래서 남자는 그 주사기를 받아 들고, 각각의 비커에 주사기의 용액을 떨어뜨리기 시작했다.

그가 그 일을 하고 있는 동안, 여자는 그의 근처에 줄곧 서 있었다. 특별히 그를 감시하는 것도 아니고 일을 거드는 것도 아니었다. 그가 일을 반쯤 마쳤을 때, 여자가 입을 열었다.

"우리는 거짓말에 대한 연구를 하고 있습니다. 우선 사람들의 말을 채집합니다. 주로 번잡한 지하철이나 백화점, 식당이나 거리에서 녹음기를 이용하여 모으는 거죠. 그것을 비커에 담습니다. 특수한 목적으로 제작된 스프레이를 뿌리면 그것은 유동액으로 변해서 형태를 갖게됩니다. 그리고 주사기 안의 용액을 떨어뜨리면, 거짓말의 정도에 따라 빨간색을 띠게 됩니다. 색깔이 진할수록 그 말 속에 포함된 거짓말의 농도도 진한 것이죠."

그 일은 밤늦게 끝났고, 여자는 그를 집까지 바래다주었으며, 약속대로 두툼한 봉투까지 쥐여주었다. 그 사이에 회사에서는 아무 연락도 오지 않았다. 그것이 전부였다. 다음 날 아침, 그의 일상은 변함없이 시작되었고 '무슨 일이 있어도 달라지는 건 없다'는 그의 철학은 완성되는 것처럼 보였다.

"왜 하필 나한테 그런 일을 맡긴 건지, 그런 실험을 통해 뭘 할 건지, 아무것도 물어볼 수가 없었어. 내 입에서 무슨 말이 나오는 순간, 빨간색으로 변할 것 같았거든. 그 건물의 지하를 온통 채우고 있던 빨간 비커들처럼 말이야."

단 한 개의 비커도, 주사기의 용액으로부터 안전하지 않았다고 그는 설명했다.

"세상이 어차피 거짓말투성이라는 사실은 잘 알고 있었지만, 눈으로 막상 보고 나니 묘하게도 안심이 되었어. 지금도 가끔 내가 노새처럼 여겨지긴 하지만, 어쩐지 짐을 좀 덜어버린 기분이야. 사랑한다는 말, 사랑하지 않는다는 말, 변했다는 말, 변하지 않았다는 말, 잊었다는 말, 잊지 않았다는 말. 어느 쪽이 더 새빨간 거짓말일까, 가끔 비커에 넣고 용액을 떨어뜨려보고 싶지만."

그의 말에, 나는 아무 대답도 하지 않고 그냥 웃었다. '진실은 가끔 우리에게 가혹한 짐이 되는 거니까' 하고 속으로만 생각하면서.

선물

그 사막에 나무가 자라더라고
누군가 그랬지요
백 일의 밤을 걸어가 천 일의 낮을 기다리면
나무는 신기루 같은 꽃을 피운다고 그랬지요

눈처럼 하얀 꽃들이 가지마다 맺혀
먼 곳에 있는 바람을 부른다고 그랬지요
바람은 혼자 오기 싫어
비를 머금은 구름을 데려온다 그랬지요

굵은 빗줄기 마디마디
갓 태어난 꽃들 매달려 떨어질 때
아주 잠깐 사막을 뒤덮는
향기

나는 부르튼 발과 부르튼 입술을 하고

그 향기를 잡으러 뛰어다녔지요

아주 커다란 상자 안에

사막에서 자란 꽃나무의 향기를 가두었지요

그러나 당신이 받은 건

몇 알의 모래뿐이었지요

도대체 어디를 다녀온 거냐고 타박하는 당신 앞에서

나는 바보처럼 눈물만 뚝뚝 흘렸지요

설문조사

새 집으로 이사를 하고 일주일쯤 지난 후였다. 벨이 울렸을 때 그녀는 목이 긴 스웨터를 입고 있는 중이었다. 팔 하나가 제대로 껴지지 않아 허우적거리며 현관으로 달려 나가던 그녀는 열려 있던 옷장문과 부딪칠 뻔했고, 그 바람에 몸의 균형이 무너져 넘어질 뻔했으며, 그 와중에 스웨터의 실밥이 조금 터져버렸다. 도대체 누구야. 올 사람이 없는데. 투덜거리며 문을 열자, 양복을 말끔하게 차려입은 남자가 정중한 목례로 그녀에게 인사를 건넸다.

"누구세요?"

그녀의 말에 남자는 대답 대신 시계를 보았다.

"늦지 않았지요? 간단한 접촉 사고가 나서 약간 서둘렀습니다."

남자의 목소리에는 은근한 자랑이 묻어 있었지만 그의 표정에는 아무런 변화가 없었다. 조금 나중에 알게 된 사실이지만, 남자는 하나 이상의 표정을 갖고 있지 않은 사람이었다.

"늦어요? 약속이 되어 있었던가요?"

그녀는 당황했고, 남자는 더욱 당황했지만, 물론 표정에는 나타나지 않았다. 당황한 손길로 급히 수첩을 뒤지던 남자는 한 페이지를 펼쳐 유심히 들여다보고, 신중하게 확인한 다음, 자신감에 넘치는 목소리로 말했다.

"틀림없이 오늘, 이 시간입니다. 설문조사 예약이 되어 있습니다."

"설문조사요?"

그녀의 목소리가 조금 높아졌다. 실밥이 터진 스웨터를 갈아입을 시
간도 주지 않고, 남자는 성큼성큼 안으로 들어섰다. 그 걸음이 너무도
당당해서, 그녀는 미처 막을 수가 없었다.

적당한 자리를 물색하기 위해 집 안을 한 바퀴 돌아본 남자는 마음을
정하고 식탁 앞에 앉아, 네모나고 딱딱한 가방 속에서 한 움큼의 서류
를 꺼낸 다음, 그녀를 바라보았다. 표정은 그대로였지만, '어서 앉지
않고 뭘 합니까?'라는 의미의 시선이 그녀에게 닿았다. 뭔가에 끌리듯
그녀가 자리에 앉았고, 남자는 흠흠, 목소리를 가다듬은 다음 서류를
들여다보며 질문을 시작했다.

"먼저 만족도 조사입니다. 0부터 10까지의 숫자 중에서 골라주십시
오. 귀하가 구입하신 제품의 만족도를 숫자로 환산하면 얼마입니까?"

그녀는 생각하고 또 생각했다. 그러나 자신이 뭘 구입한 것인지, 설문
조사 예약이란 걸 언제 한 것인지, 절대로 기억나지 않았다.

"무슨 제품 말인가요?"

별수 없이, 그녀는 물었다. 서류를 쥐고 있던 남자의 손이 약간 떨렸
다. 극심한 충격을 받은 것 같았다. 남자는 잠시 마음을 가다듬고, 천
천히 말을 시작했다.

"귀하는 육 년 전, 본사에서 생산한 '두 번째 사랑'을 구입하셨습니다.
주소지는 다른 곳으로 되어 있습니다만, 최근에 이사를 하셨지요?"

"네. 네?"

그러고 보니, 그런 일이 있었던 것 같기도 했다. 그녀는 지난번 집에서

육 년을 살았다. 그 집으로 이사를 한 직후에 사랑을 하나 구입했던 기억이, 어렴풋이 날 것 같기도 했다.

남자는 만족스럽게 고개를 끄덕였다. 이제야 말이 통한다는 느낌의 끄덕임이었다.

"그 제품이 출시된 직후, 일종의 시범 기간에 무상으로 구입을 하셨기 때문에, 육 년 후에 설문조사를 받겠다는 약속을 하셨는데, 기억이 나십니까?"

그런 건 기억나지 않았다. 제품을 건네받을 때 너무 많은 설명을 들었기 때문에, 대부분의 내용을 잊어버린 게 이상한 일도 아니었다.

"옵션으로 선택하신 사양이, 어디 보자, 완전한 소진, 맞지요?"

그녀는 두통을 느끼고 얼굴을 찌푸렸다.

"그리고 이렇게 쓰여 있군요. 첫 번째 사랑이 부지불식간에 두서없이 허둥지둥 끝나버린 관계로, 그 여운으로 인해 극심한 심적 외상을 입었음. 두 번째 사랑은 완전하게 소진되기를 원함."

지금 나에게 총이 있다면, 그녀는 생각했다. 이 남자를 쏴 죽이고 싶다. 하지만 그 대신 그녀는 텅 빈 손바닥을 벌려 자신의 입을 틀어막았다. 비명이 새어 나올 것 같았기 때문이다. 남자는 여전히 같은 표정으로 서류에 다시 코를 박았다.

"그러니까 숫자로 환산하면……."

"영."

못을 박듯 그녀가 말했다.

"좋습니다."

남자는 빨간 펜으로 정성껏 0 하나를 그려 넣은 다음 서류를 가방에 집어넣고 자리에서 일어섰다.

"……끝인가요?"

가까스로 그녀가 물었다.

"끝입니다. 영이라고 대답한 분들에게는, 다음 질문이 없습니다. 영이
니까요."

그녀는 그대로 앉아 있었고, 남자는 현관을 향해 걸어갔다. 막 문을 나
서려던 남자는 그녀가 약간 가엾다고 생각했던 건지, 조금 망설이듯
입을 열었다.

"좋은 겁니다."

"……좋아요?"

그녀의 질문에, 남자는 고개를 끄덕였다.

"본사에 보고를 하고 결과를 기다려봐야겠지만, 이 경우 '세 번째 사
랑'은 무상으로 주어질 가능성이 높습니다. 무엇보다, 완전한 소진이
니까요."

남자의 등 뒤로 문이 닫혔고, 후드득 실밥이 터지듯 그녀의 울음이 터
졌다.

"이것으로."

현관 밖에서, 남자가 중얼거렸다.

"비로소."

현관 안에서, 그녀가 웅얼거렸다. 그녀는 옷장을 열고, 이삿짐을 풀다
가 나온 빈 박스 하나를 찾아냈다. 차마 버리지 못했던, '두 번째 사
랑'이 담겨 있던 그 박스를, 비로소 내다 버릴 마음이 들었던 것이다.
이것으로 그 사랑은 완전히 소진되었던 것이다.

세계의 고백

아무도 알아차리진 못했지만 모든 것이 뒤죽박죽이었다. 세계가 미묘하게 뒤틀려 있었기 때문에 뒤죽박죽이었고, 그 뒤틀림이 몹시 미묘했기 때문에 아무도 알아차리지 못한 것이었다.

나로 말하자면, 어릴 때부터 느낌에 대해서만은 예민한 편이었다. 보이지 않을 때, 들리지 않을 때, 아무런 냄새도 맡을 수 없고 형체를 만질 수도 없을 때 나는 대상과 가장 친밀한 공감대를 형성했다. 당연히 보는 일, 듣는 일, 후각과 직접적인 촉각에 대해서는 전혀 예민하지 못하다.

그런 것들은 그럴듯한 모습을 하고 쉽게 마음을 빼앗아가지만, 그 속에 있는 것은 실체가 아니라 허상일 경우가 많다고 현명한 사람들은 이야기한다. 나는 그들의 말을 존중할 수도 없고 그 말에 순종하는 것도 아니다. 그런 것에 마음을 빼앗겨보지 않아서 속에 든 것이 실체인지 허상인지 모를뿐더러, 누군가의 말에 순종할 수 있는 고분고분한 성격도 아닌 것이다. 나는 애초부터 느끼는 일에 충실하도록 만들어졌고, 그 외의 일에 대해서는 둔감하달까, 무심하달까, 무지하달까, 그런 이유로, 그런 것이다.

역시 그런 이유로, 나는 종종 세계의 뒤틀림을 느낀다. 대체로 그것은 별다른 예고 없이 다가와서, 별다른 말썽 없이 사라진다. 지구와 자연에게 딱히 위험한 짓을 하는 것도 아니고, 인간의 운명을 간섭하지도 않는다. 이 세계에서 그 뒤틀림에 영향을 받는 유일한 생명체는 아마 나밖에 없을 것이다. 그 영향도 대단한 것은 아니다. 뒤틀림이 시작되면, 나는 잠이 든다. 깨어나면, 그것은 끝이 나 있다. 그것뿐이다. 남들에게는 그저 조금 피곤해서, 하고 설명하는 것으로 족하다. 그래서 나는 뒤틀림에 대해 한 번도 깊이 생각해보지 않았다.

이거 문제가 심각하군, 하고 생각한 것은 오늘 아침 그의 전화를 받았을 때였다. 그는 이틀 전의 만남에 대해 전혀 기억하지 못했다. 더욱 심각한 것은 나였다. 나는 이틀 전 그와 헤어져 집으로 돌아온 다음부터 내내 잠들어 있었던 것이다. 오랜만이야, 하고 그가 말했을 때 나는 어리둥절할 수밖에 없었다.

세계가 뒤틀려 있는 시간은 아무리 길어도 일곱 시간 정도였다, 지금까지는. 그런데 마흔여덟 시간이라니. 게다가 그렇게 뒤틀려 있는 시간 동안 뭔가가 사라지고 뭔가가 시작된 것이다. 혹시, 하고 나는 몇 사람에게 전화를 넣어보았다. 그리고 확신했다. 사라진 것은 사람들의 기억이었다. 시작된 것은 사람들의 망각이었다. 같은 말이지만, 그건 미묘하게 다른 문제였다.

나는 커다란 종이 한 장을 바닥에 펼쳐놓고 세로로 긴 선을 그은 다음, 왼쪽에는 사라진 기억의 목록을, 오른쪽에는 시작된 망각의 목록을 써넣기 시작했다. 사라진 만남의 기억 – 다시 만나자는 약속의 망각, 사라진 이별의 기억 – 다시 만나지 않겠다는 결심의 망각, 사라진 사랑의 기억 – 사랑의 끝에 대한 망각. 거기까지 쓰고, 나는 다시 잠이 들었다.

고백할 게 있어. 잠든 내 귀에 대고 세계가 속삭였다. 내 마음 어딘가에 금이 갔어. 지금까지 그랬던 것처럼 빨리 손을 썼어야 하는 건데, 내 속의 무엇인가가 저항했어. 틈이 점점 벌어졌고, 결국 벽장 안에 쑤셔 박아놓았던 비밀의 일부가 튀어나왔어. 너도 알지? 그 안이 얼마나 뒤죽박죽인지. 순서도 없고 규칙도 없고 연민이나 동정도 없는 것들이 뒤엉켜 수치와 욕망으로 범벅이 되어 있었잖아. 그래도 안심이야. 이런 지경이 되었는데, 아무도 알아차리지 못했으니. 설사 뭔가가 이상하다는 것을 느끼는 사람이 있다 해도, 곧 적응하게 될 거야. 하지만 너한테만은, 미안해.

세계는 뒤죽박죽이었고, 뒤틀려 있었고, 잠 속에서 계속 써 내려간 목록은 한없이 길어졌다. 이 일이 전부 끝날 때까지 깨어나서는 안 돼. 나는 다짐하며 두 손으로 심장을 누르고 입술을 깨물고 마음의 피부에 남아 있는 흔적을 지우고 또 지웠다. 이 모든 일이 당신이 떠난 그날, 시작되었다. 아니다, 당신이 돌아온 그날이었다. 아니다, 확실한 것은 아무것도 없다. 기억은 사라지고 망각은 시작되었으니. 언젠가 그날처럼. 혹은 오늘처럼.

소년

그날들에 대한 기록을 남겨두지 않았기 때문에 이제 무엇 하나 분명한 게 없어. 난 자만하고 있었던 거야. 그 어떤 시간도 우리가 나누었던 순간들을 희미하게 만들지 못할 거라고. 그 어떤 강렬한 경험도 우리의 마음을 지울 수 없을 거라고. 그러나 천천히 그리고 분명한 속도로 세월은 흐르고 난 이제 아주 가끔 너를 생각할 뿐이야. 그것은 더 이상 내게 고통을 주지도 못하고 슬픔을 주지도 못해. 마치 오래전에 읽었던 소설의 한 구절을 떠올리듯 그 시절의 우리들을 떠올리는 거야. 너도 그럴까?

서로에게 아무것도 아닌 사람이 된 채로 삶을 지속할 수 있을 거라고 생각해본 적은 단 한 번도 없었어. 이 생이 끝날 때까지 다시는 만나지 못해도 괜찮은 사람이 될 수 있을 거라는 생각도. 우리가 사랑이라고 믿었던 것은, 아마 다른 곳에서 와서 다른 곳으로 떠나버리는 거였나봐. 그렇지 않고서야 어떻게 이렇게 아무렇지도 않을 수가 있어? 만약 그것이 너와 나의 것이었다면 우리는 적어도 그것에 대한 상실감을 지니고 있어야 하잖아.

무언가를 인정하기에도, 또 무언가를 부정하기에도 너무 긴 시간이 지나갔어. 너를 만나서 행복했다거나 너와 헤어져서 고통스러웠다거나, 그런 이야기들을 할 이유조차 없을 만큼 많은 시간들이었지. 사소한 오해들과 반복된 재회, 몇 번이나 잡았다가 놓쳐버린 너의 손, 수없이 되풀이해야 했던 안녕이라는 말 속에서도 나는 늘 우리의 영혼은 이어져 있는 거라고 믿었어. 수십 번의 이별을 단 한 번도 실감할 수 없었던 건, 언젠가 우리가 다시 만나리란 것을, 그때도 변함없이 사랑하고 있으리란 것을 믿었기 때문이야. 아마 너도 그랬겠지.

우리 서로 다른 사랑에 빠졌을 때조차, 그 속에서 나는 너를, 너는 나를 찾았던 건지도 몰라. 그러다가 어느 날 갑자기, 나는 문득 깨달았어. 내가 사랑한 것은 네 속에 있었던 소년이었다는 것을. 나를 사랑한 것은 네 속에 있었던 소년이었다는 것을.

그건 어쩌면 우리가 함께 통과한 삶의 사춘기였을 거야. 내 속의 소녀가 네 속의 소년을 만나, 무모하고 어지럽고 불안한 사랑을 했던 거야. 수줍게 머뭇거리며, 끝없이 절망하며, 부주의하게 다가갔다가 돌아서고, 울면서 후회하고, 용기를 잃어버린 채 우리들의 사랑을 캄캄한 동굴 속에 가둬버린 거야.

그래. 누군가를 사랑하게 된다는 건 내 속에 있던, 조용히 침묵하고 있던 소녀가 눈을 뜬다는 거야. 그리고 그의 마음속에 살고 있던 소년이 얼굴을 붉히며 두근거리는 심장으로 그녀에게 손을 내밀 때, 우리는 다시 한 번 아이가 되어 조르게 되는 거야. 나를 봐, 나를 생각해, 나를 버려두지 마, 나를 사랑해줘, 라고.

불행하게도, 내 속의 소녀는 아직 누군가를 기다리고 있는 것 같아. 사랑이라는 것이 얼마나 끔찍한 것인지 충분히 알 수 있는 나이가 되었는데도, 떨리는 손으로 세계를 만져보고 싶어 해. 이 세계의 모든 것을 알고 싶어 하고 확인하고 싶어 해. 지금도 자신이 살아 있다는 것을 느끼고 싶어 해. 사랑을, 영원을, 절대적인 어떤 것을 믿고 싶어 해.

너도 알고 있지. 그것이 우리가 사랑해온 방식이었잖아. 모든 것이 희미해지고 모든 것이 지워져도, 우리가 두 번 다시 만나지 않는다고 해도, 그것이 이별은 아니라고 언제나 믿어왔잖아. 잘 알고 있어. 이제너의 목소리를 듣는 일도, 너를 만나는 일도 없을 거야. 하지만 우린헤어진 것이 아니야. 내 속의 소녀가 언제까지나 네 속의 소년을 기억하고 있을 테니까. 그리고 그 소년은 온전히 나만의 것일 테니까. 난확신해. 너 역시 그렇게 생각하고 있을 거라고.

손을 놓다

당신의 손을 보고 싶었습니다. 무언가를 잡으려 했던, 무언가를 숨기려 했던 당신의 손을 보고 싶었습니다. 손바닥의 온도를 재어보고, 손등의 냄새를 맡고, 손가락의 어느 마디가 거칠고 어느 마디가 여린지, 당신이 살아온 삶의 어느 마디가 팍팍했고 어느 마디가 따뜻했는지 느끼고 싶었습니다. 얼마나 혹독한 바람이 당신의 손에 주름을 새겼는지, 얼마나 차가운 빗방울이 당신의 손에 얼룩을 남겼는지, 나는 알고 싶었습니다.

봄 아니면 가을의 바람이 불던 날이었습니까. 파도 같은 바람이 우리 사이의 미세한 물결을 가로지르던 밤이었습니까. 까닭 없이 웃음이 났던, 갑자기 모든 것에 무방비해졌던, 지금은 먼 시간 저편으로 넘어가버린 순간이었습니까. 그때, 나는 당신이 나와 같은 마음일 거라 생각해버렸습니다. 내내 주머니 속에 들어 있던 당신의 손이 밖으로 나와, 파도 같은 바람의 결을 조용히 만지던 모습, 나의 기억 속에서 여태 생명처럼 푸릅니다. 내 곁에서 조용히 흔들리던 당신의 손, 나는 그 손의 맨얼굴을 보았다고 믿어버렸습니다.

나에게 잘못이 있다면, 당신의 손이 원하는 것을 당신보다 먼저 알아차렸다는 것입니다. 하지만 나의 손이 닿자, 당신의 손은 황급히 딱딱한 껍질을 만들었습니다. 잠시 멈추었던 바람은 다시 불기 시작하여,

우리 사이에 거대하고 튼튼한 벽을 세웠습니다. 그리고 나는 깨달았습니다. 당신이 나를 위해 포기할 수 있는 건 아무것도 없다는 것을. 당신은 쥐고 있는 것들을 결코 놓지 않으리라는 것을.

당신에게도 나에게도, 손은 두 개뿐입니다. 우리가 손을 맞잡기 위해서는, 한 손을 비워야만 합니다. 두 손 가득 받쳐 들고 있던 욕망, 자존심, 그리고 비밀 같은 것을 떠나보내고 흘려보내야만 하는 것입니다. 당신은 그렇게 할 수 없었습니다. 하지만 나라고 그럴 준비가 되어 있었을까요? 무언가를 놓지 않으면 새로운 무언가를 쥘 수 없다는 것이 무섭고 아픈 진실인 이유는, 새로운 무언가가 우리에게 무엇을 가져다줄지 모르기 때문입니다. 다만 지금 내가 아는 한 가지는, 이제 내가 당신의 손을 놓았으니, 그 텅 빈 손으로 다른 손을 잡을 수도 있다는 것입니다. 당신도 그렇게 하세요. 부디, 당신을 위해.

순정에 대한 연구

사어(死語) 또는 고어(古語)를 연구하는 김 박사의 지론은 늘 한결같았다. '옛것을 알아야 새것을 안다'는 것이었다. 그가 일생의 신념으로 삼고 있는 그 문장 역시 과거의 한세상을 풍미했던 것으로, 지나가던 강아지들도 익히 알고 있었다고 전해지지만, 물론 우리에게는 생소하기 이를 데 없는 말이다. 어느 날 김 박사는 저녁식사 자리에서 흥미로운 단어 하나를 언급했는데, 그것이 바로 오늘 이야기하고자 하는 '순정(純情)'이다.

국어사전에서조차 사라진 지 오래인 '순정'의 의미는 박학다식을 자랑하는 김 박사에게도 몹시 난해한 것이어서, 나는 그의 열띤 설명을 약 한 시간 정도 듣고도 도무지 그 단어의 뉘앙스를 잡을 수가 없었다. 그 자리에 있던 다른 사람들도 마찬가지였다. 예를 들자면 이런 식이었다. '몇백 년 전의 사전에 의하면, 순정은 순수한 감정, 순수한 애정이다', '역시 몇백 년 전에 사라진 사전에 의하면, 순수는 잡것의 섞임이 없는 것, 사사로운 욕심이나 못된 생각이 없는 것이다', '그보다 조금 더 먼저 사라진 사전에 의하면, 애정이란 사랑하는 마음이다', '언제 사라졌는지도 모르는 사전에 의하면, 사랑이란…….'

마침내 김 박사는 난해한 단어들의 숲 속에서 길을 잃고 패닉에 빠진 우리들에게 한 가지 제안을 했다. '사어나 고어를 연구하면서 그 단어의 정체를 알고자 할 때 주로 사용하는 몇 가지 방법이 있는데, 그중 하나는 그 단어가 없어진 이유를 추측해보는 것이다. 그 방법을 써서, 단어의 정체를 알아보는 것은 어떨까' 라는 것이었다. 그러자 그 자리에 있던 한 사람이 이렇게 말했다.

"존재하는 것이 사라지는 이유는 단 하나밖에 없지 않을까요. 그것이 필요하지 않기 때문이겠죠."

다른 사람이 말했다.

"무엇인가가 필요하지 않게 된다는 건, 그것을 필요로 하는 사람이 없어졌다는 것이겠죠."

또 다른 사람이 말했다.

"그렇다면 그 단어와 함께 개념 자체가 사라졌다고 해서, 그다지 아쉬워한 사람은 없었겠네요. 애초에 무의미한 단어였는지도 모르죠."

김 박사는 몹시 슬픈 얼굴을 하고 입을 다물었지만, 누구도 그의 슬픔에 관여하지 않은 채 서둘러 집으로 돌아갔다. 나는 그 자리에 남았다. 김 박사에게 뭔가 더 하고 싶은 이야기가 남아 있다는 것을 알고 있었기 때문이다.

"그 단어가, 혹은 그 개념이 사라져버려서 박사님은 아쉬운 거군요."

내 말에, 그는 고개를 흔들었다.

"나도 명확한 의미를 모르는 단어라 그런 건 없습니다. 하지만 필요하다는 건 뭘까요? 필요하지 않기 때문에 사라져도 괜찮다고, 우리가 말할 수 있는 문제일까요? 이를테면 내가 당신에게 호감을 가지고 있고, 좋아하는 감정을 지니고 있다고 해봅시다. 그런데 당신은 그것을 원하거나 필요로 하지 않고, 나 역시 당신에게 아무것도 해줄 수가 없다면, 그 감정은 불필요한 것이고 사라지는 게 당연한 걸까요? 나도 알고 있습니다. 이런 논의는 이미 몇백 년 전에 진행된 것이고, 내가 너무 시대에 뒤떨어진 문제로 고민하고 있다는 걸."

"그래요."

나는 대답했다.

"사람들은 그런 감정의 소모를 원하지 않았고, 불필요한 감정이 사람들을 아프게 하고, 피곤하게 하고, 가끔 절망에 빠지게 한다는 것에 모두들 동의했고, 그 결과 모호한 감정들은 사라져버렸죠. 하지만."

나는 더 이상 얘기하지 않았고, 그도 더 이상 묻지 않았다. 우리는 난감하고 곤혹스러운 감정을 굳이 숨기려 하지 않은 채, 서로의 눈을 오랫동안 응시했다. 불필요하게 또는 무의미하게. 그러자 나는 슬퍼졌고, 그의 손을 꼭 잡고 싶어졌다. 참으로 난감한 일이었다.

스물네 시간의 침묵

해야 할 일들의 리스트를 싹싹 지운다. 생각이 떠오르는 족족 머리를 마구 흔들어 내쫓는다. 다음엔 심장을 슬쩍 들여다본다. 오래 응시할 필요는 없다. 상처라거나 미미한 통증, 어지러움 같은 것이 어른거리면 꾹 눌러버린다. 모두 다 욕심이고 욕망이다. 내 마음대로 되지 않아서 그런 것이고, 세상은 어차피 내 마음대로 되는 게 아니다. 라디오를 켠다. 무슨 음악이 나오든 무슨 소리를 하든 그냥 듣는다. 전화기를 무음으로 해둔다. '지금은 전화기가 꺼져 있습니다'로 걱정을 끼치는 것보다 '다른 일을 하느라 벨소리를 못 들었나 보다'가 낫다. 뜨거운 물로 샤워를 한다. 제일 좋아하는 바디로션을 온몸에 듬뿍 바른다. 헐렁한 옷을 입는다. 커피 한 잔을 만든다. 원두를 천천히 갈고 우유에 거품을 잔뜩 내서 커다란 컵 가득 담는다. 책상에 올려두고 잊어버린다. 침대에 누워 뒹군다. 발치에 쌓여 있는 책들 중에서 한 권을 집는다. 엎어져서 잔다. 초인종 소리, 무시한다. 어차피 올 사람도 없다. 잠에서 깨어나면 잠시 꿈의 여운을 맛본다. 요리를 한다. 잘 익은 김치를 꺼내고 나물을 무친다. 한 솥 가득 국을 끓인다. 갓 지은 밥에서 김이 오르는 것을 감상한다. 하루 종일 만화만 틀어주는 케이블방송에 채널을 맞춘다. 케로로나 코난을 멍하니 보며 식사를 한다. 사과를 깎는다. 기분이 내키면 토끼 귀도 만든다. 스케치북을 펴고 6B 연필과 크레용으로 그림을 그린다. 손으로 마음껏 문지른다. 알록달록해진 손가락을 빡빡 문질러 씻는다. 색색으로 물든 손톱을 깎는다. 창가에 서서 해 지는 것을 본다. 화분에 물을 준다. 피아노 뚜껑을 열고 건반을 누른다. 바흐의 악보를 곰곰이 들여다본다. 식은 커피를 마신다. 읽다 만 책을 다시 펴 든다. 누구도 눈여겨보지 않을 문장에 밑줄을 긋는다. 오래된 필름카메라를 만지작거린다. 기억이나 추억이 밀려들면, 잠시 그대로 놓아둔다. 어차피 오래가지 않을 것들이다. 밤이 오는 소리를 듣는다. 무음을 듣는다. 색이 바랜 사과를 한 입 깨문다. 릴케의 짧은 시를 마음속으로 암송한다. 아무 소리도 내지 마. 숨만 쉬어. 머리에게, 가슴에게, 두 손에게, 갈망에게, 그리움에게, 눈물에게, 시간에게, 다짐한다. 나는 더 많이 침묵해야 한다. 스물네 시간, 짧다.

스스로 자리를 바꾸는 것들

아는 사람은 다 아는 사실이지만, 물건들은 가끔 스스로 자리를 바꾼다. 어젯밤 책상 위에 놓아둔 연필이 식탁 아래 떨어져 있다거나, 며칠 전 책꽂이에 꽂아둔 책이 자취를 감추었다거나(이럴 경우에는 얼마 후 예기치 못한 곳에서 다시 나타난다), 들고 나간 가방 속에 얌전히 있어야 할 휴대폰이 혼자 집에 얌전히 있다거나, 예를 들자면 한도 끝도 없는 사소한 일들이다. 이 정도라면 나도 불만 없이 넘어가줄 수 있겠는데, 가끔 도가 지나친 경우도 있다. 한 번도 본 적이 없는 앨범이 버젓이 CD 플레이어 안에 들어 있기도 하고, 몇 년째 벽에 걸려 있던 액자 속의 그림이 감쪽같이 다른 것으로 바뀌어 있기도 하고, 심지어 주차장에 있어야 할 차가 사라지기도 한다.

물건들이 스스로 자리를 바꾸는 이유에 대해 과학적으로 증명된 이론은 없다. 일부에서는 자기장이나 블랙홀을 거론하기도 하고 다른 일부에서는 심령 현상을, 또 다른 곳에서는 정신의 착각이나 환각 등을 바탕으로 추리를 하고 있다. 아주 드물게 외계인의 소행이라고 말하는 사람도 있다.

물론 그중 어느 것도 우리에게 명쾌한 해명을 해주지 못한다. 그래서 나는 그들과의 대화를 통해 이 문제를 해결해보아야겠다는 생각을 하게 되었다. 어차피 한 집에서 같이 살고 있는 처지에, 서로 의심하며 살 수는 없지 않은가. 그들이 고분고분 대답을 해줄지는 모르지만, 까짓것 밑져야 본전이다. 나는 기회를 엿보았다. 모든 인터뷰에는 가장 적당한 때가 있는 법이며, 훌륭한 인터뷰어는 그 '때'를 적절하게 포착함으로써 상대의 마음을 열게 만들어야 하는 것이다.

내가 예상한 대로, 그 '때'는 깊은 밤중이었다. 역시 예상한 대로, 나는 깊은 잠 속에서 몇 개의 꿈 사이를 오가다가 문득 눈을 떴다. 그리고 또 예상한 대로, 물건들은 죽은 듯한 침묵과 어둠 속에서 꼼짝도 않고 있었다. 그러나 나는 뭔가 이상한 낌새를 감지했다. 그것은 조금 전까지 우당탕탕 소란을 피우던 무엇들이 갑자기 움직임을 정지한 후에 생기는, 상당히 수상쩍은 침묵이었다. 그때 무엇인가가 또르르르 굴러가다가 흠칫, 하고 멈추는 소리가 선명하게 들렸다. 가만히 몸을 일으켜 소리가 나는 곳을 응시하자, 부주의한 연필 하나가 창밖으로 흘러 들어온 달빛에 모습을 드러냈다. 그날은 마침 보름달이 환하게 뜬 밤이었다.

"거기 너, 다 봤어."

내가 말했다. 물론 연필은 시치미를 떼고 애써 태연한 척 자리를 지키고 있었다. 만약 연필에 발이 달렸다면 틀림없이 뛰다가 만 모양으로 위태롭게 서 있었을 것이다.

"너희들도 모른 척하지 마. 다 알고 있어."

이번에는 방 안의 다른 물건들을 둘러보며, 내가 말했다. 그리고 언제까지나 대답을 기다리겠다는 듯 입을 다물었다. 침묵이 이어졌다. 그리고 마침내, 무엇인가의 나지막한 한숨 소리가 흘러나왔다.

"그래, 잘 생각했어. 이제 비밀을 털어놓아 보시지."

"한 가지만 알아줘."

텔레비전 위에 놓인 미니카가 체념한 듯한 목소리로 말했다.

"나쁜 뜻은 전혀 없었어."

"그래, 나도 알아. 너희들은 단지 무료함을 달래기 위해서, 혹은 자신이 있는 장소보다 다른 장소가 더 좋아 보여서 위험을 무릅쓰고 움직이고 있다는 거. 하지만 나한테는 좀 곤란하지 않겠어? 무엇인가가 필요할 때 그게 눈에 보이지 않는다면 말이야. 게다가 전혀 예상치 못했던 곳에서 예상치 못한 물건을 발견하면 놀라게 된다고."

내가 말했다.

"거기까지는 생각 못 했어."

식탁 위에 놓인 꽃병이 말했다. 그가 입을 열자 달콤한 향기가 감돌았다.

"앞으로는 조심할게."

"좋아. 너무 심하지만 않으면 나도 괜찮아. 뭐 누구에게나 기분전환이라는 건 필요하니까 말이야."

우리는 그렇게 평화적으로 대화를 끝냈다. 그날 밤, 내가 다시 잠든 사이, 꽃병은 창문 쪽으로 한 뼘쯤 움직였는데, 그건 단지 햇빛을 좀 더 잘 받기 위해서였다.

사람과 함께 살아가고 있는 물건들이 자신의 의지를 갖고 있다는 건 사실 놀라운 일이 아니다. 내가 이 일을 여러분에게 알리는 이유는, 물건들이 자리를 좀 바꾸었다고 해서 자신의 기억력을 탓하거나 괜한 동생을 의심하거나 쓸데없이 놀라는 사람이 없었으면, 하고 바라기 때문이다. 세상에는 상식으로 납득할 수 없는 일이 꽤 있다. 그리고 바로 그것이 세상을 즐겁게 만드는 이유 중 하나이다.

시간을 탕진하다

서랍을 열자 코끼리가 튀어나왔다. 오래전에 스케이트를 타러 북극으로 떠난 바로 그 코끼리였다. 너무 오랜만이라 멀뚱멀뚱 바라보기만 할 뿐, 서로 말이 없었다. 나는 기껏 고래 이야기를 했을 뿐이다. 생각해보면 코끼리의 안부를 먼저 물었어야 했는데.

"고래?"

코끼리는 슬쩍 못마땅하다는 내색을 드러내며 콧등을 찡그렸다. 코끼리의 콧등은 아주 길었고 코끝에서부터 시작한 주름이 위로 올라가는 데는 꽤 오랜 시간이 걸렸다. 그제야 나는 내가 이야기를 잘못 꺼낸 것을 알아차렸지만, 이미 뱉은 말을 주워 담는다고 해서 코끼리의 기분이 좋아질 것 같진 않았다. 그의 코가 완전히 찌그러질 때까지 기다렸다가, 나는 고개를 끄덕였다.

"그러니까 여기 이 서랍 속에서 살던 그 고래 말이지?"

코끼리는 끙, 하고 몸을 뒤틀며 천천히 말을 뱉어냈다. 마치 고래와 같은 방식으로 이야기하는군, 크고 무겁고 오래된 것들의 습관인가, 생각하며 나는 다시 한 번 긍정의 의미로 고개를 끄덕였다.

"그때는 이 서랍 속이 바다였다면서?"

코끼리는 크고 무겁고 오래된 생각에 잠겨 꿈을 꾸듯 중얼거렸다.

"응."

조금 더 자세한 설명을 할까, 했지만 그의 생각을 방해할 것 같아 나는 간결하게 대답했다. 확실히 그때는 이 서랍 속이 바다였다. 그럼 지금은? 나는 코끼리의 커다란 덩치에 가려진 풍경을 살펴보았다. 그의 튼튼한 다리는 부드러운 모래를 밟고 있었기 때문에, 처음에 나는 코끼리가 바닷가의 모래사장에 있는 거라고 믿어버렸다. 고래의 바다 때문이었을 것이다. 하지만 코끼리의 뒤편으로 뻗어 있는 것은 수평선이 아니라 고요하고 낮은 지평선이었다. 머나먼 소실점에 이를 때까지 그 외의 다른 풍경은 없었다. 언제까지나 모래만 지속되는 풍경.

"그때는 좋았겠군. 이런 사막보다야 바다가 훨씬 낫겠지."

"거기서 뭘 하는 거야?"

코끼리의 혼잣말과 나의 질문이 거의 동시에 소리가 되어 밖으로 나왔고, 허공에서 가볍게 부딪쳤다가 금세 흩어졌다. 코끼리는 흩어진 단어를 쫓듯 긴 코를 휘저었다.

"내가 뭘 하냐고?"

그의 웅얼거림이 하얀 벽에 부딪쳐 두어 번의 울림을 만들었다.

"아주 중요한 걸 하고 있어. 보면 알잖아."

코끼리는 귀찮다는 듯 고개를 돌려 머나먼 지평선을 바라보았다. 지평선은 여전히 고요하고 낮았다. 어쩌면 영원히 아무런 일도 일어나지 않을 것 같은, 안전하고 지루한 평화였다.

"글쎄, 잘 모르겠는데. 아무것도 안 하고 있는 것처럼 보이는데?"

이런 바보는 처음 본다는 듯 커다란 눈동자를 굴리며 코끼리는 한숨을 쉬었다.

"저기 말이야, 아무것도 안 하는 일도 꽤 어렵지 않아?"

나는 할 말을 잃었다.

당신은 한때 칼날 같은 사랑을 품고 있었다. 사랑 같은 칼날이었는지도 모른다. 당신이 내게 내민 것이 사랑인 줄 알고 품었으나 칼날인 적도 있었고, 칼날인 줄 알고 피했는데 사랑인 적도 있었다.

"네가 그 자리에 그렇게 서 있겠다면, 내가 도망치는 수밖에 없어."

당신은 그렇게 말하고 떠났다. 사랑 같은 칼날이 나를 피해 갔으니 목숨은 건졌다고 현자들은 내게 말했다. 하지만 칼날 같은 사랑이 떠났으니 곧 목숨을 잃을 거라고 그들은 내 뒤에서 수군거렸다. 하루는 살고 하루는 죽은 채로 시간이 흘렀다. 나를 떠난 당신은 어떻게 살고 죽었나.

"정말로 아무것도 안 하는 건 아니야. 시간을 소진하고, 소모하고, 소비하고, 낭비하고, 탕진하고, 그래도 돌아오는 시간을 또 소진하고, 소모하고…… 그것만으로도 모든 에너지를 다 쓰게 돼. 죽을 만큼 힘들다고."

코끼리가 그런 말을 할 때, 사막은 점점 커져갔다. 코끼리가 점점 작아진 것인지도 모른다.

"고래는 다 지나 보냈어? 그 시간들을?"

이상하게 내 목소리가 울먹이는 것 같다고 생각하며, 나는 물었다.

"응. 그리고 무뎌졌지."

"그 사람도 그럴까?"

코끼리는 커다랗고 무겁게, 고개를 꼬았다.

"여태 붙잡고 있을지도 몰라. 사랑 같은 칼날이라거나 칼날 같은 사랑을. 그게 충분히 무뎌지기 전까지는, 아마 돌아오지 않을 거야. 너를 해치게 되면 자기 자신도 해치게 되는 거니까. 그게 사랑이든 칼날이든. 시간만이 그걸 무디게 만들 수 있는 거야."

뭔가를 바라듯 절박한 눈빛으로, 코끼리는 나를 보았다.

"닫을까, 이제?"

"그래, 닫아."

나는 가만히 서랍을 닫았다. 가두었다. 묻었다. 코끼리를, 사막을, 고래와 바다의 기억을, 사랑을, 칼날을, 당신을, 크고 무겁고 오래된 시간 속에.

쉽게 상처받는,
쉽게 절망하는,
쉽게 눈물 흘리는,
쉽게 행복해지는,
유리로 만든 구슬처럼 불안하고 위험한,
그러나 반짝반짝 빛나는,
두 번 다시 오지 않을 바로 지금 이 순간.

아무것도 거절하지 못하는 사람

피곤해 보여. 내 말에 그의 표정이 약간 굳어진다. 괜찮아, 그래
도. 나는 재빨리 덧붙인다. 그제야 그는 쑥스러운 듯 미소를 지
으며 의자에 몸을 기댄다. 자, 이제 얘기해봐. 그동안 또 무슨 일들이
있었는지. 그는 잠깐 생각에 잠긴다. 이제 겨우 다섯 시를 지났을 뿐인
데, 창밖에는 어둠이 내리기 시작한다.

우리는 다섯 달 만에 만났다. 그가 하고 싶어 하는 이야기들이, 내가
듣고 싶은 이야기들이 우리 앞에 쌓여 있다. 만약 우리가 미래 속에 담
긴 어떤 추상을 볼 수 있다면 말이다. 그가 이야기를 하는 동안, 나는
가끔 고개를 끄덕이고 가끔 다른 생각에 잠기다가 다시 귀를 기울인
다. 밤이 깊어간다.

그는 마침내 이야기를 마치고, 판결을 기다리는 사람처럼 가만히 나
를 바라본다. 다른 날이었다면, 나는 그냥 웃으며 자리에서 일어났을
것이다. 그건 우리 사이의 오랜 묵약이었다. 몇 달에 한 번씩 만나, 그
는 이야기를 하고 나는 듣는다. 그는 나의 충고를 원하지 않았고, 나
역시 그의 드라마틱한 삶과 극적인 에피소드들을 내 작업의 재료로
삼을 생각이 전혀 없다. 그건 단지 위로를 구하는 의식 같은 것이었다.
누가 누구에게 주는 위로가 아니라, 그와 나 사이에는 그 자체로 존재
하는 위로가 있었다. 우리는 이야기를 하면서 또 들으면서 우리 사이

에 놓인 위로를 지켜본다. 그것이 전부이다. 그런데 불현듯, 우리 사이의 묵약이 깨어진다. 어떠한 전조도 없이. 어쩌면 때마침 창밖에서 흩날리기 시작한 눈 때문이었으리라.

오래전부터 하고 싶었던 이야기인데 말이야, 내 말에 그의 입술이 미세하게 떨린다. 왜 다른 사람의 부탁을 거절하지 못하는 거니? 그러니까, 어째서 넌 언제나 다른 사람의 일만 해주고 있는 거야? 왜 싫은 건 싫다고 말하지 않아? 고맙다는 이야기도 제대로 못 들으면서, 언제까지나 다른 사람의 뒤치다꺼리를 해주며 살아갈 작정이야? 네가 하고 싶은 건 없어? 네 인생은 없는 거야? 나도 모르게 목소리에 감정이 실린다. 그는 한 대 얻어맞은 사람처럼 멍한 표정으로 나를 보다가, 겨우 입을 연다. 저기 있지…… 내 인생은 뭘까?

이번에는 내가, 한 대 얻어맞은 사람처럼 멍해진다. 난 뭘 하고 싶은 걸까…… 그는 이제 나에게서 시선을 거두고, 창밖을 바라보며 혼잣말처럼 중얼거린다. 그러다 갑자기 내 눈을 똑바로 보며, 묻는다. 너는 알아? 그러니까 네가 하고 싶은 것이 뭔지, 누군가의 부탁을 들어주는 대신, 내가 해야 할 더 중요한 일이 뭔지, 알아? 거절해야 할 분명한 이유를, 스스로에게 또 상대에게 납득시킬 만한 이유를 알아? 난 정말 모르겠어. 내 삶을 위해 분투하는 것보다, 다른 사람을 기쁘게 해주는 쪽이 항상 좋은 거라고 믿어왔어. 나는 단호하게 말한다. 그러나 그건 다른 사람의 인생도 아니었어.

그의 일생은 그렇게 지속되어왔다. 누구의 것인지 모를 인생을 그는 살아왔다. 어쩌면 그는 삶의 변두리에 속하고 싶어 했는지도 모르겠다. 그러나 그건 불가능한 일이었다. 그는 태어날 때부터 자신의 삶을 갖고 있었기 때문이다. 그것이 그가 나를 만나는 이유이자 내게 그의 이야기를 모두 쏟아부어야 했던 이유였다. 그는 다른 사람들의 부탁을 들어주느라 스스로에게 '내 인생은 뭘까'라고 질문할 시간을 갖지 못했고, 질문을 하지 못했기 때문에 대답을 알지 못했고, 그래서 다른 사람의 부탁을 들어주어야 했다. 그 결과, 그는 그의 삶에서 격리된 채 점점 비어가고 있었고, 나는 우리의 묵약을 깨뜨릴 수밖에 없었다. 하지만 나라고 해서 대답을 알고 있는 것도 아니었다. 결국 나는 그를 더욱 혼란스럽게 만들었다.

가야겠어. 나는 혼란에 빠진 그를 남겨둔 채, 자리에서 일어섰다. 가지 마, 라고 그는 말하지 못할 것이다. 설사 말한다 해도, 나는 그의 부탁을 거절할 것이다. 그는 가지 마, 라고 얘기하는 대신 그 자리에 못 박힌 듯 앉아, 나의 목과 어깨 사이 어디쯤을 바라보며 조용히 말한다. 하나만 물어볼게. 물어봐, 내가 대답한다. 너는 왜 나의 연인이 되어주지 않는 거야? 나는 잠깐 생각하다가 이렇게 대답한다. 너한테만은 거절당하고 싶지 않거든. 그는 절대 그런 일은 생기지 않을 것이라는 듯, 고개를 세차게 흔들며 나를 본다. 알아, 하지만 네가 너 자신을 찾게 되면, 그런 일이 생길지도 몰라. 누군가를 사랑한다는 건 그런 거니까. 나는 천천히 그의 시야에서 벗어나, 눈 덮인 거리로 나선다.

아무도 그녀를 모른다

아무도 그녀를 모른다. 최소한 지금 살아 있는 사람 중에서, 그녀를 아는 사람은 없다. 한때의 그녀를 알고 있는, 한순간의 그녀를 기억하고 있는 사람은 물론 존재한다. 그녀와 오랜 시간을 함께 보낸 사람도 있었고, 그녀와 깊은 시간을 공유한 사람도 있었다. 사실 다른 사람과 비교해보자면, 그녀는 자신에 대한 단서들을 꽤 많이 남긴 사람 중의 한 명이다. 그녀에 대해 조금이라도 관심이 있는 사람이라면 누구든지 그녀에 관한 정보를 얻을 수 있으며, 그것을 통해 자신이 생각하는 그녀의 모습을 만들어낼 수 있다. 그녀는 자신을 표현하는 데 익숙한 사람이었고, 표현의 방식 또한 다양했다. 적어도 대부분의 사람들은 그렇게 생각했다. 하지만 그녀는 자신이 언제나 서투르다고 생각했을지도 모른다.

많은 사람들이 그녀의 웃는 모습을 보았고, 몇몇 사람들은 그녀의 우는 모습을 보았다. 그러나 그녀의 눈빛이 충만한 행복으로 빛나던 시절과 그녀의 가슴이 절망으로 무너져 내리던 시절 중 어느 쪽이 그녀에게 더 많았는지, 또 중요했는지는 아무도 모른다. 아마 그녀 자신도 모를 것이다. 하지만 행복과 불행의 양이나 질을 저울에 달아보는 일은 더 이상 의미가 없다.

그녀는 기꺼이 외로움을 껴안고 그 안에서 진심으로 행복해하기도 했으며, 기쁨의 정점에서 끝없는 불안함에 시달리기도 했다. 그럼에도 불구하고, 표면적으로 그녀의 삶은 순조롭게 흘러갔으며, 인생은 대체로 그녀에게 친절했다고 기억된다. 사치스러운 절망, 감상적인 사랑, 세속적인 욕망 같은 것에 빠져 방황하던 시간도 있었지만, 그런 것들이 그녀에게 심각한 문제로 작용하지는 않았다. 그녀는 어느 한 가지 대상에, 사람에, 또는 가치에 모든 것을 던질 만큼 열정적일 수 없었다. 그녀의 강한 자의식은 언제나 그녀의 무의식이 그녀의 외부로 분출되는 것을 제지했다. 하지만 그녀는 평생, 자신을 송두리째 던질 무엇을 찾고 있었던 건지도 모른다. 그 이유가 무모하면 무모할수록 좋다고 생각했을지도.

그녀에게는 언제나 현재가 중요했다. 과거에 집착하거나 미래에 대해 걱정하는 것은 무의미한 일이라고 그녀는 믿었다. 그래서 그녀에게는 미래에 대한 계획이 없었다. 그녀는 일이 복잡하게 얽히는 것을 싫어했고, 때문에 어떤 일들이 과거에서 미래로 연결되어 얽히기 전에 시간의 고리를 끊어버리곤 했다. 누군가와 만났다가 헤어질 때면, 그녀는 안녕, 하고 간결하게 인사하는 것을 좋아했다. 냉정하고 단호한 사람이었어, 라고 누군가는 얘기할 것이다. 하지만 그녀가 이별의 순간을 오래 견디지 못하기 때문에 그런 습관을 갖게 되었다는 것을 아는 사람은, 의외로 없을지도 모른다. 과거의 기억들이 너무 무거워서, 미래에 대한 두려움이 너무 커서, 의식적으로 그것을 멀리했을 가능성도 배제할 수 없는 것이다.

그녀는 좋고 싫은 것이 분명했다. 그리고 그런 취향들이 항상 변할 수 있는 거라고 생각했다. 누군가 그녀에 대해 자신감이 없는 사람이었다고 말한다면, 아마 많은 이들이 '그렇지 않다'고 그의 의견을 부정할 것이다. 그녀는 자신의 의견을 분명하게 애기했고, 원하는 것을 그때그때 요구했으며, 할 수 있는 일과 할 수 없는 일을 정확히 구분했고, 하기 싫은 일을 하고 있는 합당한 이유를 찾아냈다. 하지만 간혹 그녀는 스스로에 대해 대답할 수 없는 질문들을 던지곤 했다. 이것이 정말 내가 원하는 것일까? 아니, 내가 정말 원하는 것은 무엇일까?

그녀는 언제나 자신의 마음속에 채워지지 않는 깊은 결여의 동굴 같은 것이 존재한다고 믿었다. 그리고 그것이 돈과 명예와 세속적인 욕망으로 채워질 수 없다는 것도 알고 있었다. 그녀는 자신의 삶이 바다를 향해 끝없이 흘러가는 강과 같다고 생각했다. 그녀에게 있어 바다는, 거대한 결여의 동굴을 채울 수 있는, 모든 대답과 궁극의 평화를 포함하고 있는 곳이었다.

그런 생각은 그녀를 위로하고 안심하게 만들었다. 하지만 그녀는 가끔 깊은 밤 혼자 잠에서 깨어, 자신의 삶이 어쩌면 바다로부터 수천 킬로미터 떨어진 산속의 험한 골짜기를 헤매고 있는 것은 아닌가, 생각하며 겁에 질리기도 했다. 어떤 사람들은 그녀의 그런 두려움이, 대부분의 사람들과 다소 달랐던 그녀의 삶에서 비롯된 것이라고 생각했다. 하지만 그녀는 그것에 대해 깊이 생각하지 않았다.

그 대신 그녀는 날마다 삶의 유한함에 대해 생각했고, 자신의 삶을 과대평가하지도, 폄하하지도 않았다. 이상하게 들릴 수도 있지만 삶의 유한함은 그녀를 조금 덜 불안하게, 조금 덜 외롭게 만들었다. 왜냐하면 이 짧고 순간적인 삶이 결코 완성으로 끝날 수 없다는 것을 그녀는 알고 있었기 때문이다. 어쩌면 그저 그렇게 믿고 싶었던 것인지도 모른다.

그녀는 평생 완전한 사랑을 갈구했지만, 한편으로 온 힘을 다해 사랑을 경계했다. 영원한 사랑은 그녀에게 있어 하나의 절대적인 욕망인 동시에, 자의식의 죽음을 의미하는 것이었다. 혹시 그녀는 진짜 사랑이 자신을 발견하는 날, 혹은 그녀가 진짜 사랑을 발견하는 날, 돌이킬 수 없는 불행에 빠질 것이라고 믿었을지도 모른다. 하지만 그녀가 그런 식으로 불행해지는 것을 원하지 않았다고 단정할 수는 없다.

그녀의 모든 것을 아는 사람은 아무도 없다. 그녀는 자신을 숨기면서 자신을 표현하고, 자신을 드러내면서 자신을 감추는 것에 너무도 익숙해져 있었다. 의식적으로 자신의 말과 생각과 행동을 잊어버리고, 자신의 흔적을 남기지 않기 위해 결정적인 단서들을 지워버렸으며, 그녀의 삶 전체가 다만 하나의 판타지 혹은 동화로 잠시 발현되었다가 사라지기를 원했다. 확신할 수는 없지만, 그녀는 자신에게조차 삼인칭으로 남길 원했을지도 모른다. 스스로도 이해하기 힘들었던 모순투성이의 그녀를, 당신은 당신 마음껏 채색하고 좋을 대로 기억해주기 바란다. 하지만 정말로, 사실은, 그녀의 모든 것을 완벽하게 알아주었던 단 한 사람이 있어, '나는 너의 영혼을 사랑했어'라고 고백해준다면, 그녀는 진심으로 행복해할지도 모른다. 여기가 아닌 다른 세상에서.

안녕은 어지럽게

당신은 충분히 뜨겁지 않았고
나는 충분히 차갑지 못했지
안녕, 시작도 할 수 없었고
안녕, 끝도 낼 수 없었지

심장이 달구어질 때는
머리에 빨간불이 켜지고
마음이 흐물흐물해질 때는
걸음이 옮겨지지 않았지

미지근한 시간에 살짝 손을 얹어보면
황급히 달아나던 온기
밤이 가장 긴 날에도 뱀의 껍질처럼
미끄러져 가던 응시

쌓아둔 것이 정인지 미움인지 몰라도
안녕은 어지럽게 하고 싶었지
감추어둔 것이 바늘인지 솜털인지 몰라도
안녕은 흔들리며 하고 싶었지

그러나 나는 아직 충분히 뜨겁지 못하고
당신은 여태 충분히 차갑지 않으니
안녕, 인사도 할 수 없고
안녕, 작별도 할 수 없지

알러지

다른 날과 아무것도 다를 게 없는 날
여느 때처럼 여느 길에 서 있을 때
늘 불어오던 바람이 불어왔을 때
내 마음의 촉수들이 새파랗게 질렸다

푸른 비명 소리 공기를 채우고
부드러운 살갗 위로 툭툭 꽃망울 터지고
무슨 일이 일어났는지 알 수 없는 채로
심장은 빠르고 거칠게 뛰었다

그렇게 어느 날 갑자기
몸속 모든 면역이 사라지고
사랑을 하지 않을 수 없게 되는 날이 오는 거란다, 라던
누군가의 충고가 비로소 떠올랐다

그해 오월에

알약

"무슨 말인지 압니다."

남자가 말했다. 검고 둥근 테두리의 안경 너머로 그의 눈빛이 반짝, 빛났다.

"하지만 이건 극히 일부 사람들만 알고 있는 일이니까, 비밀은 지키셔야 합니다."

나는 비밀을 반드시 지키겠다는 표시로 고개를 끄덕였다.

"그러니까 당신은, 우리가 개발한 이 알약이 사랑과 관계가 있다는 말을 듣고 오신 거죠? 그리고 알약이 구체적으로 어떤 효과를 가지고 있는지 알고 싶은 거고."

바로 그렇다는 표시로 나는 고개를 힘껏 끄덕였다.

"사랑과 관계가 있다는 정보는 틀리지 않습니다."

그렇게 말하고, 그는 눈을 잠깐 감았다 떴다. 그 사이에 그의 눈빛이 조금 투명해진 것 같다고, 나는 생각했다.

"그러나 이것이 사랑을 식지 않게 하는 알약일 거라는 당신의 가정은 틀렸습니다."

한숨이 저절로 새어 나왔다.

"물론, 우리 역시 처음에는 그런 알약을 만들려고 했죠. 수년에 걸쳐 수많은 시도도 했고."

"그럼, 결국 실패한 건가요? 이 세상에 존재하는, 또 존재하지 않는 모든 알약을 다 만들어낼 수 있다는 당신의 연구팀에서도, 그런 알약은 만들지 못하는 건가요?"

남자는 나를 가만히 바라보다가 조용히 미소를 지었다.

"아뇨, 실패하지 않았습니다. 수많은 시행착오를 거치긴 했지만, 우리는 만들어냈죠, 그런 알약을."

나의 입술이 반쯤 벌어진 채 입 속에 담긴 말들을 밖으로 뱉어낼 궁리를 하고 있을 때, 남자가 말을 이었다.

"하지만 여러 차례의 임상실험을 거친 후, 그 알약을 모조리 폐기처분했습니다. 알약을 제조하는 데 필요한 모든 데이터들까지."

"어째서요? 이 세상 모든 사람들이 그걸 원한다고요! 모두가 영원한 사랑, 식지 않는 사랑을 갈망하고 있는데 왜 그걸……?"

남자는 우리 사이의 테이블 위에 놓여 있던, 차가운 물이 담긴 컵을 내 쪽으로 밀어주었다. 하지만 난 물이나 마시고 있을 기분이 아니었다.

"당신이 원하는 게 뭔지 압니다."

남자는 컵을 잡으려 하지 않는 나를 달래듯 부드러운 목소리로 말하면서, 주머니에서 작은 상자 하나를 꺼내어 내 손에 쥐여주었다.

상자는 손바닥 안에 쏙 들어갈 정도의 크기였다. 나는 이게 뭔데요, 하는 표정으로 남자를 보았다. 그는 묵묵히 손짓으로, 상자를 열어보라는 시늉을 했다. 뚜껑을 열자, 겨자씨보다 작은 알약 하나가 푸른 천 안에 얌전히 놓여 있었다. 나는 무심코 알약을 입 속에 집어넣고, 차가운 물을 마셨다. 그냥 그래야 할 것 같았다. 약을 삼키고 한참 그대로 앉아 있었지만, 내 몸에는 아무런 변화도 일어나지 않았다.

"이제 설명을 드리죠. 그건 사랑에 빠지기 전에 먹는 알약입니다."

"빠지기 전? 그렇다는 건, 이 알약이 사랑에 빠지지 않게 만드는 건가요?"

남자가 웃음을 터뜨렸다. 이토록 기분 좋게 웃는 사람은 처음이야, 나는 생각했다.

"그럴 리가요. 그건 당신이 원하는 게 아니지 않습니까. 알약은 사랑 자체에 어떤 영향도 미치지 않습니다. 당신은 평소와 다름없이 사랑에 빠지고, 기쁨과 슬픔과 행복과 고통을 느낄 겁니다."

"그럼 이 알약을 왜 먹는 거죠?"

"알약의 기능은 단 한 가지입니다. 특정한 정보를 빠른 시간 안에 뇌에서 사라지게 하는 거죠."

그날 저녁, 나는 남자가 이끄는 대로 바다가 보이는 레스토랑으로 가서 저녁을 먹었다. 그건 매우 평화롭고 로맨틱한 데이트였다. 싱싱한 해물 요리에 셰리주를 곁들이고, 식사가 끝난 후에는 레스토랑의 피아니스트가 연주하는 왈츠에 맞추어 춤을 추었다. 바다 위로 노을이 지고 파도 소리가 텅 빈 세상을 채웠다. 날이 완전히 저문 후 바다 위로 솟아오른 달은 나를 향해 은밀한 미소를 지었고, 나와 눈이 마주친 피아니스트는 윙크를 보냈다. 남자의 크고 따뜻한 손으로 감싸인 내 손은 아주 행복해 보였다.

하루가 지났을 때, 나는 남자의 이름을 잊어버렸다. 이틀이 지나자 그의 얼굴이 기억나지 않았다. 사흘째 되는 아침에 눈을 뜨자, 그의 목소리를 더 이상 떠올릴 수가 없었다. 그러나 나를 잠시 흔들었던 그 감정, 사랑이라 이름 붙여도 괜찮을 그 감정은 내 마음속에 온전히 살아 있었다. 나는 행복하고 따뜻했다. 그가 전화를 하지 않아도 전혀 불행하지 않았으니까. 그런 거였다. 사람들은 사랑이 식지 않는 알약 같은 걸 원한 게 아니었다. 그건 그것대로 골치 아픈 일이니까. 그저 우리는, 사랑의 감정 자체만을 지켜주는 무엇을 필요로 했던 것이다. 그리고 그 알약의 효능은 특정한 정보, 즉 대상에 관한 정보만 사라지게 하는 것이었다.

만약 당신이 이 알약에 흥미가 있다면, 어느 늦은 밤, 봄이 막 기우는 거리에 혼자 서서 바람에 몸을 맡기고 하늘을 올려다보면 된다. 곧 누군가 당신에게 다가와서, 이 알약이 담긴 작은 상자 하나를 건넬 테니까. 하지만 주의하라. 이 알약은 반드시 사랑이 시작되기 전에 먹어야 한다. 이미 시작되어버린 사랑에 대해서는 아무 효과도 없으니까.

어려운 질문

만약 당신이 불치의 병에 걸렸다면, 그래서 앞으로 한 달이나 두 달 후에 세상을 떠나야만 한다면, 그런 사실을 누군가 당신에게 얘기해주기를 바라나요? 만약 당신이 사랑하는 사람이 불치의 병에 걸렸다면, 그래서 남은 시간이 한 달 혹은 두 달 정도밖에 없다면, 당신은 그에게 그 사실을 이야기해줄 건가요?

만약 당신이 누군가를 사랑하고 그도 당신을 사랑하는데, 그 사랑이 두 사람에게 너무나 소중한데, 그대들이 공유할 수 있는 시간이 이미 정해져 있다면, 일 년이나 오 년이나 십 년 후에 반드시 헤어져야 할 운명이라면, 당신은 그 사랑을 시작할 수 있나요? 그는 당신에게 상처 받고 당신은 그에게 상처를 받아, 어쩌면 영영 지울 수 없는 흉터가 심장에 새겨지게 된다면, 그대들의 이야기에 그 외의 다른 결말이 없다면, 그래도 당신은 지금 그의 손을 잡을 수 있나요?

만약 당신과 내가 언젠가 헤어져야 한다면, 그 '언젠가'가 언제인지 당신은 알고 싶은가요? 만약 우리가 이별할 날의 날씨와 온도와 습도를 모두 알 수 있다면, 바람이 어디로부터 불어오고 해가 몇 시 몇 분에 지는지 예상할 수 있다면, 우리의 이별은 조금 덜 무거워질까요? 혹은 조금 더 고통스러울까요? 예정된 이별로 인해 우리는 더 사랑하게 될까요? 혹은 더 이상 깊어지지 않도록 서로를 멀리하게 될까요?

사랑을 다하고 나면 후회하지 않을 수 있을까요? 제대로 이별하고 나면 마음에서 서로를 지울 수 있을까요? 가진 것을 모두 주고 나면, 온 마음과 힘을 다해 바라보고 지키고 이해하고 받아들이면, 사랑한다고 천만 번 이야기하면, 나는 할 만큼 했으니 이제 더 이상 바랄 것이 없어. 어떤 운명에도 조용히 복종하겠어, 생각할 수 있을까요?

많은 사랑을 해보았다고 해서 당신 사랑하는 방법을 전부 안다고 말할 수 있을까요? 한 번도 사랑을 해보지 않았다고 해서 당신을 어떻게 사랑해야 하는지 모른다고 말할 수 있을까요? 언젠가 해본 그 사랑이 진짜라고 해서, 지금 사랑하는 마음이 가짜라고 말할 수 있을까요?

사랑의 흔적이 하나씩 지워진다고 해서, 당신의 목소리가 이제 기억나지 않는다고 해서, 당신을 사랑한 적 없다고 할 수 있을까요? 이별의 흔적이 하나씩 지워진다고 해서, 당신을 떠올리며 눈물 흘리는 대신 미소를 지을 수 있게 되었다고 해서, 그 이별 앞에서 마음이 수십 번씩 무너지지 않을 수 있을까요?

모든 삶은 죽음을 향해 달려가고, 모든 사랑은 이별을 향해 속도를 높이고, 당신은 멀어질 준비를 하고, 나는 사랑을 지우려 한다. 지금껏 내가 겪어본 모든 사랑이 그랬기 때문에, 사랑을 위해 울지 않으려 한다. 사랑에는 이별밖에 없다고 믿으려 한다. 당신이 이끄는 그곳은 끝이 아닐지도 모르는데. 세상 어딘가에는 영원한 사랑이 있을지도 모르는데. 진실은 이렇다. 사랑은 한 번도 나를 배신한 적이 없었다. 내가 사랑을 믿지 못해 그를 버리고 달아나기를 반복했을 뿐. 몇 번이나 몇 번이나.

어쩌면 혼자가 아닌지도

월요일에 홍대 앞에서 만난 그 사람은, 오늘은 어디를 가서 무엇을 먹든 모든 계산은 자기가 하겠다고 말했다. 몇 번인가 자신의 사정으로 인해 약속을 지키지 못했기 때문에 미안한 마음을 그렇게라도 표현하고 싶다고 했다. 서너 차례 약속이 어긋난 건 사실이지만 그중 한두 번은 나한테 사정이 있었기 때문인데, 줄곧 자기 때문이라고 생각하고 있었다니, 이상한 사람이다. 하지만 나는 굳이 쓸데없는 기억을 일깨워주고 싶지 않아서 흔쾌히 그의 호의를 받아들이기로 했다. 늦은 시간 우리가 찾아간 카페에는 주인 대신 손님들이 문을 열어두고 있었다. 주인이 갑자기 상을 당해 지방에 내려간 탓에, 손님들이 알아서 꺼내어 먹고, 알아서 계산을 하고 있으니, 알아서 해달라고 그들은 말했다. 우리는 벽돌로 만들어진 벽에 기대어 앉아, 우리가 지나온 긴 삶과 갑작스러운 죽음에 대해 이야기했다.

화요일에 인사동에서 만난 그 사람과 나는 아보카도 샐러드를 먹으며 요리에 관한 이야기를 했다. 요리를 할 때는 수영을 하거나 피아노를 칠 때만큼 그 행위 자체에 완전히 집중하게 된다는 나의 말에 그는 귀를 기울였다. 그는 내게 처음 요리를 하게 된 계기를 물었고, 나는 십수 년 전 요리무크를 만들 때 아주 좋은 요리 선생님을 만나 관심을 갖게 되었다고 대답했다. 우리는 요리가 상상력과 창의력을 필요로 하는 일종의 예술이자 놀이라는 것에 동의하고, 아보카도를 파스타에 넣어도 될지, 전어는 굽는 것이 맛있는지 회로 먹는 것이 맛있는지, 구운 닭 가슴살과 삶은 닭 가슴살 중에 어느 쪽이 샐러드에 어울리는지에 대해 얘기했다.

수요일에 청담동에서 만난 그 사람은 맛있는 커피를 마시자고 하더니, 정작 자신은 커피 대신 망고주스를 주문했다. 나는 쌀쌀한 바람이 부는 야외 테라스에 앉아 카푸치노의 부드러운 거품을 작은 스푼으로 떠먹으며 그의 짧은 여행 이야기를 들었다. 거품이 거의 사라졌을 때 화제가 바뀌었고, 우리는 몇 편의 뮤지컬에 대해 얘기했다. 서로 의견이 같을 때는 바로 다음 이야기로 넘어갔고, 의견이 다를 때는 상대의 생각을 충분히 이해할 때까지 묻고 또 들었다. 그와 헤어질 때쯤, 지금은 해답을 모르지만 언젠가는 그것을 찾을 수 있을 거라는 믿음이 생겼다.

목요일에 신촌에서 만난 그 사람은 자기가 요즘 주로 듣고 있다는 노래를 내게 들려주었다. 카페에서는 다른 음악이 흐르고 있었지만, 내 귀는 이어폰을 통해 그의 요즘 마음을 읽고 있었다. 노래를 다 듣고 난 후에 나도 그의 귀에, 나의 이어폰을 꽂아주었다. 그는 내가 요즘 주로 듣고 있는, 하루에도 몇 번씩 되풀이하여 듣는 그 노래를 마음에 들어 했다. 우리는 영화 이야기를 했고, 그는 해피엔딩이 아닌 영화는 싫다고 했다. 나는 최근에 본 영화 중에 해피엔딩이 아니었던 영화의 스토리를 얘기해주며, 조금 전에 들려준 음악이 바로 그 영화에 나오는 거라고 말해주었다. 그는 잠깐 생각하더니 그렇다면 그 영화를 한번 보고 싶다고 했다. 우리는 언제나 그랬듯이, 다음을 기약하지 않고 헤어졌다.

금요일에 우리 동네에서 만난 그 사람과 나는 발자크와 셰익스피어에 대한 이야기를 나누었다. 나는 지금 『고리오 영감』을 읽고 있다고 말했고, 그는 『리어 왕』을 다시 읽고 있다고 했다. 우리는 각자의 가방 속에 들어 있는 책을 꺼내어 밑줄을 그어둔 구절을 서로 읽어주며, 왜 이 책들이 수많은 세월을 뛰어넘어 세상에 존재하고 있는지, 사라지고 잊히는 것들과 그렇지 않은 것들의 차이는 무엇인지에 대해 얘기했다. 집으로 돌아오면서, 나는 어쩌면 혼자가 아닌지도 모른다는 생각을 했다. 그와 동시에, 어쩌면 영원히 혼자일지도 모른다는 생각을 했다.

나의 하루하루는 소란하고 고요하고, 따뜻하고 외롭고, 불안하고 평화롭게 흘러간다.

엘리베이터

목 안이 얼얼해지고 눈가가 뜨거워졌다. 여자는 마른침을 삼키며 뜨거운 이마를 짚어보았다. 곧 현기증이 밀어닥칠 테고 패닉에 빠져 자신의 의지와 상관없이 소리를 지르게 될지도 모른다. 여자는 아픔을 참을 수 없을 때까지 입술을 깨물며 정신을 수습해보려고 애를 썼다. 이런 상황에서, 그런 짓만은 피하고 싶었다. 움직임을 멈춘 엘리베이터 안에서, 말 한마디 나눠보지 않았던 남자 앞에서.

지하 사 층에 있는 주차장으로 내려가던 길이었고, 휴대폰은 불통이었다. 남자는 비상 버튼을 연신 눌렀지만 아무 대답도 없었다. 와중에 함께 타고 있던 여자의 얼굴이 창백하게 변해가는 것을 그는 알아차렸다. 남자는 가방에서 물통을 꺼내어 여자에게 건넸다. 몇 모금의 물을 힘겹게 삼키고 나서야, 여자는 미안하고 곤란한 얼굴로 그를 바라보았다.

"스파게티 좋아하세요?"

예상치 못한 말이 여자의 갈라진 입술에서 흘러나왔다. 희미한 의식의 꺼질 듯한 불빛 하나를 붙잡고, 여자는 뭔가 다른 것을 생각하기 위해 고군분투하는 중이었다. 먼저 여자는 눈앞에 있는 남자에게 집중했다. 그 외의 다른 것들, 이를테면 층을 나타내는 숫자들이라거나 머리 위에 있는 푸른 형광등이라거나 닫힌 문의 미미한 틈새 같은 것들은 엘리베이터의 일부였기 때문이다. 엘리베이터에 갇혀 있다는 사실을 상기시키지 않는 유일한 존재가 남자였다. 여자는 남자와 무슨 대화든 나누고 싶었지만, 적당한 화제가 떠오르지 않았다. 그때 캄캄한 어둠 속에 불쑥 별이 떠오르듯 스파게티가 떠올랐다.

남자는 여자를 몇 번인가 본 적이 있었다. 분명 같은 건물에 사는 사람이었다. 오가다가 마주친 적도 있었고, 언젠가 한번은 조금 떨어진 곳에서 유심히 본 적도 있었다. 주차장이었고, 여자에게는 남자친구로 보이는 동행이 있었다. 단지 그뿐이었지만, 남자는 어쩐지 여자가 신경이 쓰였다. 말을 걸어보고 싶다거나 여자에 대해 조금 더 알고 싶다는 기분은 아니었다. 이유는 몰라도 여자와 자신이 어떤 계기로 인해 엉킬 것 같다는 예감이 있었다. 이런 거였나. 남자는 생각하며, 적당한 대답을 서둘러 찾아보았다.

"좋아합니다만, 그리 자주 먹는 음식은 아닙니다."

여자는 멍하니 남자를 바라보았다. 자신이 뭘 물었는지는 이미 잊었고, 지금의 이 상황을 잊기 위해 상상력을 최대한 발휘해야 한다는 생각에만 매달리고 있었던 것이다. 여자도 몇 번인가 남자를 본 적이 있었다. 그러니까 어렵진 않을 거야, 여자는 생각했다.

"좋아하는 영화는요?"

더욱 집중해야 한다고 생각하며, 여자는 남자가 무슨 말을 하기도 전에 급히 덧붙였다.

"색깔은요? 음식은요?"

남자는 갑자기 웃음을 터뜨렸다. 그 덕분에, 여자는 이제 반쯤 상상의 세계에 발을 담그고 반쯤 정신을 차릴 수 있게 되었다.

"프라이드 그린 토마토. 그게 정답이군요."

남자가 말했다.

"어디선가 본 적이 있습니다. 남자가 지금과 같은 질문을 던졌고, 여자가 그렇게 대답했죠. 세 가지 질문에 대한 한 가지의 답입니다."

뒤늦게 남자의 말뜻을 알아차린 여자도 웃음을 터뜨렸다.

덜컹, 엘리베이터가 흔들렸다. 여자는 황급히 현실로 돌아왔다. 얼굴이 하얗게 질린 여자의 몸이 막 무너지려는 찰나, 남자가 여자를 붙잡았다. 폐쇄공포증이 있는 여자와 엘리베이터 안에 갇혔을 경우의 행동 방침에 대한 이야기는 들어본 적이 없었지만, 남자의 본능이 그를 막다른 골목으로 내몰았다. 남자는, 여자에게, 키스를 했다. 여자는, 한꺼번에 세 개 정도의 차원을 넘어섰고, 모든 것을 까맣게 잊었다.

두 사람이 엘리베이터 안에 갇혀 있던 시간은 기껏 십 분 남짓이었다. 마침내 문이 열렸고, 환한 불빛 아래 주차장의 모습이 드러났다. 다섯 명만 타도 경고음을 울리는 엘리베이터에 비해, 너무도 거대한 세계였다. 두 사람의 짧은 만남, 짧은 스파크, 짧은 의지와 기대는 이제 거대한 의문으로 남았다. 무슨 일이 있었던 걸까? 그 일이 정말 일어나긴 한 걸까? 내 눈앞에 있는 이 사람은, 조금 전의 그 사람과 같은 사람인 걸까?

거대한 세계 속의 엘리베이터와 같은 공간에서 그들은 만났다. 현실을 잊고 싶어 서로에게 말을 걸었고, 손을 내밀었고, 보다 친밀한 관계를 원했다. 그러나 언제까지나 그 안에 갇혀 있을 수는 없다. 그들이 원하는 바도 아니고, 설령 원한다 하더라도 세계는 내버려두지 않는다. 안녕히 가세요, 여자는 말한다. 안녕히 가세요, 남자는 말한다. 각자의 차에 올라타고, 각자의 길로 간다. 비교할 수 없을 만큼 더욱더 넓은, 그러나 텅 빈 세계를 향해.

예쁜 것들은 까다로워

"아무런 장식도 없는 투명한 유리로 된, 둥글고 커다란 샐러드볼을 사줘." 내가 말했다. 경은 "좋아, 맡겨줘" 하고 자신 있게 말했다. 왜 경이 내게 그런 걸 사줘야 되냐 하면, 지난 이월 말, 내가 이사를 했고, 그래서 이사 간 집으로 경을 초대했고, 경은 이사 선물로 뭘 갖고 싶은지 내게 물었고, 원래 선물은 절대 사양하는 법이 없는 내가 약 십칠 초간의 고민 끝에 샐러드볼을 사달라고 했기 때문이다. 둥글고 커다란 볼 안에 갖가지 색깔의 야채들을 잔뜩 넣고, (내가 싫어하는 토마토케첩과 마요네즈를 제외한) 여러 가지 소스를 끼얹어 맛있는 샐러드를 만들어야지. 경이 우리 집에 올 날을 기다리며, 나는 그런 꿈을 꾸었다.

일요일 오후, 온다던 시간이 지나도록 연락이 없는 경에게 전화를 걸었다. 경이 말했다. "나 지금 샐러드볼 사러 나왔는데, 유리로 된 게 없어. 그 대신 스테인리스로 된 게 있는데, 내 마음에는 쏙 들지만……." "그래?" 내가 대답했다. "마음에 들면 그걸로 해, 스테인리스에 이상한 무늬 같은 건 없겠지?" "하하" 경이 웃었다. "그런 건 없어. 아주 심플하고 아주 스마트해. 그런데 자긴 취향이 까다로워서 어떨지 모르겠어." 결국 그날 나는, 너무나 심플하고 스마트하고 마음에 쏙 드는 스테인리스 샐러드볼을 갖게 되었다.

첫날은 그 샐러드볼에 방울토마토를 담았다. 내가 제일 좋아하는, 그리고 가장 단순한 두 가지 소스, 올리브 오일과 발사믹 식초만 끼얹었는데도 굉장히 좋은 맛이 났다. 그다음에는 가볍게 간을 맞춘 양파 슬라이스와 스위트 칠리 소스를 곁들인 훈제 치킨 샐러드를 담아보았다. 그 이후, 불빛을 받아 반짝반짝 빛이 나는 샐러드볼은 올리브 오일에 절인 참치를 주재료로 한 샐러드, 자몽과 오렌지가 들어간 샐러드, 굴 소스를 끼얹은 새우와 가리비 샐러드 등으로 채워졌다.

그러던 어느 날, 샐러드볼 표면에 얼룩이 생긴 것을 발견했다. "스테인리스는 관리하기가 힘들어" 하던 경의 말이 생각났다. 경에게 물었다. "스테인리스는 어떻게 씻어야 해?" 경이 대답했다. "뜨거운 물로 씻고, 아주 고운 마른행주로 닦아야 해." 수세미 같은 건 쓰지 않았지만, 고운 마른행주로 닦지도 않았던 나는 "이미 늦은 거야?" 하고 다시 물었다. "글쎄," 경이 대답했다. "정말, 예쁜 것들은 너무나 까다로워. 그것이 그들의 매력이기도 하지만" 하고 난 생각했다.

내가 가지고 있는 은으로 만든 목걸이는 샤워할 때도, 잘 때도 빼놓고 있어야 한다. 게다가 매일 아침 천으로 닦아주어야 한다. 하지만 난 영원히 변하지 않는 다이아몬드보다, 매일 자신의 존재를 확인시키며 아껴달라고 조르는 은이 좋다. 하루만 물을 갈아주지 않아도 시들어버리는 꽃이라거나 유통기한이 너무나 짧은 모차렐라 치즈, 조금만 오래 놔두면 맛이 변해버리는 와인…… 그리고 쉽게 상처받는, 쉽게 절망하는, 쉽게 눈물 흘리는, 쉽게 행복해지는, 유리로 만든 구슬처럼 불안하고 위험한, 그러나 반짝반짝 빛나는, 두 번 다시 오지 않을 바로 지금 이 순간.

이 세상의 어떤 현악기도, 느슨하게 조율된 상태에서는 아름다운 소리를 낼 수 없다. 그러므로 나 자신에 대해, 지금 이 순간에 대해 더욱 까다로워지려 한다. 나의 영혼이 아름다운 소리를 낼 수 있도록. 누군가에게 가장 아름다운 사람이 될 수 있도록.

오늘의 착한 일

아침에 늦잠을 자지 않았다거나, 지각을 하지 않았다거나, 숙제를 잊지 않고 해 갔다거나, 준비물을 잘 챙겼다거나, 친구와 싸우지 않고 잘 놀았다거나, 선생님 말씀을 잘 들었다거나, 엄마가 시킨 심부름을 했다거나, 군것질을 하지 않았다거나, 자야 할 시간에 잠자리에 들었다거나, 이런 일들이 더 이상 '오늘의 착한 일'이 되지 못하는 나이가 되었구나, 하는 생각이 들었다. 그리고 곧, 일기장에 쓰기 위해서라도 하루 한 가지 정도는 착한 일을 해야지, 하고 생각하면서 살았던 때도 있었구나, 하고 깨달았다.

뒤이어, 도대체 어떤 일을 해야 착한 일을 했다고 말할 수 있는 것일까, 라는 소박한 의문이 든다. 내 한 몸 추스르기에도 경황이 없는 하루하루를 보내면서 다른 사람을 위한, 세상을 위한 착한 일 하나 한다는 것이 얼마나 어려운 것인가, 스스로 합리화시켜보기도 한다. 하지만 그런 건 물론 변명이다. 착한 일은 할 생각도 않고 변명부터 하다니, '오늘의 착한 일'은커녕 '오늘의 나쁜 생각' 난에 쓸 일이다. 만약 그런 난이 있다면.

다시 생각을 고쳐먹고 고민해본다. 그날 할 일을 그날 제대로 해냈다고 해서 칭찬받을 일은 없다. 이제 어른이니까, 자기가 한 약속은 지켜야 한다. 불공평하고 불합리한 처사를 당했을 때 화를 내지 말고, 마음을 가라앉힌 다음 침착하게 해결하는 것쯤은 기본이다. 어른이니까, 다른 사람의 입장을 먼저 생각하는 정도는 해야 한다. 슬프고 속상한 일이 있어도 혼자 잘 견디고 참아내야 한다. 어른이니까, 주위 사람들에게 투정이나 어리광을 부리는 것도 한두 번뿐이다.

정말 슬픈 일이다. 어른이라는 이유만으로, 누구에게도 칭찬받지 못하고 이 세상을 묵묵히 또 꿋꿋하게 헤쳐나가야 한다는 것은. 어려운 일이다. 어른이라는 이유만으로, 세상의 오만과 관습과 편견과 권위에 때로 항복하고 때로 저항하며, 때로 하고 싶은 말을 삼키고 때로 하기 싫은 이야기를 하며, 때로 원하지 않는 일을 감수하고 때로 원했던 것을 포기해야 한다는 것은.

'참 잘했어요'라고 새겨진, 선생님이 찍어주시던 빨간 도장이 그립다. 이제 누구도 나의 하루에 '참 잘했어요'라는 도장을 찍어주지 않겠지, 생각하면 쓸쓸해진다. 그래서 가끔, 이렇게 지치고 길었던 어느 하루의 끝과 맞닥뜨리게 될 때면, 조그만 소리로 나 자신에게 이야기하고 싶어진다. 참 잘했어요, 라고. 그러나 더 슬픈 건, 스스로에게 칭찬할 만한 일이 하나도 생각나지 않는 날이 더 많다는 것이다. 그래도 실망은 섣부르다. 자고 일어나면, 내일이 되어 있을 테니까. 내일은 어쩌면 하나쯤 착한 일을 할 수 있을지도 모르니까.

오래된 이야기

아주 오래된 이야기를 들려드릴까요
가난한 들판에 홀로 떨어진 씨앗과
금빛으로 반짝이는 따뜻한 햇살과
빗방울을 만들어내는 친절한 구름과
신선한 공기를 나르는 부지런한 바람의 이야기

그들처럼 우리도 그렇게 시작되었죠
한 알의 씨앗에서 자라나 이렇게 완성되었죠
햇살과 구름과 바람의 도움을 받아
싹을 틔우고 열매를 맺어
촉촉한 물기를 머금은 이 사랑
당신 속에서 풀어헤쳐져 다시 죽고 다시 살아날
잊히고 다시 기억될
먼먼 옛날에 시작된 이 마음

오월을 나는

모든 소망을 열람하였으나
꿈은 여태 싱싱한 상처를 낸다
나는 회전목마를 탄 아이처럼
자꾸 뒤를 돌아본다
너와 함께 행복해지는 법을 알지 못하나
너 없이 삶을 견디는 법도 배우지 못하였으니
순간은 파도로 몰아치고
봄은 꽃으로 뚝뚝 떨어진다
언젠가 네 가까운 자리에 놓고 온 심장
자꾸만 뒤척이고 꿈틀거리는데

오월을 나는 어찌 견디나
사랑, 너를 어찌 견디나

완벽한 룸메이트

같아서 같이 살고 싶다고 한다
달라서 같이 살 수 있다고 한다

어느 쪽이든
그렇게 만나 그렇게 살았던 그들이 있었다

같아서 같이 살 수 없다고 한다
달라서 같이 살기 싫다고 한다

어느 쪽이든
그렇게 만나 그렇게 헤어졌던 그들이 있었다

그렇게 살아보지 않았던 내가
그렇게 헤어졌던 당신을 만나
무엇이 같고 무엇이 다른지 헤아렸다
칸을 나누고 밑줄을 긋고 무게를 달아
무엇이 아프고 무엇이 위험한지 가늠했다

대답을 기다리다 돌아서는 당신의 미소는
차갑기도 하고 평화롭기도 했다
멀어지는 당신의 뒷모습은
외롭기도 하고 아름답기도 했다
식어버린 마음 한 조각
나와 같기도 하고 다르기도 했다

외롭거나 혹은 시시하거나

그의 목소리는 다른 때와 다름없이 낮고 조용했다. 안색이 나쁘지 않았고 특별히 우울해 보이지도 않았다. 하지만 나는 "뭐 먹을까?"라는 그의 질문에 대답하지 않고 "무슨 일 있어?" 하고 되물었다. 그는 잠깐 나를 바라보고 희미한 미소를 짓다가 다시 메뉴로 시선을 옮겼다. 다른 때와 마찬가지로 나는 그에게 메뉴를 고르게 했다. 서로의 식성 같은 건 묻지 않아도 빤히 알고 있으니까. 음식이 나오기를 기다리는 동안 잠시 침묵이 흘렀다. 침묵이 불편한 사이가 아니라서 다행이야, 나는 생각했고 그는 말을 할까 말까 망설이고 있었다.

"그냥 얘기하지그래. 연애가 잘 안 돼?"

내 말에, 그는 다시 한 번 미소를 짓고 나를 바라보았다. 장난이 아니라는 의미로, 나는 마주 웃지 않았다.

"왜 내가 연애를 하고 있다고 생각하는 거야?"

그가 말했다.

"한동안 연락이 없다가 갑자기 전화해서 만나자고 하니까 그렇지. 밥도 당신이 사겠다고 하고."

나의 대답에 그는 고개를 갸웃거리다가 "그런 건가" 하고 혼잣말처럼 중얼거리고 나를 향해 덧붙였다.

"만약 그렇다면, 그렇게 생각했다면, 당신은 기분 나쁘지 않아?"

"아니, 괜찮아. 나도 가끔 그랬거든."

그가 웃음을 터뜨렸다.

"그래도 그런 거, 상대에게 좀 실례가 아닐까."

나는 단호하게 고개를 흔들며 말했다.

"힘든 연애 같은 걸 하게 되면, 그렇잖아. 그대로 끝내고 싶을 때도 있고, 기분전환이 될 뭔가가 필요할 때도 있고. 이런 세상 말고 다른 세상을, 이 사람 말고 다른 사람을 만나서 좀 다른 이야기를 하고 싶다는 기분이 드니까. 그럴 때 오래된 친구가 필요한 거고."

"이기적이지 않나?"

내가 그렇지 않다고 말해주기를 바라며, 그가 물었다.

"사람은 원래 그런 거 아닐까. 어느 정도 이기적인 기분으로 누군가를 만나고 싶다, 하고 생각하는 거, 난 당연하다고 생각해. 그 사람에게서 뭔가 원하는 게 있기 때문에, 그걸 받을 수 있을 거라고 생각하기 때문에 서로 마주 앉아 시간을 함께 보내는 거잖아."

내 파스타 접시 위에 놓인 올리브를 집어 먹다가 문득 생각난 듯, 그가 말했다.

"아직도 올리브 알러지가 있어?"

"모르겠어. 그다음에는 안 먹어봤거든."

대답을 하고 나는 풋, 웃었다.

"그런 걸 기억해주는 사람이 세상에 한 명쯤 있다는 거, 어쩐지 기분 좋다."

그는 다시 미소를 지었고 몇 알의 올리브를 더 먹었다. 식사를 마칠 때까지, 우리는 각자 다른 생각에 잠겼다. 접시가 비워졌고 바깥은 조금 더 어두워졌다. 레스토랑을 나와 우리는 별다른 의논도 없이 근처에 있는 작은 카페로 자리를 옮겼다. 오래전, 그를 처음 만났을 때 함께 갔던 곳이었다. 막 자리에 앉았을 때, 그의 전화가 울렸다. 액정을 들여다본 그는 전화기를 들고 밖으로 나갔지만 금세 돌아왔다.

나는 그의 안색을 살펴보았지만, 특별한 변화는 없었다. 그래도 나는 "그 사람이야?" 하고 물었고 그는 희미한 미소로 대답했다. 삼십 분이나 한 시간쯤, 우리는 또 각자 다른 생각에 잠긴 채 음악을 들었다. 오래전, 그를 처음 만날 즈음에 즐겨 들었던 음악들이었다.

"그런데 말이야," 그가 몸을 내 쪽으로 기울이고 조용히 말했다. "왜 우리는 언제까지나 이런 식인 거지?"

이런 경우, 나는 그가 원하는 답이 뭘까, 고민할 필요가 없었다. 그의 마음에 드는 답을 찾지 않아도, 그냥 내 생각을 있는 대로 말해도, 우리 사이에는 아무것도 변하지 않는다.

"당신, 나 때문에 외로웠던 적 있어?"

내 말에, 그는 잠깐 생각을 하더니 다시 미소를 지었다.

"그냥 이대로, 서로 외롭게 만들지 않는 사이로 지내고 싶은 건가? 아니, 그럴 수밖에 없는 거구나."

그의 목소리가 조금 쓸쓸하게, 음악 속으로 묻혀 들어갔다.

외롭거나 혹은 시시하거나, 둘 중 하나이다. 그러나 시시한 것이 반드시 나쁜 것은 아니다. 그가 외로운 사랑에 지쳤을 때, 나는 기꺼이 그의 시시한 친구가 되어줄 것이다. 언젠가 그가 나의 외로운 사랑을 관조하며, 그 외로움에 기꺼이 동참하며, 나의 시시한 친구가 되어, 시시한 그러나 소중한 시간을 함께 보내준 것처럼.

왼손잡이

당신은 오른쪽 어깨를 으쓱했다
나는 왼쪽 어깨를 으쓱했다
당신은 오른쪽 눈으로 윙크를 했다
나는 왼쪽 눈으로 윙크를 했다
당신은 오른발을 한 걸음 내딛었다
나는 왼발을 한 걸음 내딛었다
당신은 오른손을 내밀었다
나는 왼손을 내밀었다

당신은 이해할 수 없다는 표정으로
뒤돌아 가버렸다
우리 사이에 놓인 거울을 보지 못하고
뒤돌아 가버렸다
남겨진 나는 한 손으로 거울을 두드려본다
그러나 이것은 깨어지지 않는 거울이다
당신과 내가 마주 서서 깨지 않으면
영원히 깨어지지 않는 거울이다

원하는 것을 원할 수 있기를 원해

내가 원하는 것들이 지나치게 물질적이지 않기를 원해. 스트레스를 풀기 위해, 공허함을 메우기 위해, 쓸쓸함을 잊기 위해, 충동적으로 무언가를 사버리는 일이 없길 원해. 멋진 차와 최신 기종의 카메라에 현혹되는 건 어쩔 수 없지만, 그런 것들로 내 삶이 더욱 풍족해지리라고 믿어버리는 일은 없기를 원해. 점점 사라져가는 서점과 레코드 가게에서, 세월과 지혜가 농축된 책과 음악들을 만나게 되길 원해. 그것을 공유하고 싶은 사람들이 내 주위에 항상 머물러 있기를 원해.

하기 싫은 일은 싫다고 분명하게 말할 수 있는 용기를 원해. 그래서 내가 정말 하고 싶은 일들을 할 수 있는 시간을 갖기를 원해. 영화를 보고 연극을 보고 좋은 공연을 찾아다니면서 그 모든 것들로부터 싱싱한 에너지를 얻기를 원해. 그 에너지를 다른 누군가에게 전할 수 있기를 원해. 무얼 했는지도 모른 채 지나가 버린, 녹초가 된 밤이 없기를 원해. 누군가에게 사랑과 감사를 표현해야 하는데, 그렇게 하지 못해서 후회하는 밤이 없기를 원해. 내일 해야 할 일들을 걱정하느라 망쳐버린 오늘이 없기를 원해.

내가 원하는 것들이 누군가에게 해가 되지 않기를 원해. 사람에게도 자연에게도 죄가 되지 않기를 원해. 다른 누군가에게 소중한 것을 내가 탐내지 않기를 원해. 내가 갖고 있는 것이 다른 누군가에게 더욱 소중할 수 있다면, 나 스스로 그것에 대한 집착과 미련을 버릴 수 있기를 원해. 누군가에게 상처를 주지 않기를 원해. 누군가에게 받은 상처로부터 현명하게 벗어날 수 있기를 원해.

다른 사람의 잘못보다 부족한 내 모습을 더욱 잘 볼 수 있기를 원해. 남의 탓으로 돌리기 전에 내 책임을 생각하고 반성할 수 있기를 원해. 바보 같아 보인다 해도, 손에 잡히지 않고 눈에 보이지 않는 것들을 믿을 수 있기를 원해. 사랑과 영원과 내일이 수백 번 나를 배신한다고 해도, 다시 한 번 그들을 향해 손을 뻗을 수 있기를 원해. 빛나는 나의 마음이, 빛나는 그대의 마음이, 이 세상에서 가장 아름다운 보석이라는 것을 알게 되길 원해.

내가 원하는 것을 원할 수 있기를 원해. 그것이 그대가 내게 원하는 것이길 원해. 그것으로 인해 우리의 마음에, 우리의 세상에, 그림자가 지지 않기를 원해. 작지만 따뜻하고, 사소하지만 즐거운 것들로 조금씩 마음의 빈방을 채울 수 있기를 원해. 우리가, 함께 행복해지기를 원해. 그런 것을 원할 수 있는 나를 원해.

위험한 유혹

이 제목을 보고 심장이 두근, 했다면 당신은 아직 멀었다. 사랑의 가혹하고 잔인한 요소들로부터 도망치기, 또는 불안하고 위험한 요소들로부터 벗어나기 같은 건 지금의 당신에게 가능한 일이 아니다. 아무 일도 일어나지 않는 일상의 평화로움을 만끽하기에는, 당신은 너무 젊다. 말로는 늘 슬프고 아프고 고통스럽다고 하면서도, 내심 그것을 즐기고 있을지도 모른다.

참 이상한 일이다. 누가 시키지도 않았는데 스스로 모험을 찾아 길을 떠나고, 위험 속에 몸을 던지는 동물은 인간밖에 없을 것이다. 목숨을 걸고 바다를 항해하고 목숨을 걸고 산에 오르고 목숨을 걸고 사랑을 한다. 하나밖에 없는 목숨이란 사실을 너무 잘 알고 있으면서. 그리고 우리는 그 무엇을 '정복'했다고 말한다. 그러나 유감스럽게도, 그것은 오해이고 착각이고 오만이다. 사랑도 그러하다.

누군가를 유혹하는 일, 누군가로부터 유혹받는 일 속에는 불안과 위험이 도사리고 있다. 그 성공과 실패 여부에 따라 우리의 일상은, 우리의 미래는, 우리의 인생은 변화한다. 변화를 두려워하지 않는 사람은 없다. 그 때문에 우리는 유혹 앞에서 쉽게 자신을 드러내지 않으려 한다. 흔들리지 않으려고 애를 쓰거나, 최소한 흔들리는 마음을 들키지 않으려고 애를 쓴다. 그러나 슬프게도, 유혹의 속성은, 감추려고 하면

할수록 더 강해지는 것이다.

'유혹에서 벗어나려면 유혹에 항복하는 길밖에 없다'고 오스카 와일드가 말했다. 그 외에 다른 길이 있다고 믿고 싶지만, 항복하지 않고 벗어날 수 있는 것은 진정한 유혹이 아니다. 거친 바다와 높은 산을 정복하듯, 유혹자들은 목숨을 걸고 사랑을 얻으려고 한다. 그리고 마침내 그것을 얻어냈을 때, 우리가 정복한 것이 바다나 산의 본질이 아닌 것처럼, 사랑 그 자체가 아니라는 것을 깨닫게 된다.

어떤 유혹은 사랑에서 시작되고, 어떤 사랑은 유혹에서 시작된다. 하지만 유혹의 성공이나 실패 여부가 사랑의 영원함이나 지속성을 보장하지는 않는다. 유혹에 성공하는 순간 사랑이 사라져버리기도 하고, 실패하는 순간 사랑의 또 다른 모습을 보게 되기도 한다. 어떤 사랑은 그때부터 시작된다. 목숨을 걸고 바다를 건너도, 목숨을 걸고 산을 넘어도, 바다나 산의 본질은 알 수 없다는 것을 깨닫는 일에서부터, 우리의 긴 여정이 비로소 시작되는 것이다.

그러므로 각오하라. 지금 누군가를 유혹하는 당신, 누군가로부터 유혹을 받고 있는 당신, 우리가 얻어낼 수 있는 것은 사랑 그 자체가 아니라는 것을 기억하라. 더욱 위험하고 불안하고 거친 길이 우리 앞에 놓여 있다는 것을 잊지 말라. 그 모든 것들을 외면하기에는, 우리 너무 젊은 영혼을 가지고 있다는 것을.

의자의 노래

그분이 나를 만들 때 내 속에 빈 의자를 넣어둔 게 틀림없어요. 그 의자에는 다리가 달려 있어 하루는 여기, 하루는 저기, 어디든 가고 싶은 곳에 가서 있고 싶은 곳에 있죠. 의자가 내 손바닥 안에 있을 때 나는 내 손으로 잡을 수 있는 무엇인가를 갈망하게 되고, 의자가 내 머릿속에 있을 때 나는 절대적이고 영원한 가치를 구하기 위해 온 세상을 떠돌게 돼요. 드물지만 의자가 내 심장 깊은 곳에 들어앉는 날도 있죠. 그럴 때면 나는 그리워할 사람을, 기다릴 사람을, 나를 울게 하고 웃게 해줄 사람을 찾아 헤맬 수밖에 없어요.

하필이면 그런 날 당신을 만났으니, 당신이 내 심장에 놓인 빈 의자로 성큼성큼 다가가는 동안 내가 뭘 할 수 있었겠어요. 하필이면 그런 날 당신이 나를 향해 웃었으니, 당신이 의자에 깊이 몸을 묻고 나를 바라보는 동안 내가 어디로 도망칠 수 있었겠어요. 먼저 손을 내민 건 당신이나 내가 아니라, 우연히 그 자리에 있었던 빈 의자였는데.

그러나 이상한 일이죠. 비어 있는 것이 채워지면 행복해질 줄 알았는데, 나는 행복해지고 싶은 건 줄 알았는데, 뭉쳐 있던 시간이 조금씩 풀어지고 흩어지면서 내 심장은 자꾸만 바닥으로 가라앉았어요. 의자는 몸을 비틀며 더 이상 지탱할 수 없다고, 당신의 마음이 너무 무겁다고 불평을 했죠. 심장을 뒤집어 의자를 뱉어내는 일, 당신을 뱉어내는 일이 나라고 그리 쉬웠을까요. 먼저 외면한 건 당신이나 내가 아니라, 우연히 그 자리에 있었던 의자일 뿐이었는데.

그 후로 모든 것이 어려워졌어요. 가벼워진 의자는 내 다리를 기어오르거나 목덜미 사이를 헤엄치며 자유를 즐겼지만, 나는 누구에게도 미소를 지을 수 없었으니까요. 너무 뻔뻔하지 않니. 어느 날 나는 의자에게 말을 걸었어요. 너는 괜찮아? 나는 이렇게 아픈데. 의자는 나를 가만히 바라보았어요. 모든 것을 이해하지만 아무 할 말도 없다는 표정으로.

내가 할 수 있는 건 체념뿐이었죠. 나는 그렇게 만들어졌으니 어쩔 수 없다는 걸 당신에게 납득시키지 못한 채로, 행복도 불행도 아닌 삶을 살아갈 일만 남았던 거예요. 좋아. 나는 의자에게 마지막으로 말했어요. 뭐든 네가 하고 싶은 대로 해. 다만 한 가지 부탁이 있어. 가능하면 내 심장 근처에는 가지 말아줘. 내 말에, 의자는 한쪽 다리를 들었다가 놓았어요. 그건 알았다는 의미로 고개를 끄덕이는 것과 같은 거죠.

지금도 내 속에 살고 있는 빈 의자는, 내 심장 주위를 떠돌며 노래를 부르곤 해요. 대체로 나는 귀를 틀어막고 있지만, 그래도 똑같은 노래를 반복해 듣다 보면 나도 모르게 암시에 걸리게 되는 거죠. 너는 같은 노래를 혼자서 몇 번이나 부르고 있구나. 어느 날 타인에게 그런 소리를 들었을 때, 나는 비로소 깨달았어요. 내가 의자의 노래를 부르고 있다는 걸. 당신도 한 번쯤 들어봤을, 이런 노래.

채워지지 않을 거야. 붙잡히는 새가 되진 않을 거야. (반복) 채워지지 않을 거야. 붙잡히는 새가 되진 않을 거야. (영원한 반복) 채워지지 않을 거야. 붙잡히는 새가 되진……

이등 인생

"나는 항상 이등이었어. 태어날 때부터."

그녀가 말했다.

"태어날 때라니? 아, 언니 때문에?"

내 말에, 그녀는 고개를 흔들었다.

"언니가 나보다 이 년 먼저 태어났고, 그 때문에 내가 어느 정도 불이익을 당한 건 사실이지만, 더 웃긴 일은 내가 태어나던 날에 있었어."

그녀에 따르면, 출산 예정일이 되기도 전에 조바심을 내며 병원에 입원했다가 엄청난 병원비를 낸 적이 있었던 그녀의 어머니는, 두 번째 출산이 닥치자 마음을 느긋하게 먹기로 작정하고 마지막 순간까지 버티다가, 양수가 터지기 직전에야 택시를 잡기 위해 집을 나섰다고 한다. 그런데 코앞에 서 있던 택시를 몹시 약삭빠른 어느 아저씨에 의해 강탈당하고 길거리에 삼십 분이나 서 있는 바람에, 마침내 택시에 올라탔을 때는 출산이 임박해 있었다는 것이다. 우여곡절 끝에 도착한 응급실에서 갑자기 실려 온 교통사고 환자에게 밀려 방치되어 있었던 일이나, 신생아실에 자리가 없어서 처치실에서 이틀을 보낸 일 같은 건 이야깃거리도 안 된다는 것이다.

어렵게 세상에 출사표를 던진 그녀의 이등 인생이 본격적으로 시작된 것은 그 후부터였다. 그녀의 언니는 그녀보다 먼저 태어났을 뿐 아니라, 모든 면에서 그녀보다 뛰어났다. 그녀는 여섯 살 때부터 언니를 따라 피아노 학원에 다니기 시작했는데, 이런 식이라면 평생 피아노를 쳐도 언니를 따라잡지 못할 것 같아 여덟 살 때 바이올린으로 바꾸었다. 그녀의 언니가 각종 콩쿠르에서 상을 휩쓸 때, 그녀 역시 피나는 노력으로 바이올린을 연마하여 여러 콩쿠르의 문을 두드렸다. 그러나 그녀에게는 운이 없었다. 어딘가에 숨어 있던 천재적인 재능의 소유자가 반드시 그 콩쿠르에 나타나 일등상을 거머쥐었고, 그녀에게 돌아온 것은 언제나 이등상이었다.

당연히 학교에서도 그녀의 자리는 항상 이등이었다. 어쩌다가 일등을 도맡아 하는 학생이 슬럼프로 인해 실력을 다 발휘하지 못할 때도 있었지만, 그때마다 흙 속에 숨어 있던 진주가 불쑥 나타나서 젖 먹던 힘을 동원하여 그 자리를 차지했다. 고등학교 졸업식 날 그녀는 펑펑 울었는데, 초등학교부터 그날까지 그녀의 성적표를 장식해온 2라는 숫자와 드디어 이별하는 것이 너무 기뻤기 때문이다. 하지만 그녀는 또다시 어느 대학의 차석으로 입학했고, 사 년 후 차석으로 그 대학을 졸업했다.

"추리 소설의 마지막 한 장을 읽지 못한 채 책을 빼앗긴 기분, 알아? 옷의 마지막 단추를 채우지 못한 기분, 기껏 식사 준비를 다 했는데 먹을 수 없게 된 기분, 닫힌 문 앞에서 세 시간쯤 기다리다 돌아섰는데 일 분 후 문이 열린 것을 본 기분, 그러나 이미 내 뒤에서 기다리던 사람이 그 자리를 차지해버리는 거지. 나는 남들보다 더 많이 노력했는데, 뭔가를 이루고 완성하는 건 늘 다른 사람인 거야. 그리고 그 사람이 모든 것을 차지하지."

그런 밤이면 그녀는 혼자 방에 틀어박혀 아바의 오래된 노래 「The Winner Takes It All」을 수십 번씩 들었다. 이젠 더 이상 할 말도 없고 이젠 더 이상 내놓을 에이스도 없다고 중얼거리면서.

졸업을 한 그녀는 어느 대기업 회장의 제2비서가 되었다. 그녀보다 조금 더 아름답고 조금 더 능력 있고 조금 더 회장의 총애를 받던 제1비서가 회장의 손자와 결혼을 하던 날, 결혼식장에서 신랑을 본 그녀는 그 자리에서 기절할 뻔했다. 그 남자는 지난 삼 개월 동안 사흘이 멀다 하고 그녀에게 온갖 명품과 꽃을 갖다 바친 그녀의 왕자였기 때문이다. 한 달쯤 지난 후, 회장의 손자는 그녀를 만나 자신의 마음은 변함이 없다고, 단지 다른 여자를 그녀보다 조금 먼저 만났을 뿐이라고, 결혼만 빼고 원하는 것은 다 해줄 테니 부디 자신을 버리지 말아달라고 애원했다.

"우습지만, 그때 비로소 알게 됐어. 일등이 아니어도 얻을 수 있는 게 있다는 거 말이야."

"설마 옷이나 구두, 가방 같은 걸 말하는 건 아니겠지?"

내 말에, 그녀는 활짝 웃으며 내 쪽으로 몸을 기울이고 소곤거렸다.

"그건 말이지, 굉장히 디테일한 상실감이야. 간발의 차이로, 어쩔 수 없이, 누군가의 뒤에 설 수밖에 없는 이들이 가지는 상실감을, 나는 가장 사소한 것부터 가장 거대한 것까지 모조리 알게 된 거야. 대단하지 않아?"

그녀의 삶은 그 이후 크게 달라지지 않았다. 회사에 사표를 내고, 그 남자에게 이별을 고했을 뿐이다. 연락이 닿지 않은 지 꽤 오래되었지만, 나는 지금도 그녀가 어디선가 이등의 인생을 살고 있을 거라고 생각한다. 운명이란 쉽게 바뀌는 것이 아니니까. 그렇다고 해도, 예전처럼 그녀가 불행하진 않을 거라고 확신한다. 그녀는 일등이 갖지 못한 무엇인가를 잔뜩 소유하고 있으니까. 그리고 이건 비밀이지만, 그녀는 내가 두 번째로 아끼는 친구였다. 이제 와서 그런 건 큰 상관이 없겠지만. 그녀에게도, 나에게도.

이별 중독

정신을 차렸을 때, 그녀는 자신이 서 있는 곳이 결혼식장이라는 사실을 깨달았다. 기가 막히게도, 그녀는 웨딩드레스를 입고 있었다. 사람들의 시선이 온통 그녀를 향하고 있는 것으로 보아, 그들은 그녀가, 그러니까 신부가 식장 안으로 걸어 들어오기를 기다리고 있는 듯했다. 그녀는 눈을 들어 앞을 보았다. 천 리쯤 먼 곳에 한 남자가 서서, 역시 그녀가 걸어오길 기다리고 있었다. 기억의 서랍을 온통 뒤집어 그와 연결된 단서를 찾아보려 했지만, 그녀는 그가 누군지 알 수 없었다. 숨이 막혔다. 그녀는 두 손으로 웨딩드레스 자락을 움켜쥐고, 발을 감싸고 있는 하이힐을 몰래 벗었다. 지금이야, 지금 도망가지 못하면 돌이킬 수 없어. 하지만 좀처럼 그녀의 발걸음은 떨어지지 않았다. 어쩔 줄 모르는 그녀의 뺨이 붉게 상기되고, 그녀의 눈에서는 방울방울 눈물이 떨어져 내렸다.

그것은 그녀가 철이 들기 전부터 지금까지, 잊을 만하면 한 번씩 나타나는 악몽이었다. 가쁜 숨을 몰아쉬며 캄캄한 어둠 속에서 눈을 뜬 그녀는, 베갯잇을 흠뻑 적신 눈물에 얼굴을 묻고, 이제 괜찮아, 그건 꿈이었어, 하고 스스로를 달래곤 했지만, 악몽의 여운은 쉽게 사라지지 않고 그녀를 괴롭혔다. 열두 번째 애인과 헤어진 후 비로소 그녀는, 자신의 무의식 속에 깊이 뿌리 내리고 있는, 정확하게 설명할 수 없는 어

떤 개념 또는 의식 또는 상태를 이해하기 시작했다. 정확하게 설명할
수 없지만 그래도 애를 써서 표현해보자면, 그건 '특정한 대상과 지속
적인 관계를 맺으며 안정적인 정서와 상황에 몸을 맡기고 변화하지
않는 것들을 사랑하면서 살아가는 일에 대한 극도의 거부감' 같은 것
이었다.

그녀는 자신이 그런 상태에 놓이는 것을 피하기 위해 특정한 대상(그
것이 사람이든 동물이든 식물이든 혹은 사물이든)과 특별하고 지속적
인 관계를 맺지 않으려고 노력했다. 그녀의 경우, 어떤 대상에 대한 애
정이 강해지면 강해질수록 그것으로부터 달아나려는 본능이 강해지
는 양상을 보였다. 결국 어느 순간에 본능은 애정이나 호기심, 욕망을
이기고 그녀를 그 대상으로부터 낚아채어 온전한 고립 속에 가두어버
리는 것이다. 우리는 이렇게 설명하기 복잡한 증세를 '이별 중독'이라
고 불렀다. 결과만 놓고 본다면, 그녀는 자신의 삶 속에서 수없이 많은
이별을 끝없이 되풀이하고 있는 사람이었기 때문이다. 그리고 확실히
이별 후, 그녀는 눈에 띄게 행복해 보였다. 그 기간이 그리 오래가진
못했지만.

새로운 사랑을 시작할 때의 그녀가, 우울하고 신경질적이고 모든 자
신감을 상실한 모습을 보여준다면, 이별 후의 그녀는 지극히 긍정적
이고 열정적인 에너지를 발산했다. 어딘지 불안해 보이는 그녀의 미
소는 모든 사람들을 매혹시켰고, 이따금 자신도 모르게 내쉬는 가벼
운 한숨 소리는 듣는 사람들의 심장을 조였다. 그녀는 오랫동안의 허
기를 채우듯 미친 듯이 책을 읽고 음악을 듣고 시를 쓰고 그림을 그리
고 수영을 하고 노래를 불렀다. 그래서 사람들은 그녀가 새로운 사랑

에 빠질 때마다, 하루빨리 이별하고 그들 앞에 다시 아름다운 모습을 드러내기를 갈망했다.

스물한 번째 애인에게 이별의 편지를 보낸 그녀가 우리 앞에 나타났던 밤이었다. 우리는 모두 그녀를 위로해주는 척하면서 속으로 열렬히 환호했다. 그녀에게 있어 너무나 독보적이었던 그녀의 스물한 번째 연인, 완벽해 보였던 그 사랑은 지극히 아름답게 끝을 맺었고, 그녀는 그 어느 때보다 빛나 보였다. 그녀는 눈물에 젖은 촉촉한 눈동자를 반짝이며 수줍은 미소를 짓고 떨리는 입술을 열어 노래하듯 말했다.

"이제 알겠어. 그 사람을 내가 얼마나 사랑했는지. 역시 헤어지기 전에는 잘 모르는 건가 봐."

그날 이후, 이별에 중독된 그녀에게 중독된 우리는, 사랑은 이별로 완성된다고 믿게 되었다. 그리고 나를 비롯한 모든 사람들은, 끈질기게 그녀를 괴롭히던 그녀의 악몽을 선물로 받았다. 하지만 아무도 불평하지 않았다. 언제 사라질지 모르는 사랑 따위보다는 영원으로 완결되는 이별이 훨씬 믿음직스럽다는 것을, 그리고 이별로부터 오는 뜨겁고 강렬한 아픔이야말로 아무것도 변하지 않는 세상의 유일한 희망이라는 것을, 우리는 이미 알고 있기 때문이다.

정신을 차렸을 때
내 손에는 어리둥절한 마침표가 쥐여져 있었지
저녁식사가 끝난 텅 빈 테이블 위에는
갈 데 없는 나의 사랑이
못생긴 얼굴을 하고 남아 있었지
당신이 아닌 것은 그 무엇도 기억해낼 수 없었지

작업실의 화가

마지막으로 이 세상에서 기억하고 싶은 단 한 가지는 무엇인가, 하고 그가 물었다. 그녀는 생각한다. 바다를, 산호초를, 별을, 반짝이는 은빛 접시를, 도라지 꽃을, 학교 운동장에 서 있는 철봉을, 겨울밤 유리창에 맺힌 물방울들을, 색색가지의 작은 하트무늬가 있는 우산을, 하얀 레이스를, 폭신하고 따뜻한 곰인형을, 오래전에 받은 한 통의 편지를, 편지 속에 들어 있는 빛바랜 사진을, 하나의 좋은 느낌을, 하나의 좋은 순간을.

그녀는 생각한다. 갖고 싶은 것들과 가지지 못했던 것들과 갖고 싶다는 생각조차 하지 않았던 것들에 대해. 이왕이면, 그녀는 과거보다 미래를 기억하고 싶다. 가장 좋은 것은 언제나 미래에 있는 거라고 믿으며 지금까지 살아왔으니까. 그러나 미래를 기억하는 일은 불가능하다는 걸, 그녀도 잘 알고 있다. 그리하여 그녀의 선택은, 모든 것을 고려하지 못한 채 이루어져야 할 것이다. 그것은 어쩌면 미래가 아니라 과거로부터 길어 올린, 추억의 변형이어야 할지도 모른다. 그녀가 지금까지 그렸던 수많은 그림들 중에서 가장 중요한 순간의 재현이어야 할지도 모른다.

당신도 잘 알겠지만, 중요한 것들은 그 핵심을 감추고 있다. 이를테면 렘브란트의 「작업실의 화가」는 하나의 순간이 어떻게 의미를 획득하

223

는지, 그 의미를 어떻게 확대하고 재생산하는지를 우리에게 보여준다. 나이를 가늠할 수 없는 화가가 캔버스에서 몇 걸음 떨어진 곳에 서 있다. 그의 한 손은 붓을 쥐고 있고, 그의 두 눈은 캔버스를 응시하고 있다. 화가가 서 있는 곳은 멀고 어둡다. 전체를 압도하는 것은 중앙에 놓인 거대한 캔버스지만, 그것은 우리에게 등을 돌린 채 오로지 화가만을 바라본다. 캔버스의 모서리를 가로지르는 금빛 선은 범죄 현장을 통제하는 노란 테이프처럼 우리의 접근을 막고 있다.

우리는 알게 된다. 캔버스 안에 뭔가 중요한 것이 있다는 것을. 화가는 지금 막 그 사실을 깨달았다는 것을. 그림을 그리는 것은 자신이지만 의미를 부여하는 것은 뭔가 다른 존재, 자신과 상관없는 무엇이라고 그는 생각하고 있는 것인지도 모른다. 화가가 그림을 그리기 직전인지, 그리는 도중인지, 완성한 직후인지 우리는 알 수 없지만, 그건 별로 중요하지 않다. 어느 시점이든 화가가 보고 있는, 캔버스에 발현되는 이미지는 동일하다. 우리가 형상화할 수 없는, 상상할 수 없는, 그려낼 수 없는 어떤 것이 그 안에 있다. 볼 수 없기 때문에 그 의미는 확대되고 정답을 모르기 때문에 의미는 재생산된다.

그녀는 몇 걸음 뒤로 물러나 눈을 가늘게 뜨고, 본다. 자신의 생이 이루어낸 거대한 한 폭의 그림 속에 존재하는, 때로 거칠고 때로 부드러운, 때로 무겁고 때로 바람에 흩날리는, 때로 반듯하고 때로 비뚤어진 선들을. 투명하거나 탁한, 화려하거나 단조로운, 단순하거나 어지러운 그 색채들을. 선과 색채는 서로 맞물리고 경계하며 씨줄과 날줄로 단단히 짜여 있어, 거기에서 하나의 선명하게 빛나는 순간을 채취한다는 것은 시간을 칼로 쪼개는 것만큼 어려운 일이라는 것을 깨달을 때까지.

하지만 나는 아직 부드러운 모래사장을 밟으며 하루 몫의 빛을 안고 떠오르는 태양을 기다려본 적도 없는데. 입술을 깨물며 그녀는 생각한다. 나는 아직 깊은 가을이 들어선 갈색의 오솔길을 걸으며 떨어지는 낙엽을 하나하나 세어본 적도 없는데. 나는 아직 강둑에 앉아 웃음을 터뜨리는 아이들을 바라보며 두근거리는 마음으로 누군가를 기다려본 적도 없는데. 나는 아직 당신과 함께 달빛 아래에서 춤을 춰본 적도 없는데.

그리하여 생은, 가끔 우리의 걸음을 멈추게 하고, 이렇게 멀고 어두운 곳에서 자신을 들여다보게 한다. 마지막으로 이 세상에서 기억하고 싶은 단 한 가지가 무엇이냐는 질문을 던진다. 우리에게 소중한 것, 우리가 사랑하는 것이 무엇인지 생각해보라고 종용한다. 여기까지 걸어온 모든 길이, 우리가 맞아야 했던 모든 절망과 희망이 우리의 캔버스 속에 담겨 있다는 것을 알려주기 위해. 어리석고 어지러운 생의 파편들 속에 정말로 소중한 것이 숨어 있다는 것을 알려주기 위해.

저녁 식사

당신은 몹시 위험한 사람이었지
흔들림 없는 눈빛에 밑줄을 긋고
툭툭 내뱉는 단어를 암기해보아도
당신의 마음이 무슨 그림을 그리고 있는지
도무지 짐작도 할 수 없었지

그 무엇도 예측할 수 없었지
당신은 매 순간 달라졌고
그때마다 우리를 둘러싼 모든 것이 바뀌었지
내가 무엇을 원하는지 당신은 어떤지
물음표만 무수히 쌓여가는 동안

내 혈관의 마디마다 불길이 일고
내 감정의 매듭마다 꽃이 피었지
그런 형편이 행복인지 불행인지에 대해서는
생각해볼 틈도 없었지
정신을 차렸을 때

내 손에는 어리둥절한 마침표가 쥐여져 있었지
저녁식사가 끝난 텅 빈 테이블 위에는
갈 데 없는 나의 사랑이
못생긴 얼굴을 하고 남아 있었지
당신이 아닌 것은 그 무엇도 기억해낼 수 없었지

저도 이제 어른이거든요

혼자 설익은 밥을 먹으며 울지 않는 법도 알아요
낯선 곳에서 길을 잃고 목이 메지 않는 법도 알아요
마음 위에 마음을 더해 마음을 감추는 법
비밀 속에 비밀을 숨겨 비밀을 지키는 법
누구도 가르쳐주지 않았지만 알고 있어요
저도 이제 어른이거든요

나를 혼낼 때 가만히 미소만 짓고 있을 수도 있어요
나를 칭찬할 때 서둘러 감사를 표현할 수도 있어요
하지만 이제 당신은 그냥 버려두네요
못했다고 잘했다고 그러지 말라고 어서 하라고
말리지도 떠밀지도 않지만 그래도 불평은 못 해요
저도 이제 어른이거든요

우리는 그렇게 하나의 섬처럼 점점 멀어지고
잘 갔는지 잘 자는지 잘 사는지 모르는 날이 많아지고
보고 싶다는 말도 가지 말라는 말도 못 하고
아직 배우지 못한 것이 있다는
아직 모르는 것이 있다는 고백도 없이
아무것도 괜찮지 않아도, 그래요,
저도 그냥 그런 어른이거든요

절대적이고 상대적인 자기소개서

나는 누구이고 싶은 건지
나는 무엇이 되고 싶은 건지
나는 어떻게 하고 싶은 건지
나는 무얼 하고 싶은 건지
나는 나를 무어라 부르려는 건지
나는 무어라 불리려는 건지
나는 무엇을 보려는 건지
나는 어디로 가려는 건지

아무런 예고도 없이 어느 날 당신을 만난다면
천년을 기다려온 당신을 만난다면
그런데 당신은 그저 스쳐 지나가 버린다면
그것이 처음이자 마지막 기회라면
당신을 향한 나의 삶과 나의 운명을
어디서부터 얘기해야 하는 건지
당신을 위한 나의 슬픔과 나의 긴 노래들을
어떤 눈빛과 목소리로 전해야 하는 건지

점

점을 보았어요. 친구의 권유가 있었다고는 하지만, 내 발로 그런 곳에 갈 줄은 상상도 하지 못했지요. 누군가 점을 보러 간다고 하면, 겉으로는 그래? 하고 아무렇지도 않게 말하면서, 속으로는 조금 비웃었던 적도 있었거든요. 점을 보러 가면, 과거의 일을 맞히고 미래의 일을 일러준다고 하더군요. 난, 그렇게 생각했어요. 과거의 일 같은 거야 이 세상 누구보다 내가 가장 잘 알고 있으니 남에게 들을 필요가 없고, 미래의 일이라는 건 정해진 것이 아니라 나에게 달린 것이니, 점괘가 좋으면 자만하여 노력하지 않을 테고, 점괘가 나쁘면 실망하여 포기하게 될 거라고.

점을 보아준 이는 젊은 남자였고, 나의 과거에 대해 족집게처럼 맞히지는 못했어요. 그리고 당연하게도, 내가 잘 알고 있는 사실을 확인시켜주더군요. 고통도 절망도 기쁨도 행복도 모두 당신에게 필요했던 것이라고. 앞으로 일어날 고통과 절망과 기쁨과 행복도 그러하다고. 그렇게 당연한 이야기를, 다른 장소에서 다른 시간에 들었다면 난 아마 속으로 그를 비웃었을 거예요. 하지만 나를 그곳으로 이끈 것은, 그토록 당연한 이야기를 누군가 다른 사람의 입으로 듣고 싶어 했던 나의 마음이었다는 것을, 난 나중에 알게 되었어요. 아마 난, 스스로에게 그 이야기를 수백 번 하고 또 하면서, 천천히 지쳐갔던 것 같아요. 너무 오래도록, 너무 자주 그 생각을 해왔기 때문에, 그것이 정말, 정말 일까, 조금씩 의심하기 시작한 거였어요.

내가 서둘러 붙잡으려 했던 당신은, 나쁜 욕심과 오만한 자존심과 헛된 명예였어요. 나는 그것들에 갇혀 밤마다 괴로움에 지쳐 잠이 들었어요. 그리고 방향을 잃었죠. 어느 쪽이 내가 가야 할 길인지, 어느 쪽이 좋은 방향인지, 알 수 없게 되었어요. 나쁜 욕심과 오만한 자존심과 헛된 명예 같은 것을 지키려 들었기 때문에, 그들과 함께 좋은 방향에 이르는 길을 찾을 수 없다는 사실을 깨닫지 못했기 때문에, 뭔가 잘못되어간다는 것을 알면서 돌이킬 수 없었던 거죠.

그러나 사실은, 돌이킬 수 있는 거였어요. 아무리 오랫동안 다른 길을 걸어갔어도, 다시 돌아올 수 있는 거였어요. 우리가 늘 불안한 것은, 우리가 알고 있는 과거와 우리가 모르는 미래 사이에 놓여 있기 때문이에요. 그러나 서두르지 않아도 미래는 과거로 바뀔 테고, 난 아주 조금씩 현명해질 테니, 앞날에 대해 걱정하지 말자고 마음먹었어요.

그러니 당신, 만약 지금 당신이 지니고 있는 고통과 절망과 기쁨과 행복이 무섭고 두렵다면, 저를 찾아오세요. 제가 당신의 점을 봐드릴게요. 당신이 걸어온 길 무엇 하나 헛되지 않았다고, 앞으로 분명히 좋은 방향을 찾을 수 있을 거라고, 당신 대신 제가 이야기해드릴게요. 당신도 나도 어딘가에 갇히지 않을 거라고, 언제든지 얼마든지 날아갈 거라고, 그 슬픔으로 시들지 않을 거라고, 약속해드릴게요.

졸업

내가 다니던 학교 뒷문 쪽에 아카시아 숲이 있었다. 나는 늘 뒷문으로 등하교를 했는데 오월이면 아카시아 꽃 향기에 취해 걸음이 하염없이 느려지곤 했다. 향기 속으로 더 깊이 들어가고 싶어 꽃송이 하나를 따 코를 박으면 꽃잎은 망울망울 시들고 향기는 순식간에 사라져버렸다. 그걸 알면서도 팝콘처럼 알알이 맺힌 꽃송이의 유혹을 쉽게 떨칠 수는 없었다.

아카시아 꽃이 세 번 피고 지면 졸업이구나, 누군가 말했다. 꽃 피고 지는 것으로 가늠되는 시간의 부피는 얼마나 볼품없는 것인지, 아카시아 꽃 질 때마다 나는 막막한 슬픔 속에서 떠나는 자의 미소를 배웠다. 숲은 깊고 무거웠으며 내 앞에 놓인 길은 좁고 불안했다.

그곳을 떠나온 지 오래, 망울망울 시든 꽃잎에서 빠져나가는 향기처럼 시간은 섣불리 지나가고 마음에 상처가 되었던 추억의 칼날도 이미 무뎌졌다. 지금도 어디에선가 아카시아 꽃 피고 지겠지. 그 향기 갈피갈피마다 수천의 추억이 피고 지겠지.

숲에서 빠져나오니 또 다른 숲, 나는 또 이곳에 기록할 것도 없는 사소한 추억을 남기고 다른 숲으로 간다.

죽은 자들의 책

"인간은 인생의 중반에 이르기까지 삶과 싸우고, 그 이후부터 죽음과 싸운다고 누군가 말했어. 그 이야기를 들었을 때 불현듯 생생하면서도 몽롱하고, 평화로우면서도 불안하고, 그래서 웃고 싶은 건지 울고 싶은 건지 알 수 없었던 그 어느 날의 오후가 떠올랐지. 나는 스물하나 아니면 스물둘, 스물셋 아니면 스물넷이었고, 계절은 봄 아니면 여름, 가을 아니면 겨울이었어. 온통 뒤죽박죽된 어지러운 기억 속에 단 하나 분명한 것은, 이 세계가 너무나 시끄러웠다는 거야. 사회가 어쩌고 정치가 어쩌고 그런 문제가 아니었어. 그저 모든 것이 무의미한 소음처럼 내 귀를 울렸는데, 온 세상이 죽은 듯이 고요해지는 한밤의 정적조차 견딜 수 없는 소음이 되어 내게 다가온 거지."

"그런 일이 지긋지긋하다거나 울분을 쌓이게 만들었다거나, 그런 건 아니었어. 나는 다만 조금 지쳤고, 조금 무서웠고, 조금 막연했던 거야. 지금 생각해보면 젊음의 속성에는 애초에 그런 요소들이 들어 있는 거였는데, 그때는 누구도 내게 그런 말을 해주지 않았어. 아니 해주었다고 해도 나는 그 소리조차 소음으로 받아들였겠지. 여하튼 그것은 '삶과 싸우는 과정'의 일부였어. 삶이란 젊은 심장이 견디기에 너무나 힘겨운 것이니까. 나이 든 심장이 죽음을 견디기 힘든 것과 마찬가지야."

"누군가의 이야기를 듣고 있으면 그 이야기 속에 담겨 있는 모든 과거와 현재와 미래, 또 과거와 현재와 미래가 아닌 것들이 나를 향해 달려들었어. 음악을 들어도, 책을 읽어도 그랬어. 나는 그 이유가, 이야기나 음악이나 책이 인간 또는 삶과 깊은 연관을 맺고 있기 때문이라고 생각했어. 그래서 자연으로 눈을 돌려보았지. 하지만 들판에 서 있는 나무 한 그루를 바라보아도 그 속에 내재하는 과거와 현재와 미래, 또 그것 아닌 것들이 나무로부터 솟아 나와 나를 공격했어. 나는 한동안 다른 사람의 이야기나 책에 쓰여 있는 글들을 이해하는 데 어려움을 겪었는데, 어쩌면 가벼운 난독증이었을지도 몰라."

그는 잠시 말을 멈추고 가벼운 한숨을 쉬었다.

"하지만 어느 순간인가, 나도 모르는 사이에, 그런 시기가 스르륵 지나가버렸어. 삶이 아니라 죽음과 싸워야 할 시간이 된 거야. 그때부터 나는 미친 듯이 책을 읽기 시작했어. 눈앞에 있는 건 어차피 저항할 수 없는 적이니까, 차라리 잊어버리는 게 좋겠다 싶어서 도망친 것인지도 몰라. 여하튼 나는 그럭저럭 살아 있을 수 있게 됐어. 그러니까 어쩌면 책이란 건, 삶보다 죽음을 도와주는 것인지도 몰라. 저기를 봐."

그는 손가락을 들어 그의 서재를 가리켰다.

"내가 휴일의 대부분을 바치고 있는, 죽은 사람들이 남긴 기록들을."

나는 꽤 오랜 시간을 들여, 그의 서재에 꽂힌 책들을 꼼꼼히 살펴보았다. 하지만 그 수많은 책의 저자들 중, 지금까지 이 세상에 살아남아 있는 사람은 단 한 명도 없었다. 사실 그것은 그의 오랜 습관이었다. 저자의 이름 옆에 있는 괄호가 채워져 있지 않은, 그러니까 그가 태어나고 죽은 연도가 쓰여 있지 않은 책은 처음부터 고르지 않았으니까.

책을 쓴 사람이 몇 살에, 어떻게, 어디에서 죽었는지가 그에게는 늘 중요했다.

"당신은 삶이 너무 반짝거리는 게 무서운 거예요. 그래서 언제나 안전한 것을 선택하는 거죠."

내 말에, 그는 쓸쓸하게 미소를 지었다.

"너는 아직 몰라. 죽음을 알게 되면, 삶은 한 줄의 낙서 같은 거야. 그리고 그 낙서들은 이렇게 낡고 오래된 책 속에 언제까지나 머물러 있는 거지."

지구는 둥글지 않아요

"어디로 모실깝쇼?"

뱃사공의 말에 남자는 대답했다.

"끝으로."

뱃사공은 기분 좋은 너털웃음을 터뜨리며 힘차게 노를 젓기 시작했다.

"요즘 사람들은 도통 믿질 않아서 말입죠. 끝까지 가본 게 언제인지 도무지 기억도 안 납니다요. 세상이 어찌 되려고 이 모양인지. 쯧쯧."

"그런데 아저씨, 그 끝이란 곳에 가면 뭐가 있어요?"

여자가 물었다.

"아이고, 뭐가 있는지도 모르면서 거길 가시는 겁니까? 뭐 저야 뱃삯이나 받으면 그만이지만, 아니 그래 소문도 못 들어봤답니까."

그런 이야기도 안 해주고 지금껏 뭘 했느냐는 원망의 눈초리로, 뱃사공은 남자를 바라보았다. 남자는 아무 말 없이 여자의 손을 꼭 잡고, 출렁이는 물결 너머 어딘가로 시선을 고정시키고 있었다.

"거긴 말입죠,"

답답해진 뱃사공이 이번에는 여자를 흘끔거리며 말을 이었다.

"말 그대로 끝이 있습죠. 머시냐, 갈릴레인지 갈릴레온지 하는 사람이 헛소리를 하기 전에는 끝에 대해 모르는 사람이 없었단 말입니다. 지나가는 강아지도 알았습죠. 그게 뭔지는."

지나가는 강아지 운운한 것은 좀 심했나 싶어, 뱃사공은 여자의 눈치를 살폈다. 그러나 여자는 남자의 시선을 따라 물결 너머를 바라보고 있었다. 물결 너머에는 물결이 있고 그 물결 너머에는 또 물결이 있는데, 남자는 도대체 무엇을 보고 있는지 알 수가 없어서. 험험, 목청을 가다듬고 뱃사공은 말을 계속했다.

"그러니까 말이죠, 아가씨, 이 지구가 어떤 모양새를 하고 있는지는 알고 있습니까?"

"둥글죠."

여자의 말에, 뱃사공은 피식, 하고 자의식이 과잉된 비웃음을 뱉었다.

"내 그럴 줄 알았수다. 죄다 그런 식이라니까. 아니 근데 아가씨는 그걸 어떻게 안답니까. 지구 밖에 나가서 팔짱 끼고 오호라, 저것이 과연 지구로구나, 하고 살펴보기라도 했답니까. 설마요, 설마요. 그러니까 말입니다, 내 말은, 다시 말해서, 지구라는 게 애당초 둥글지도 않고 둥글 수도 없단 겁니다. 지구는 그냥 편편한 돌덩어리 같은 것이죠. 뭐 판자때기라고 해도 되고. 이제 좀 감이 잡힙니까, 아가씨?"

조그마한 섬을 피하기 위해 방향을 갑자기 바꾸며 뱃사공은 자랑스러운 얼굴로 여자를 보았다. 여자는 그의 말을 반도 이해하지 못했지만 어쩔 수 없이 미소를 지어 보였다.

"그럼 그 끝이 그 끝인가요?"

여자의 말에, 뱃사공은 무릎을 탁 치느라 노를 놓칠 뻔했다.

"아이고, 이 아가씨 이제 말귀를 알아들으시네. 그겁니다, 그거. 지구가 턱 하고 끝나버리는 곳이 끝이지, 뭐가 끝이겠습니까. 그게 아주 장관이라 그겁니다. 숨이 턱 하고 막힙죠. 아주 그냥."

"아저씨는 몇 번이나 가보셨어요?"

여자의 질문에, 뱃사공은 얼굴이 빨개졌다. 때마침 하늘 한쪽에서 시작된 노을보다 더 빨개진 얼굴로, 그는 더듬거렸다.

"그게 말이죠, 저 같은 놈이야 그저 손님들이 가자는 대로 가는 거지 뭐 평생 나 좋자고 가본 곳이 없어서."

"한 번도 안 가보셨어요?"

여자가 확인했다.

"거참 희한한 일도 다 있지요. 끝으로 가자는 사람들은 몇 번 태워봤지만, 죄다 중간에 내려버리더란 말입니다. 빈 배를 끌고 거기까지 혼자 갈 수는 없는 노릇이니, 나도 돌아와야지요. 요새는 그나마 가자는 사람도 없고. 아이고, 내 팔자야. 거기가 그렇게 죽인다는데. 근데 두 분은 가실 거죠? 딴소리하면 안 됩니다?"

남자는 천천히 고개를 돌려 여자를 바라보았다. 여자는 천천히 고개를 돌려 남자를 바라보았다. 주저함, 갈등, 흔들림, 의심. 그런 감정들이 두 사람의 눈동자 속에서 나타났다 사라지기를 반복했다.

"무엇보다 중요한 건 말이죠,"

뱃사공은 연기처럼 피어오르고 있는 그들의 망설임 속에서 목소리를 높였다.

"믿는 겁니다. 암요, 그거죠. 지구가 편편하지 않다고 생각하면 말짱 꽝이에요. 이제 와서 그건 둥글다느니, 암만 가도 제자리일 거라느니, 그런 생각을 하면 못쓴단 말입니다. 가봐야 알아요, 가봐야. 이왕 이렇게 된 거, 쑥떡이든 찰떡이든 그게 그런 거라면 믿어야 해요. 아시겠습니까?"

저것들도 곧 돌아가겠다고 할 게 틀림없다, 뱃사공은 그렇게 생각하며 속도를 높였다.

괜찮을까? 지구가 둥글지 않아도? 남자는 생각했다. 괜찮을까? 이렇게 빨리 달려가도? 여자는 생각했다. 괜찮을까? 그 끝에 낭떠러지가 있다는 걸 말해주지 않아도? 뱃사공은 생각했다.

도대체 너희들은 방향 감각이라는 게 없니?
지도도 없고 나침반도 없어?
어째서 몇 번이나 같은 실수를 하는 거야?

청춘

내 잔에 넘쳐흐르던 시간은
언제나 절망과 비례했지
거짓과 쉽게 사랑에 빠지고
마음은 늘 시퍼렇게 날이 서 있었어
이제 겨우 내 모습이 보이기 시작하는데
너는 웃으며 안녕이라고 말한다

가려거든 인사도 말고 가야지
잡는다고 잡힐 것도 아니면서
슬픔으로 가득 찬 이름이라 해도
세월은 너를 추억하고 경배하리니
너는 또 어디로 흘러가서
누구의 눈을 멀게 할 것인가

체체파리의 비밀

사람들이 사라지고 있었다. 아무런 예고 없이, 어느 날 갑자기 뚝, 하고 연락이 끊어진 사람이 벌써 세 명이었다. 물론 그들이 사라지자마자 그녀가 그 사실을 알아차린 것은 아니다. 그들은 모두 그녀 쪽에서는 좀처럼 먼저 연락을 하는 일이 없는, 오래전의 친구라거나 잠깐 만났다 스쳐 간 사람들이었다. 그런데 예기치도 않게, 그런 사람들에게 연락을 해야 하는 일이 그녀에게 일어났다. 그녀는 오래된 명함들을 뒤져 전화를 하거나 메일을 보냈고, 그중 세 사람의 행방이 묘연하다는 사실을 알게 된 것이다.

휴대폰은 연결이 되지 않았고 메일은 누구도 수신하지 않은 채 방치되어 있었다. 회사에서는 휴직 상태라고 했고 집으로 보낸 우편물은 수취인 불명으로 돌아왔다. 그들과 비교적 가깝게 지냈다고 생각되는 이들에게 연락을 해보았지만, 다들 '몇 달 동안 통화한 적도, 만난 적도 없다'고 대답했다. 며칠이 지나자, 그녀 역시 이 일에 관해 더 이상 생각하지 않게 되었다. 몇 달이나 몇 년씩 안부를 주고받지 않았던 사람들의 실종이라는 건, 우리의 인생에 그리 많은 영향을 미치지 못하는 것이다. 그러던 어느 날, 그녀는 '체체파리의 비밀'이라는 제목의 메일 한 통을 받았다.

체체파리(*tsetse fly*): 파리목 체체파리과 곤충의 총칭. 영어명 *tsetse*는 보츠와나 원주민의 말에서 유래한 것으로 '소를 죽이는 파리'라는 뜻이다. 사하라 사막 이남의 아프리카 대륙에 분포하며 스물세 종이 알려져 있다. 성충은 암수 모두 동물의 피를 빨며 원충성(原蟲性) 질환인 수면병, 즉 트리파노소마증을 옮긴다. 이 병은 사람뿐만 아니라 짐을 나르는 말이나 소에게도 치명적이다. ……그들이 왜 사라졌는지 알고 싶습니까?

그녀는 알고 싶었다. 그녀는 그에게 답장을 보냈고, 어느 오후 두 사람은 함께 차를 마시게 되었다.
"그 사람들이 혹시 체체파리에게 물려서, 잠들어버린 건가요?"
그녀의 질문에, 그는 고개를 흔들었다.
"그렇게 단순한 것이 아닙니다. 체체파리가 어째서 사람들을 수면 상태에 빠뜨리는지 혹시 알고 있습니까? 그들은 여행을 좋아하기 때문입니다."
그녀는 무슨 이야기인지 모르겠다는 표정으로 그를 바라보았다.
"체체파리들은 모든 시간과 공간의 경계를 넘나드는 여행을, 그들의 존재 이유로 삼고 있습니다. 그러나 그들의 몸과 영혼은 그것을 감당하기에 너무 작고 약하기 때문에 사람을 매개체로 삼는 것입니다. 그들은 사람의 몸을 가사 상태에 빠뜨린 다음, 그들의 영혼이 이동하기를 기다렸다가, 그 영혼에 편승합니다. 하지만 언제부턴가 체체파리의 공격을 막을 수 있는 방법들이 개발되었고, 그래서 그들은 여행을 위한 영혼들을 예전처럼 많이 확보할 수 없게 되었습니다. 그 결과, 그들은 변형을 일으켰습니다."

"변형이라고요?"

그녀는 뒤죽박죽되어버린 생각들을 떨쳐버리듯 머리를 흔들었다. 하지만 생각들은 더욱 뒤죽박죽으로 섞이고 있었다.

"체체파리의 변형, 우리는 그것을 '체체대시(-)파리'라고 부릅니다만, 그들은 인간의 몸과 영혼을 함께 데려가는 방식을 택했습니다. 다시 말해, 치료가 가능한 몸을 여기에 남겨두지 않는 것이죠. '체체대시(-)파리'에게 물린 사람은, 어디론가 떠나게 됩니다. 그리고 평생 떠도는 것이죠."

"그럼 사라진 사람들이 '체체대시(-)파리'에 물려서, 세상 어딘가를 떠돌고 있다는 건가요? 도대체 어디에 그런 파리가 있는 거죠?"

두리번거리는 그녀에게, 그는 조용히 말했다.

"그들은…… 우리의 눈에는 보이지 않습니다. 가을의 공기 속을 가만히 떠돌고 있는 투명한 기체 같은 것입니다. 아마 그들에게 물린 사람은, 자각조차 하지 못할 것입니다. 서둘러 짐을 꾸리면서도, 자신이 어째서 그런 짓을 하고 있는지 모르는 것이죠."

"그럼, 그들에게 물리지 않기 위해 우리가 할 수 있는 건 없나요?"

절망에 빠진 그녀를 바라보며, 그는 묵묵히 고개를 흔들었다.

어느 날 갑자기 사라져버린 사람들이 당신 주위에도 있는가? 언젠가 당신 역시, 지금 당장 짐을 꾸려 어디론가 떠나지 않으면 미쳐버릴지도 모른다는 강렬한 충동에 빠질지 모른다. 주의하라. 하지만 어떻게 주의를 해야 하는지는, 나도 모른다.

초대

그녀는 볼에 달걀을 깨뜨려 넣는다. 따뜻한 물이 담긴 조금 더 큰 볼 안에 그것을 넣고, 거품기로 휘젓는다. 거품이 일기 시작한다. 설탕과 바닐라설탕을 조금씩 넣으면서 더욱 풍성한 거품이 만들어질 때까지, 그녀는 휘젓는다. 서서히 팔이 아파오기 시작한다. 육체의 통증은 가끔 마음의 통증을 호출한다. 바닥에 가라앉아 있던 기억이 거품처럼 솟아올라 둥글고 하얀 스크린을 만들고, 그 위에 그녀의 오래된 시간이 투영된다.

일 년 전 그의 생일에, 그녀는 망고무스케이크를 구웠다. 쿠키나 빵을 구워본 적은 있었지만 케이크는 처음이었다. 과정 자체가 어렵지는 않았지만 재료를 구하는 일부터 케이크를 넣기에 적당한 상자를 찾는 일까지가 꽤 번잡했다. 물론 그건 케이크를 굽느라 떨었던 북새통에 비할 바는 아니었다. 부엌 바닥이 온통 하얀 밀가루로 덮이고 발 디딜 때마다 시럽과 망고퓌레가 달라붙었다. 그러나 그녀는 모든 것을 정확하게 계산했다. 정확하게 계량했고 정확하게 무게를 달았고 정확하게 시간을 쟀다. 그녀가 계산하지 못했던 건, 그의 생일 파티에 초대받은 사람 중 반 정도가 케이크를 들고 온 것이었다.

이제 거품은 단단하고 매끄러운 형태를 갖추고 볼 안에 얌전히 담겨 있다. 밀가루와 베이킹파우더, 녹인 버터를 거품과 함께 섞을 때는 가벼움이 필요하다. 너무 강하게, 너무 오래 섞으면 반죽이 질겨진다. 그리 긴 시간은 아니었어, 그녀는 생각한다. 하지만 그건 너무 무거운 시간이었다. 그와 함께 보내는 시간은 마치 지구 반대편까지 드리워져 있는 무거운 추를 달고 있는 것 같았다. 그녀는 그것에 끌려가지 않기 위해, 그리하여 땅속에 파묻히지 않기 위해 온 힘을 다해야 했다. 그 무거움이 그 사랑을 끈질기게 만들었다.

그날, 그녀는 자신이 구운 케이크를 끝내 꺼내놓지 못했다. 복잡한 지하철 안에서 이리저리 밀리는 통에 어설픈 종이 상자 안의 케이크는 이미 만신창이가 되었을 거라는 것쯤은, 케이크를 꺼내보지 않고도 알 수 있었다. 형체도 알아볼 수 없는 그런 걸 내놓을 수는 없었다. 갖가지 모양과 색깔의 화려한 케이크들이 뽐을 내고 있는 그런 자리에. 게다가 그토록 찬란한 케이크들조차 인기가 없었다. 그는 촛불을 불어 껐을 뿐, 케이크에 아무런 흥미도 보이지 않았다.

스펀지케이크가 오븐에서 구워질 동안, 그녀는 망고필링을 만든다. 망고퓌레에 옥수수 가루, 설탕, 바닐라설탕, 달걀노른자를 넣고 불에 올려 따뜻해질 때까지, 또, 거품기로 젓는다. 불린 젤라틴도 넣는다. 거품을 낸 생크림과 오렌지 술도 넣는다. 럼주가 들어간 시럽도 넣는다. 망고필링을 다 만들었을 때 땡, 오븐의 경쾌한 소리가 울리고 집안은 따뜻한 냄새로 가득 찬다.

모두들 생일 선물을 꺼내놓을 때, 그녀는 죄라도 지은 사람처럼 고개를 숙이고 있었다. 그는 잠깐 그녀에게 시선을 던졌다가 곧 거두었다. 마지막까지 그녀는 그의 옆자리에 앉지 못했고, 그와 한마디 이야기도 나눌 수 없었다. 바래다줄게, 기다려. 자리가 파하고 사람들과 함께 일어서는 그녀에게, 그는 무심한 음색으로 그렇게 말했다. 그러고는 대답할 틈도 주지 않고, 돌아가는 사람들과 인사를 나누기 위해 그녀로부터 멀어졌다.

스펀지케이크를 동그랗게 잘라 무스 틀 바닥에 깔고 그 위를 망고필링으로 채운다. 그대로 냉장고에서 차게 굳히면 케이크는 완성된다. 망고퓌레와 미루아르를 섞어 표면에 얇게 바르고 딸기를 올리는 것으로 장식은 충분하다. 그녀는 시계를 본다. 저녁 일곱 시.

그녀의 집 앞에서, 그는 들고 있는 상자가 무엇이냐고 물었다. 그녀는 황급히 상자를 등 뒤에 감추었지만, 그는 다소 거칠게 그것을 빼앗았다. 상자를 열자 도무지 케이크라고 할 수 없는, 볼품없는 형태로 뭉쳐진 어떤 것이 모습을 드러냈다. 그가 그것을 들여다보는 사이, 그녀는 인사도 않고 집으로 뛰어 들어갔다.

그녀는 정성껏 와인을 고른다. 그녀는 망고무스케이크를 한 조각 자른다. 그녀는 초를 켠다. 그녀는 오디오의 플레이 버튼을 누른다. 케이크는 아주 훌륭하게 만들어졌다. 메인 코스는 생략하고 디저트만 준비했다고 해서 나무랄 사람은 없을 거야. 그녀는 그렇게 중얼거리며, 책장에서 신중하게 한 권의 책을 고른다. 오늘은 그의 생일이다. 부족한 건 아무것도 없다. 생일의 주인공인 그가 없다고 해서 불평할 것도 없다. 그는 이 자리에 초대받지 못했으니까. 위험할 일은 더 이상, 아무것도 없다.

출생의 비밀

네 살이나 다섯 살쯤이었을 거야. 내 방에 있는 아기용 침대에서
자고 있는데, 어디선가 쿡쿡, 하는 웃음소리가 들렸어. 눈을 떴
는데 캄캄한 밤이었어. 웃음소리는 곧 그쳤지만 이번에는 낮은 목소
리들이 소곤거리기 시작했어. 좀 무섭긴 했지만, 나는 침대에서 내려
와 소리가 나는 쪽으로 가보았어. 내가 들어서자, 그들은 일제히 나를
바라보았어. 우리 모두 엄청 놀랐지. 그들은 내가 그 밤중에 일어나서
혼자 침대에서 내려와 자기들이 있는 곳으로 오리라고는 상상도 못
했던 거야. 나를 아기 취급했던 거지. 그리고 나로 말하면, 모두 잠이
든 한밤중에 내 곰인형과 엄마가 시집올 때 가지고 온 주전자와 아빠
의 오래된 주머니시계가 부엌에 모여 이야기를 하고 있을 줄은 꿈에
도 몰랐던 거고. 그런 일은 동화 속에서나 일어나는 건 줄 알았으니까.
"뭐야? 무슨 이야기를 하고 있었던 거야?"
그들이 입을 딱 벌린 채 얼어붙어 있기에 내가 먼저 물었어. 하지만 아
무도 대답을 안 하고 서로 눈치만 보고 있어서, 난 그중 제일 만만한
곰인형에게 다가가서 그 애를 쿡쿡 찔렀지.
"다 들었어. 내 얘기지?"
그러자 곰인형은 고개를 푹 숙이더니 할 수 없다는 듯 입을 열었어.
"들었어? 정말 미안해. 충격을 받을까 봐 비밀로 하려고 했는데."

나는 섣불리 대답하지 않고 이번에는 주전자를 바라보았어.

"아, 다 들었다면 알겠지만, 네가 처음 여기 왔을 때 얼마나 귀엽고 예뻤는지를 얘기하다가 웃었던 거야. 오해하지 않았으면 좋겠어."

내가 처음 왔을 때라니? 하마터면 그게 무슨 소리냐고 물을 뻔했는데, 묵묵히 듣고 있던 주머니시계가 마침 입을 열었어.

"진짜 귀엽고 예쁜 초콜릿 아기였는데. 물론 지금도 그렇지만."

그래, 그게 나의 출생의 비밀이야. 나는 초콜릿으로 태어났던 거야. 그날 밤, 나는 좀 충격을 받았고, 그래서 더 이상 아무것도 묻지 않고 그 자리를 떠났어. 생각을 정리해보고 싶었거든. 어린아이에게도 받아들이기 힘든 사실은 있는 거니까 말이야. 며칠이 지난 후, 나는 마침내 결론을 내렸어. '어쩌겠어. 나는 초콜릿으로 태어났고, 이제 와서 그 사실을 바꿀 수도 없으니까 그냥 받아들이는 수밖에.' 그리고 그날 밤, 나는 다시 한 번 곰인형과 주전자와 주머니시계를 만나 이야기를 하려고 했지만, 이상하게도 그들은 말이 통하지 않는 사물로 돌아가 버리고 말았어. 어쩌면 난 불쑥 어른이 되어버렸던 건지도 몰라.

그다음 이야기는 별로 재미가 없어. 초콜릿으로 태어났다고 해도, 난 그저 다른 사람들처럼 학교를 다니고 친구들을 만나고 밥을 먹고 잠을 자고, 그렇게 살았거든. 나 자신조차 내가 초콜릿이라는 사실을 잊어버릴 때쯤 이성에 관심을 가지게 되었고, 남자들을 만나기 시작했어. 다크초콜릿처럼 까만 머리카락과 밀크초콜릿처럼 부드러운 목소리와 화이트초콜릿처럼 하얀 피부를 가진 나를 싫어하는 사람은 없었지. 그들은 늘 멋진 레스토랑으로 나를 데려가서 근사한 저녁을 사주고 나의 향기를 맡고 싶어 했어. 나에게서는 언제나 달콤한 향기가 났거든. 당연하잖아, 나는 초콜릿이니까 말이야.

뭔가 일이 잘못되어가고 있다는 걸 깨닫기까지, 그렇게 오랜 시간이 걸리진 않았어. 몇 번의 데이트가 끝나면, 남자들은 모두 나를 떠나버렸지. 이유를 궁금해하는 내게, 친구들이 그들의 소식을 전해주었어. 나의 달콤함과 부드러움에 지친 남자들은 짜거나 맵거나 딱딱하거나 무미건조한 여자들에게로 가버린 거야. 이상하게 난 슬프지도 않았고 화도 나지 않았어. 그저 '그래, 그럴 줄 알았어'라는 기분? 내 이야기는 이게 끝이야. 아아, 혹시 오해할까 봐 한마디 더 하겠는데, 지금의 내 삶은 그다지 불행하지 않아. 이 세상에는 아직도 달콤하고 부드러운 나를 원하는 사람들이 차고 넘치거든. 그저 누군가에게 한순간의 위로가 될 수 있는 것으로, 그것으로 나는 충분해. 어쩌겠어. 나는 그렇게 태어났고, 이제 와서 그 사실을 바꿀 수도 없으니까, 이런 식으로 행복해지는 수밖에.

측정

매일 아침 눈을 뜬 후 그녀가 가장 먼저 하는 일은 심장의 온도를 측정하는 것이다. 그녀는 심장의 온도를 측정할 수 있는 그 온도계를 삼 년 전 봄, 생일 선물로 받았다. 그 선물을 준 사람은 그녀가 그날 처음 만난 남자로, 생일 파티가 열린 카페의 다른 테이블에 혼자 앉아 있던 손님이었다. 그녀는 파티로 인해 카페의 분위기가 번잡해진 것을 사과하는 의미로 생일 케이크 한 조각을 그에게 가져다주었고, 그가 답례로 그것을 준 것이다. 자신을 목수라고 소개한 그는 가방에서 작은 나무 상자 하나를 꺼내며 이렇게 말했다.

"우연한 기회에 이런 걸 만들었습니다. 일종의 온도계인데, 선물로 적당한 것인지는 모르겠지만."

"뭘 재는 데 사용하는 거죠? 체온? 물의 온도? 아니면 초콜릿을 녹일 때?"

남자는 고개를 젓고 상자를 열어 안에 들어 있는, 온도계처럼 생긴 그것을 꺼냈다.

"심장의 온도를 재는 것입니다."

"심장의 온도라니요?"

그녀가 되물었다.

"누군가와 특별한 관계가 될 것 같다는 예감이 들 때가 있지 않습니까. 하지만 그것이 한순간의 충동인지 혹은 아주 진지한 관계의 시작을 알리는 예감인지 우리는 대체로 알 수가 없죠. 그럴 때 이 온도계가 필요합니다. 당신의 심장이 지금 몇 도인지 정확하게 알려주니까요."

남자의 말에 따르면, 그 온도계의 사용 방법은 이렇다. 우선 온도계는 매일 아침 눈을 뜨자마자 사용하는 것이 바람직하다. 깨끗한 마른 천으로 온도계를 정성껏 닦은 후, 심장과 가장 가까운 피부에 대고, 특별한 관계를 예감하게 만든 그 대상에게 집중한다. 온도계가 온도를 측정하고 나면 신호음이 울리는데, 그때 온도를 확인하면 된다. 만약 온도계의 눈금이 70도 이하일 경우에는, 당신이 지금 지니고 있는 열정은 그 대상과 아무 관계가 없는 것이다. 70도에서 90도 사이일 경우에는, 당신의 감정이 그 대상에게 쏠려 있는 것은 확실하나 한순간의 충동일 가능성이 높다. 당신에게 정말 중요하고 진지한 관계가 시작되었다면, 온도계의 눈금은 90도를 상회할 것이다. 심장의 온도가 90도 이상 되는 날이 사흘 이상 이어진다면, 당신은 다음 단계로 나아가도 좋다.

그 온도계를 선물로 받은 후 지금까지, 그녀는 매일 아침 자신의 심장 온도를 쟀다. 온도계가 70도 미만의 눈금을 가리키는 날들이 대부분이었고, 가끔 79도 혹은 85도 주위를 맴돌기도 했으나, 단 한 번도 90도를 넘은 적은 없었다.

"우리, 그만 만나는 게 좋겠어요."

두 번이나 세 번 정도 데이트를 한 후, 그녀는 그렇게 말했다.

'아직 서로 잘 알지도 못하는데!' 하고 상대가 항의를 하곤 했지만, 그녀는 온도계를 믿었다. 간혹 온도계가 사흘, 길게는 일주일 정도 70도에서 90도 사이의 눈금을 가리키는 대상을 만난 적도 있었다. '사흘 동안 이어지진 않아도, 딱 한 번이라도 90도를 넘는다면 키스 정도는 해도 괜찮을 거야.' 그녀는 그렇게 생각했지만, 불행히도 온도계의 눈금은 다시 뚝 떨어져버리곤 했다.

몇 개의 계절이 서둘러 그녀를 떠나갔다. 대기의 온도가 매일 조금씩 높아져가던 그날 아침에도, 그녀는 심장의 온도계를 심장 가까이 대고 눈을 감았다. 그러나 '특별한 관계가 시작될 것 같은 예감'을 주는 대상을 단 한 명도 떠올릴 수가 없었다.

그녀는 그대로 눈을 감고 한참을 누워 있었다. '그 사람은 왜 나한테 이런 걸 준 걸까. 오래전부터 남자 같은 건 믿을 수 없었지만, 이젠 나조차 믿을 수 없게 되어버렸어.' 그녀가 온도계를 선물해준 그 목수를 떠올렸을 때, 갑자기 온도계의 신호음이 요란하게 울리기 시작했다. 여태 온도계를 심장에 대고 있었다는 사실을 깨달은 그녀는 급히 그것을 꺼내어 눈금을 읽었다. 90도였다. 다음 날도, 그다음 날도 온도계의 눈금은 90도를 넘어갔다. 온도계가 들어 있는 나무 상자의 밑바닥에 새겨진 전화번호를 그녀가 발견한 것은, 심장의 온도가 99도를 가리키던 유월의 어느 날이었다.

"그 사람을 만나러 갈 거야."

그녀가 말했다.

"그러니까 나한테는 더 이상 이 온도계가 필요하지 않아. 너한테 선물로 줄게. 네 생일은 아직 멀었지만."

나는 그녀가 내미는 수상한 온도계를 바라보면서 거절의 이유를 생각해보았지만, 결국 한숨을 쉬고 그것을 받을 수밖에 없었다. 오늘도 나는 매일 아침 눈을 뜨고, 내 심장의 온도를 재어본다. 말할 필요도 없이, 온도계의 눈금은 첫날부터 지금까지 줄곧 90도 이상을 가리키고 있다. 그리고 나는 그 온도가 내려가기를 줄곧, 아직도, 어쩌면 영원히, 기다리고 있다.

칠 일간의 사랑

"대부분의 삶에 특별한 일이 일어나지 않아서 지루해하고 있는 사람들, 짜릿한 뭔가를 원하지만 낯선 곳으로 여행을 떠날 여유는 없는 사람들, 그렇다고 아드레날린을 분비시켜줄 익스트림 스포츠에 몸을 던질 만큼 부지런하지도 용감하지도 않은 사람들이죠. 물론 지나간 사랑을 잊기 위해 이곳을 찾는 사람들도 많이 있습니다."

까만 바탕에 금박으로 새겨진 글씨를 손끝으로 더듬으며 나는 남자의 말을 듣고 있다. '칠 일간의 사랑'. 그것이 팸플릿의 제목이었다.

사실 나는 둘 중 어느 쪽도 아니다. 매일 특별한 일이 일어나는 건 아니지만 삶이 지루하다고 생각한 적은 없었고, 지나간 사랑은 하도 오래전의 일이라서 이제 기억조차 나지 않는다. 내가 이곳을 찾은 것은 순수한 호기심 때문이다. 나는 너무 오래되다 못해 그 형체조차 알아보기 힘든 사랑부터 시작하여, 작은 양은 냄비에 담긴 물처럼 순식간에 끓었다가 식어버리는 사랑까지 해보았다. 사랑에 대해서라면 열 권짜리 백과사전을 편찬할 수도 있을 정도였고 그 결과, 이제는 사랑 같은 건 안 해도 그만이라는 생각에 이르게 되었다.

그런데 재미있는 건, 그 무수한 경험을 통해 내가 내린 결론이 놀랍게도, 내 앞에 앉아 있는 남자의 생각과 흡사하다는 것이다. 사랑을 처음부터 끝까지 경험하는 데 있어 가장 알맞은 시간은 칠 일, 더 길어지면

257

그 맛이 변질되고, 그보다 짧으면 미처 맛을 알지 못한다. 그리고 지금
이 남자는, 바로 그 '칠 일간의 사랑'을 제공하고 있다는 것이다.

"고객님께만 얘기하는 거지만, 사실 대상을 고르는 일에는 그다지 힘
을 들이지 않습니다. 많은 사람들이 자신의 이상형은 이렇다, 저렇다
하면서 그런 사람을 만나게 해달라고 하지만, 그런 소리는 귓등으로
도 듣지 않아요. 오히려 이상형과 거리가 멀면 멀수록 성공 가능성이
높으니까요. 게다가 칠 일 후면 헤어질 사람이니까, 평소에 만나기 힘
든 사람과 그 시간을 공유하고 싶다는 욕구가 높습니다. 세 번까지 주
선을 해줬는데도 상대가 마음에 안 든다고 하는 사람에게는 약을 사
용합니다. 이곳이 처음 생겼을 무렵, 그러니까 칠백 년쯤 전에는 화살
을 썼다고 하는데, 그건 아무래도 번거로워서요. 약의 성분요? 하하,
아무것도 아닙니다. 메이플 시럽을 주고 사랑의 묘약이라고 말하면
암시에 걸리게 되어 있거든요."

팸플릿의 첫 장을 넘기자 몇 장의 사진들이 눈에 들어온다. '칠 일간
의 사랑'을 위한 단계별 프로그램인 듯하다. 나는 설명을 원한다는 의
미로 남자를 바라보았다.

"예, 그게 순서입니다. 그 순서만 잘 지키면 누구나 칠 일 동안 자신이
원하는 사랑을 체험하고, 큰 지장 없이 일상에 복귀할 수 있습니다. 사
람들이 사랑에서 가장 두려워하는 요소, 그러니까 사랑에 실패할 경
우 입게 될 상처를 제거한 것입니다. 겁이 많고 변화를 싫어하고 소심
한 사람들도 이거라면 쉽게 뛰어들 수 있는 거죠. 마치 바닥에 발이 닿
는 풀장에서 수영을 하는 것과 마찬가지입니다. 목숨 걸지 않고서도
충분히 물을 즐길 수 있지 않습니까. 이런 곳을 놔두고 바다로 가서 몸

을 던지는 사람들은 어리석지요. 그렇게 무모하게 굴다가 바다에 빠져 죽어버리면 누구 하나 알아주는 사람이 있겠어요."

"하지만 이 순서는 어딘가 이상해 보여요. 게다가 왜 여섯 장밖에 없는 거죠? 마지막 날에는 어떻게 되는 건가요?"

나는 그렇게 말하고 다른 팸플릿을 뒤져보지만, 마지막 페이지는 모조리 하얀 백지로 남아 있다.

"그게 맞는 순서입니다. 대부분의 사람들이 그 순서를 지키지 않기 때문에 사랑에 실패하는 거죠. 그건 수백 년 동안 검증된 사실입니다. 우리는 칠 일을 스물네 시간 단위로 나누고, 그걸 다시 세분화합니다. 각각의 날, 각각의 시간대에 적절한 감정을 제공하고 효과적인 사건을 연출합니다. 마지막 날에 대해서는 직접 해보시면 알게 될 겁니다. 엔딩은 모르는 편이 훨씬 좋으니까요."

"칠 일 후에 헤어지지 않고 계속 만나는 경우도 있나요?"

내 질문에 대해, 그는 조금 화가 난 표정을 지어 보였다.

"절대 없습니다. 있어서도 안 됩니다. 만약 그런 일이 벌어지면, 엄청난 벌금을 물어야 한다고 계약서에 쓰여 있습니다. 평생을 벌어도 갚을 수 없을 만큼요. 그럴 가능성을 염두에 두고 시작하는 사람들은 칠 일 동안 무엇에도 몰두하지 못합니다. 이 프로그램이 전혀 먹히지 않아요. 그렇군요. 내가 착각했어요. 고객님은 사랑의 미래를 믿는군요? 사실 순서 같은 건 하나도 중요하지 않다고 생각하시죠?"

나는 아무런 대답도 없이 자리에서 일어나 가볍게 목례를 하고 밖으로 나온다. 아뇨, 그럴 리가 있나요, 절대로 그렇지 않아요. 나의 대답은 내 속에서 맴돌다가 차가운 바람 소리에 깜짝 놀라 허공으로 흩어진다. 엉망진창이 된 사랑의 순서 때문에 뒤죽박죽이 된 이 세계가 어쩌면 어리석은 게 아니라는, 아니 어리석어도 상관없다는, 어리석은 생각을 하며 나는 하늘을 올려다본다.

오늘, 한 점의 구름도 없는 하늘. 누가 말했던가. 구름 없는 날은 맑고 깨끗하다 하지만, 사실 하늘 높은 곳에서 부는 바람이 구름을 다 날려버린 거라고. 하늘은 그 어느 때보다 세찬 바람에 이리저리 흔들리고 있는 거라고. 세찬 바람으로 인해 내 마음은 투명하다. 그리하여 나는 그 어느 때보다 평화로운 얼굴로 당신을 만나러 간다.

침입자

어리둥절하고 우왕좌왕하고 소란하고 반짝이는 것들이 한밤중에 내 침실로 찾아왔다. 그들은 어둠 속에서 두서없이 날아다니다가 내가 눈을 뜨자 일시에 동작을 멈추었다.

"무슨 짓이야, 밤중에, 남의 방에서?"

나는 졸린 눈을 비비며 겨우 입을 열었다. 망설이고 머뭇거리는 것들은 서로의 눈치를 보고 있었다.

"용건이 있으면 얘기해. 아니면 빨리 가버려. 재미있는 꿈을 꾸던 중이었단 말이야."

반짝이는 것들 중에서 가장 반짝이는 것이 한 걸음 앞으로 나섰다.

"미안해, 여기가 어딘지 몰라서, 우리끼리 의견을 좀 나누느라."

종소리 또는 방울 소리 같은 목소리였다.

"글쎄, 우리라니, 우리가 도대체 누군데?"

내 말에, 종소리가 대답했다.

"응, 나는 사랑이야. 같이 온 애들은 내 친구들이고."

나는 한숨을 쉬고 몸을 일으켰다.

"그래, 이런 일, 전에도 몇 번 있었던 것 같아. 도대체 너희들은 방향 감각이라는 게 없니? 지도도 없고 나침반도 없어? 어째서 몇 번이나 같은 실수를 하는 거야? 왜 이런 시간에 예고도 없이 남의 방에 멋대로 쳐들어오는 거냐고."

종소리가 유쾌하게 대답했다.

"응, 우린 원래 방향 감각이 없어. 지도는 볼 줄도 모르고. 그러니 나침반도 소용이 없어. 그런데 전에도 우리가 여기 온 적이 있다고? 그럼 잘됐네. 최소한 너한테는 우리가 낯설지 않을 거고, 이제 우리가 어떻게 해야 하는지도 알 거 아냐."

"그런 건 몰라!"

내가 외쳤다.

"너희들도 모르는 걸 내가 어떻게 알아? 내가 아는 거라고는, 너희들이 이런 식으로 방문할 때마다 내가 아프다는 거야. 며칠씩, 몇 주씩, 가끔은 몇 달씩, 심할 경우에는 몇 년씩 앓게 된다고. 지긋지긋해."

종소리는 난감한 듯 "으음" 하고 신음을 뱉었고 그의 친구들이라고 추정되는 것들은 저마다 "얍", "헛", "앙" 같은 외마디 소리를 냈다.

"그래도 어쩔 수 없잖아. 의도한 건 아니었지만, 우린 여기 와버렸고 너를 만나버렸는걸. 당분간은 이곳에서 벗어날 수가 없어. 고장 난 계기판들을 고치고 연료를 가득 채울 때까지 말이야."

종소리가 기어 들어가는 목소리로 말했다.

"그러니까 그 연료라는 게, 나의 마음이지? 너희들은 나의 마음을 야금야금 먹어 들어가면서 배를 불릴 테고, 나는 영문도 모른 채 갖가지 고통을 당해야 하는 거고 말이야. 심장은 터질 것처럼 뛰고, 가슴은 조여들고, 시간은 온통 뒤죽박죽으로 흘러가고, 어리둥절하고, 우왕좌왕하고, 소란하고, 두서없고, 망설이고, 머뭇거리고, 난감하고……."

그 모든 것들을 떠올리자니, 눈물이 흐를 것 같았다.

"어어, 그건 내가 아니야. 나는 그런 것들과는 상관이 없다고."

종소리가 말했다.

"하지만 너는 너 혼자 움직이지 않고, 항상 친구들을 데리고 다니잖아."

내 말에, 종소리를 제외한 다른 것들이 "응, 응" 하고 대답했다.

"그건 그렇지."

종소리는 풀이 죽어 말했다.

"내 친구들, 그러니까 도무지 끝나지 않는 기다림, 타는 듯한 갈망, 저절로 식어버릴 때까지 손도 댈 수 없는 열정, 이성을 마비시키는 비논리적인 질투, 감당할 수 없는 실망과 좌절, 그런 아이들이 너를 그렇게 만들기도 하지."

"가장 화가 나는 게 뭔지 알아?"

내가 말했다.

"너희들은 운명이나 필연에 의해 움직이지 않는다는 거야. 순간적으로, 충동적으로, 막무가내로, 아무에게나, 아무 때나, 아무 곳이나, 아무 생각 없이 들이닥치지. 그리고 아무 준비도 되어 있지 않은 사람의 마음을 송두리째 빼앗아가는 거야. 가장 기가 막히는 게 뭔지 알아?"

종소리는 듣고 있다는 표시로, 아래위로 움직였다.

"그러고는 역시 아무 생각 없이, 충동적으로, 어느 날 훌쩍 떠나버린다는 거야."

한밤중에 내 침실로 찾아온 사랑과 그의 친구들은 잠시 이 문제에 대해 심사숙고했다. 삼십 초 정도의 시간이 흐른 후, 종소리가 입을 열고 나를 향해 최후의 통첩을 보냈다.

"미안. 하지만 우리는 지금 당장 아무 데도 갈 수가 없어. 내 말은, 가고 싶어도 그럴 수가 없다는 거지. 이유는 묻지 마. 그런 건 우리도 잘 설명할 수가 없으니까. 그러니까 당분간 잘 부탁해."

어제의 자신과 오늘의 자신, 그리고 내일의 자신이
무엇을 했는지, 무엇을 하고 있는지, 무엇을 할 것인지
알고 있는 사람의 시간이란 촘촘한 그물과 같은 것.
아무리 사소한 생의 기쁨도 그물에서 빠져나가는 법이 없다.

카메라

그녀가 그의 프레임 안에 들어왔을 때, 그는 잠깐 딴생각을 하고 있었다. 오후 다섯 시까지는 집으로 돌아가야 하는데, 이걸 하고 저것도 해야 하는데, 여섯 시에는 집에서 나와야 약속 시간에 맞출 수 있는데, 그런 생각들이었다. 그러다가 자신의 카메라 프레임 안에 불현듯 들어선 그녀를 발견했다. 좋은 표정이야, 하고 그는 재빨리 셔터를 눌렀다. 그 사이에 그녀가 움직였고 그녀의 표정이 바뀌었다. 카메라가 붙잡은 그녀는 초점이 맞지 않았고, 표정 역시 어색했다. 아쉬움 때문에 그는 조금 더 그녀를 지켜보았다. 다른 곳을 보고 있던 그녀는 천천히 시선을 돌려 카메라를 향했다. 그는 잽싸게 카메라를 숨기고 몸을 돌렸다. 들키진 않았을 거야. 그랬다고 생각했지만.

저, 아세요? 몇 걸음 걷지 못하고 그녀에게 붙잡혔다. 그녀의 목소리는 조금 차가웠다. 미안합니다, 표정이 좋아서 나도 모르게. 괜한 변명보다 솔직한 것이 좋겠다고 그는 본능적으로 판단했고, 그 판단은 옳았다. 사과하는 뜻으로, 아이스크림 하나 사드려도 될까요? 그녀의 마음이 약간 누그러진 것을 확인하고, 그는 조금 더 용기를 내보았다. 이야기가 잘 풀린다면 그녀를 모델로 쓸 수 있을 거라고 기대하면서. 그녀는 아무것도 섞이지 않은 우윳빛 아이스크림을 골랐다. 사진 좀 찍어도 될까요? 아이스크림을 다 먹을 동안만. 그녀는 웃었고, 그의 카메라를 피하지 않았다. 카메라를 싫어하지는 않는구나. 그랬다고 생각했지만.

그녀가 가지고 있는 아름다움이 절대적인 것은 아니었지만, 그녀에게는 사람의 마음을 조용히 끄는 매력이 있었다. 그녀는 다양한 표정을 지을 줄 알았고 그 표정 속에는 진심과 솔직함이 담겨 있었다. 그녀에게는 불필요한 동작이 없었다. 무엇인가를 집을 때에도 팔은 가장 보기 좋은 각도를 유지했고 손가락들은 자연스러우면서 우아한 움직임을 보여주었다. 평범해 보이는 그녀에게서 특별한 것을 끌어낼 수 있는 유일한 사람이 바로 자신이라고, 그는 생각했다. 카메라 안에서 그녀는 나뭇잎 끝에 매달린 채 햇살을 받고 있는 물방울처럼 빛났다. 그녀는 사랑스러웠고 그는 매일 그녀의 모습을 카메라 안에 담았다. 나의 그녀, 그의 마음이 속삭였다. 나는 그녀를 사랑해. 그랬다고 생각했지만.

그 사이에 계절이 바뀌었다. 그는 고심 끝에 가장 마음에 드는 그녀의 사진을 한 장 골라 인화를 하고, 액자를 골랐다. 간결한 디자인의 액자는 사진을 더욱 돋보이게 해주었다. 그녀에게 그것을 건네자, 그녀는 한참 동안, 좀 지나치다 싶을 정도로 한참 동안 사진 속 자신의 모습을 바라보았다. 그는 그녀의 입가에 떠오른 미소를 보았다고 생각했다. 그녀가 사진을 마음에 들어 하는 것이 당연하다고 생각했다. 그랬다고 생각했지만.

그녀는 마침내 사진에서 눈을 떼고, 침착한 목소리로 물었다. 이게 나의 가장 아름다운 모습인가요? 그는 자신 있게 그렇다고 대답했다. 이 속에 진짜 내가 들어 있다고 생각하나요? 나의 본질이? 나의 진심이?

그는 역시 그렇다고 대답했다. 그녀는 액자를 내려놓고 자리에서 일어섰다. 이건 내가 아니에요. 당신과 당신의 카메라가 만들어낸, 존재하지 않는 누군가일 뿐이죠. 당신은 나를 제대로 보고 있다고 믿었는데. 그랬다고 생각했는데.

우리는 서로 이해한다고 생각했지만. 우리는 소중한 것을 공유한다고 생각했지만. 우리는 쉽게 헤어질 수 없다고 생각했지만. 우리는 같은 시간 속에 살며, 같은 생각을 하며, 같은 방향을 향해 가고 있다고 생각했지만. 우리가 사랑한 것은 각자가 만들어낸 허상. 점점 가까워지고 있었던 게 아니라, 점점 멀어지고 있던 거였다.

칼을 든 남자

남자는 백 년쯤 된 나무로 만든 오래된 탁자의 서랍을 연다. 유
리도 벨 수 있을 만큼 날카롭게 벼려진 칼들이 동그란 창문을 통
과한 햇살 속에서 반짝인다. 남자의 크고 단단한 손은 망설임 없이 칼
하나를 꺼내 든다. 햇살에 칼날을 비춰보는 남자의 목울대에서 음, 하
고 만족한 소리가 새어 나온다. 그 소리의 울림에 복종하듯 몇 알의 먼
지가 햇살 속에서 날아올랐다 주저앉는다.

갓 잡은 참치의 배라도 가를 수 있을 만큼 커다란 나무 도마 위에는 껍
질이 벗겨진 닭 한 마리가 놓여 있다. 남자는 칼의 손잡이를 꼭 잡고
단단한 손을 치켜들었다가 내리친다. 딱히 겨냥을 한 것 같지도 않은
데 닭의 관절이 정교하게 나눠진다. 딱히 힘을 준 것 같지도 않은데 절
단면은 유리처럼 매끄럽다. 남자의 동작에는 군더더기가 없기 때문에
그 풍경은 그로테스크하다기보다 오히려 유쾌하게 보인다.

바람만이 대답을 알고 있다고 중얼거리는 밥 딜런의 목소리가 거실
쪽에서 들려온다. 남자는 멜로디에 맞춰 휘파람을 불며 묵직한 스튜
냄비를 꺼낸다. 오래된 가스레인지에 성냥으로 불을 붙이고 스튜 냄
비에 올리브 오일을 듬뿍 부을 때쯤, 작은 새 한 마리가 창 너머로 기
웃거린다. 남자의 휘파람 소리에 끌린 것인지, 바람의 대답을 전해주
려는 것인지, 혹은 스튜 냄비 안으로 들어가고 있는 닭의 최후를 애도

하러 온 것인지 확인할 수는 없다.

오래된 탁자의 서랍에서 다른 칼을 꺼내 든 남자는 감자와 당근, 브로콜리와 콜리플라워를 썰기 시작한다. 도마에 부딪치는 칼의 경쾌한 소리에 놀라 작은 새는 날아가지만, 남자는 눈길을 주는 대신 짧은 휘파람으로 새를 배웅한다. 뜨거운 스튜 냄비 바닥에서 올리브 오일을 만난 닭이 치지직, 비명 같은 소리를 낸다. 남자의 손에는 나무 주걱이 들려 있다. 손질한 채소들이 냄비 속으로 차례차례 낙하하고 모든 재료들이 나무 주걱의 움직임에 따라 춤을 춘다. 남자의 크고 단단한 손은 소금과 후추가 담긴 통의 입구를 비틀고 희고 검은 가루들은 나풀나풀 냄비 속으로 떨어진다. 닭의 뼈를 고아 만든 육수를 붓고 냄비의 뚜껑을 덮은 다음 불 조절을 마친 남자는 가볍게 손을 씻은 다음 샐러드를 만들기 시작한다.

손으로 양상추를 큼직하게 뜯고, 오이를 얇게 저며 썰고, 파프리카를 곁들인 다음 올리브 오일과 소금, 후추만으로 맛을 낸 샐러드다. 무척 단순한 소스지만 단순하다는 말로는 소스의 맛을 설명할 길이 없다. 최상급의 갓 짠 올리브 오일은 올리브 나무가 품어온 해와 바람의 온기와 향, 수백 번의 계절을 지나온 세월을 고스란히 간직하고 있다.

이제 남자는 빛이 들지 않는 주방 한쪽에 나란히 쌓여 있는 와인들 앞에 서 있다. 처음 칼을 꺼내 들었을 때부터 샐러드를 마무리할 때까지의 시간보다 더욱 긴 시간을 들여, 남자는 와인을 고른다. 마침내 신중하게 한 병을 집어 들고 코르크를 딴다. 깊은 샘물 속에 돌멩이 하나를 던졌을 때 나는 소리, 와인이 긴 잠에서 깨어나는 소리, 그러니까 퐁, 하는 수줍고도 당돌한 소리와 함께 와인의 은은한 향이 조금씩 번져

간다.

그날 하루는 아주 이른 새벽에 시작되었다. 이제 곧 오목하고 둥근 접시 안에는 치킨 스튜가, 투명한 유리볼 안에는 샐러드가, 우아한 곡선의 와인글라스 안에는 와인이 담길 것이다. 남자는 천천히 음식을 음미할 것이고 음식들은 조금씩 사라질 것이다. 그리고 일찍 시작된 하루는 곧 끝이 날 것이다. 언제나 그러했듯이.

그가 음식을 만들기 위해 몸을 움직이는 방식에는, 어딘지 사람의 마음을 끄는 구석이 있다. 더하지도 덜하지도 않은 힘과 재료를 다루는 과감함, 칼질을 하는 손목의 유연한 스냅, 집중하는 듯하면서도 어딘가 방심한 듯한 표정, 한 치의 낭비도 허용하지 않는 동선과 춤을 추듯 부드럽고 물 흐르듯 자연스러운 그의 움직임에서 나는 눈을 뗄 수가 없다. 어서 식탁에 앉아 고픈 배를 채우고 싶다는 마음과, 언제까지나 요리하는 행위가 끝나지 않기를 바라는 마음이 반반이다. 이건 왜 이렇게 하고 저건 왜 저렇게 하는 거냐고 사사건건 질문하며 참견하고 싶은 마음과, 그림처럼 앉아 꼼짝도 않고 바라만 보고 싶다는 마음이 반반이다. 요리하는 사람이 그토록 아름답고 매혹적일 수 있는 이유는, 자신이 만들고 있는 요리에 대해 잘 알고 있기 때문이다. 손의 윤곽에 꼭 맞게 쥐여진 칼과 그 아래에 버티고 있는 도마, 묵직한 스튜 냄비에 대해. 물기를 머금은 양상추와 맑은 그린색의 올리브 오일, 눈의 결정처럼 순결한 소금 한 알에 대해. 그것은 또한 신념과 확신으로 가득 찬 생이다. 어제의 자신과 오늘의 자신, 그리고 내일의 자신이 무엇을 했는지, 무엇을 하고 있는지, 무엇을 할 것인지 알고 있는 사람의 시간이란 촘촘한 그물과 같은 것. 아무리 사소한 생의 기쁨도 그물에서 빠져나가는 법이 없다.

그 남자의 레시피는 삶의 레시피. 매 순간이 잘 달구어진 프라이팬처럼 뜨겁고, 재료의 맛이 충분히 어우러진 스튜처럼 풍성하다. 비록 바람만이 인생의 답을 알고 있을지라도.

서투름과 어색함, 예민함과 냉소가
씨줄과 날줄로 엮여 있는 당신의 베일을 걷어내기는 쉽지 않았다.
당신의 무기는 무관심이고 당신의 특기는 한없는 천진함이다.

타인

당신은 길모퉁이에 홀로 피어난 한 송이 들꽃처럼 완벽하다. 처음 당신을 만났을 때 나는 걸음을 멈추지 않을 수가 없었다. 당신의 완벽함은 거대한 베일에 가려져 있었지만, 완벽한 존재들이 뿜어내는 향기는 무엇으로도 막을 수 없는 법이다. 당신보다 먼저 당신의 향기가 나를 사로잡았다. 당신은 누구보다 스스로를 잘 포장하는 사람이다. 서투름과 어색함, 예민함과 냉소가 씨줄과 날줄로 엮여 있는 당신의 베일을 걷어내기는 쉽지 않았다.

당신의 무기는 무관심이고 당신의 특기는 한없는 천진함이다. 당신은 나를 천년 같은 시간 속에서 기다리게 하고 그 기다림의 끝에서 우주 같은 공허함을 맛보게 한다. 하지만 나는 어쩔 수 없이 당신 곁에 머물러야 한다. 당신으로 인해, 나는 완벽하지 않은 것들을 견디지 못하게 되어버렸기 때문이다.

당신은 카살스가 연주하는 첼로의 A음처럼 완벽하다. 나는 점점 당신에게 빨려 들어가고 있고, 저항할 방법도 없이 속수무책이다. 아침에 눈을 뜨면 세상의 모든 불완전함이 나를 공격한다. 그것은 밤이 되어 마침내 눈을 감을 때까지 계속된다. 나의 모든 세포들은 하루 종일 불안에 떤다. 도망갈 곳은 오직 당신이 존재하는 꿈속밖에 없다. 당신은 매일 내 꿈에 나타난다. 현실에서처럼 차가운 모습으로 차가운 말을 내뱉기도 하지만, 아주 가끔은 무척 다정하게 나를 대해준다. 그런 꿈을 꾼 날이면 나는 오래 울어야 한다. 나를 짓밟는, 나를 배신하는, 내게 지울 수 없는 상처를 새기는 당신을 상상하며 안간힘으로 버텨야 한다.

당신은 지나간 여름밤의 짧은 기억, 명멸하는 불꽃, 사라지는 노래처럼 완벽하다. 마침내 당신이 나를 완벽하게 고립시켰을 때, 당신이 아닌 것은 모조리 무의미해졌을 때, 나는 깨달았다. 당신이 나에게 얼마나 완벽한가를. 당신이 나에게 얼마나 위험한가를. 당신이 나에게 얼마나 치명적인가를. 당신이 나를 살게 만들었다고 생각했으나, 실제로 당신은 나를 죽이고 있었다. 그렇게 나는 죽어간다.

처음에 이 세상은 완벽했다. 당신이 나타난 순간, 당신의 완벽함이 세상을 불완전하게 만들었다. 당신의 완벽함이 나의 뿌리를 캐내고 나의 가지를 흔들고 나의 영혼을 집어삼켰다. 당신은 치명적으로 완벽하다. 달아날 곳은 없다. 나는 궁지에 몰려 모든 것을 내주고 있다. 그러나 죽음조차 당신으로부터 나를 떼어내지는 못할 것이다.

토론

토론은 끝날 기미가 보이지 않았다. 누구도 자신의 주장을 굽히지 않으려 했고, 그것이 관철되지 않는 한 토론을 그만두지 않으려고 했기 때문이다. 나는 인내심을 가지고 그 자리에 그대로 가만히 앉아, 그들의 발언에 귀를 기울이며, 최대한 객관적이고 냉정한 시각으로 결론을 유출해보려고 애쓰고 있었다. 무엇보다 그들에게 질문을 던지고 결론을 끌어내달라고 부탁한 사람이 나였기 때문에, 지겹다거나 싫증이 난다는 이유로 가버릴 수가 없었던 것이다.

봄, 여름, 가을, 겨울 중에서 이별하기에 가장 좋은 계절은 언제일까, 하고 나는 물었다. 그들, 그러니까 봄과 여름, 가을과 겨울은 잠시 서로의 눈치를 보면서 침묵했다. 먼저 입을 연 건 가을이었다.

"아무래도 가을이 아닐까. 이별과 가장 어울리는 계절이잖아."

그러자 겨울이 반박했다.

"무슨 소리야. 그렇지 않아도 우울해죽겠는데, 이별까지 당하면 어떻게 되겠어. 역시 그런 건 겨울에 해야 해. 코끝이 얼어붙는 차가운 바람을 맞으면, 정신이 번쩍 나서 슬픈 것도 잊어버릴걸."

"정말 그럴까?"

봄이 살짝 끼어들었다.

"마음도 추운데 몸까지 추운 건 너무 지나치잖아. 나의 부드럽고 따뜻한 바람이라면 이별의 아픔을 달래줄 수 있을 텐데."

부채질을 하고 있던 여름이 가세했다.

"그건 아니지. 마음이 팔랑거리는 계절에 누군가와 헤어지는 일만큼 비참한 게 있겠어? 이별에는 여름이야. 잘 지내던 연인들도 여름이 되면 서로 귀찮아하게 된다고. 누가 땀으로 끈적거리는 손을 잡고 싶겠어? 조금이라도 빨리 집으로 돌아가서 시원한 물로 샤워를 하고 싶다는 생각만 들잖아. 여름에 헤어지고 나면, 아, 정말 잘했다는 생각만 들걸. 얼마나 깔끔하고 개운해."

"그건 아니지."

가을이 말했다.

"이왕 이별을 한 바에는 충분히 슬퍼하고, 충분히 아파하고, 충분히 외로워해야 해. 슬프지도 아프지도 않은 이별이라면 그 사랑은 덧없는 먼지일 뿐이잖아?"

"가을의 말에도 일리는 있어."

겨울이 말했다.

"하지만 그렇게 따지면 역시 겨울이 제격이지. 단풍잎이나 하늘하늘 날아다니는 가을보다야, 북풍이 몰아치고 폭설이 내리는 겨울의 이별이 훨씬 실감나잖아. 눈이 쌓인 산꼭대기에 올라가서 소리도 지를 수 있고."

봄이 머리를 흔들며 말했다.

"너무 지나치다니까. 이별의 슬픔은 조금쯤 로맨틱해야 해. 떨어지는 꽃잎을 보며 살며시 눈물을 닦는, 그런 거 말이야. 지나간 날들, 잃어버린 시간, 추억으로 남을 그 사랑에 대해 시를 쓰고 노래를 부르는 거지. 그리고 마지막으로 그에게 긴 편지를……."

"다 쓸데없는 짓이야."

여름이 봄의 말을 가로막았다.

"소용없다고. 지나간 건 두 번 다시 돌아오지 않는다는 걸, 너희들도 다 알고 있잖아. 그러면서 왜 사람들에게 불필요한 희망을 주는 건데? 과거는 깨끗이 잊고, 타오르는 미래를 위해 살아가는 것이 건강하다는 생각, 안 들어?"

애초에 나의 질문 자체가 잘못된 것인지도 몰라. 지금이라도 당장 사과를 하고 이쯤에서 끝을 내자고 하는 게 좋지 않을까. 내가 잠깐 그런 생각에 빠져 있는 사이, 그들은 더욱 흥분하여 소리까지 질러대고 있었다. 발언 순서 같은 건 이미 오래전에 사라져버렸고, 누구의 이야기에도 귀를 기울이지 않았으며, 자신이 무슨 이야기를 하고 있는지조차 모르는 듯했다. 나는 한숨을 쉬고 자리에서 일어나 탁자를 두드렸다. 그들이 입을 다물고 나를 바라볼 때까지.

"너희들의 생각은 잘 알겠어. 그런데 한 가지 이해할 수 없는 게 있어. 어째서 이별하기 좋은 계절이 되고 싶은 거지? 사랑하기 좋은 계절이 아니라?"

그들은 다시 서로의 눈치를 보았고, 마침내 여름이 입을 열었다.

"그야, 우리를 좀 더 봐주었으면 좋겠어서 그런 거지. 사랑할 때는 사랑하는 사람만 바라보잖아. 사람들이 계절의 변화와 정면으로 마주서는 건 이별 직후뿐인걸."

그들이 가고 난 후, 거리에 서서 나는 생각한다.

아, 지금은 여름이구나.

토마토 깡통

그 작은 깡통 안에 씨앗이 들어 있다고 했어. 물을 주면 싹이 트고, 그 싹이 자라고, 거기에 작은 토마토랑 작은 고추랑 콩이 대롱대롱 매달린다고 했어. 난 믿을 수 없었지만 그들을 데려오지 않을 수 없었지. 말했잖아, 살아 있는 뭔가가 필요했다고. 깡통을 따고 보이지 않는 씨앗을 위해 흠뻑 물을 주고 햇볕이 잘 드는 곳에 옹기종기 놓아두었지. 깡통 안에는 사용 설명서가 들어 있었어.

응? 사용 설명서라고? 글쎄, 정확한 말은 아닌 것 같지만, 어쨌든. 거기에 이런 구절이 있었어. '각각의 상품에는 성장 주기가 있으니 성급해하지 마시고 잘 관찰하며 키우시기 바랍니다.'

어떤 것은 일이 주 후에, 또 어떤 것은 삼사 주 후에 싹이 튼다고 나와 있었지. 어떤 것은 싹이 트고 나서 또 얼마 후에, 또 어떤 것은 얼마얼마 후에 열매를 맺는다고 그랬어.

꽃 피우는 씨앗이 들어 있는 깡통도 있었는데, 내가 골라 온 것들은 어째서 다 열매 맺는 것들일까. 난 이상해하면서도, 시키는 대로 기다리기로 했어. 성급해하지 않고. 성급해하거나 하지 않거나 그들은 충분한 시간을 보낸 후에 세상으로 나오겠지. 혹시 나오지 않을지도 모르지. 어떻게 하겠어. 기다리는 수밖에.

기다리는 시간 동안 생각이나 하자. 그들이 싹 틔우고 열매 맺으면 그

걸 어떻게 사용할지에 대해서. 그들이 싹 틔우지 못하고 열매 맺기 전에 죽어버리면, 그걸 어떻게 사용하지 않을지에 대해서. 그리고 「재크와 콩나무」에 나오는 것처럼 콩이 나무처럼 자라 하늘까지 닿으면, 그땐 어떻게 할지에 대해서.

물속에서 춤을 추다 호흡의 타이밍을 놓친,
그래서 하마터면 숨 막혀 죽을 뻔한 나를
'수중 댄스 클럽'에 등록시킨 포유류가 바로 푸른돌고래 군이었어요.

편린

겉으로 보기에 그건 그냥 평범한 상자였고, 다른 우편물 사이에 섞여 있었다. 남자는 일주일간의 출장에서 돌아와, 책상 위에 쌓인 우편물들을 정리하던 참이었다. 무심코 상자의 포장을 뜯다가 문득 발신인을 확인한 그는, 순간적으로 현기증을 느꼈다. 익숙한 사무실 내의 풍경들이 갑자기 달리의 그림처럼 뒤섞이더니, 누군가의 목소리라거나 전화벨 소리 같은 사소한 잡음들이 일제히 사라지고 진공 상태 같은 침묵이 흘렀다. 발신인에 쓰여 있는 건 한 달 전에 헤어진, 한때 남자의 연인이었던 여자의 이름이었다.

그다지 잘해주진 못했지만, 그래도 마음을 다해 사랑했던 여자였다. 두 사람의 각별한 관계가 세월의 무게를 이기지 못하고 무덤덤해진 것도 아니었다. 어쩌다 보니 이별이 찾아왔고, 그걸 막을 힘이 없었던 남자는 미안하다는 말도 못 하고 여자를 떠나보냈다. 그녀도 특별히 저항하진 않았다. 남자가 그랬듯이, 여자 또한 혼자서 이별이 가져다주는 혼란과 절망을 견뎌냈을 것이다. 그들은 서로를 알지 못했던 그때로 돌아가서, 각자의 삶을 살았다. 그런데 이제 와서 새삼스럽게 여자가 남자의 기억을 호출한 것이다. 남자는 상자를 뜯고 싶지 않았다. 그러나 뜯지 않을 수도 없었다.

상자에서 나온 것은 손목시계였다. 다른 것은 없었다. 시계를 생산한

회사의 로고가 박힌 케이스, 제품 보증서가 어디서나 볼 수 있는 흔한 상자 속에 들어 있을 뿐이었다. 편지 아니면 메모라도 한 장 들어 있기를 기대했던 남자는 털썩, 의자에 주저앉았다. 이 시계에 어떤 의미가 있는 것일까. 남자는 시계를 이리저리 살펴보았다. 그리고 시계의 뒷면에, 날짜가 새겨져 있는 것을 발견했다.

남자는 그 날짜가 의미하는 바가 무엇인지 알 수 없었다. 연인끼리 선물을 주고받는 밸런타인데이도, 크리스마스도 아니었고, 그의 생일도, 두 사람만의 기념일도 아니었다. 남자는 혼란스러웠다. 퍼즐을 풀어야만 빠져나갈 수 있는 감옥에 갇힌 기분이었다. 어쩌면 그건 두 사람과 무관한, 아무 의미 없는 날짜일 수도 있었다. 그러나 여자는 어째서 시계에 그 날짜를 새겨 넣었을까?

아니 그보다 여자는 왜 남자에게 시계를 보낸 것일까? 그를 다시 만나고 싶다는 의미일까, 혹은 자신을 기억해달라는 의미일까. 어쩌면 여자는 단지 남자를 곤경에 빠뜨리고 싶었던 것인지도 모른다. 자신이 겪은 아픔을 남자에게 상기시키고, 혼란스러워하는 남자를 상상하면서 고소해하고 있을지도 모르는 일이다. 그런 생각이 든 남자는, 시계를 서랍 속에 처박아두는 대신, 보란 듯이 손목에 차고 다니겠다고 결심했다.

몇 주, 몇 달, 그리고 또 몇 년이 흘렀다. 여자는 그 후로 아무런 연락이 없었다. 기억은 차츰 잊혀갔고, 이제 시계를 보아도 예전처럼 가슴이 아프지 않았다. 누군가 남자에게 "그 시계 참 오래 차고 다닌다, 소중한 건가 봐?" 하고 물어보아도 "뭐, 그렇지도 않아" 하고 웃어넘길 수 있게 되었다. "어디서 났어?" 하고 좀 더 깊은 관심을 나타내는 사람도 있었다. "선물받은 거야." 남자는 그렇게 대답했고, 그때마다 아주 잠깐 여자를 떠올렸지만 곧 잊었다.

어느 날, 시간을 확인하기 위해 시계를 보던 남자는 문득, 바늘이 멈춰 있는 것을 발견했다. 배터리가 다 된 건가, 하고 시계방에 가져가 시계를 풀다가, 남자는 뒷면에 새겨진 날짜를 다시 보았다. 불현듯, 남자의 머릿속에 그 날짜가 선명하게 들어와 박혔다. 그건 두 사람이 헤어진 날이었다. 정확하진 않지만, 최소한 그즈음이었다. 남자는 시계방 한쪽 벽에 걸린 달력을 보았다. 그날로부터 꼭 삼 년이 지나 있었다.

몇 번의 신호가 가고, 여자가 전화를 받았다.

"혹시, 그날, 나한테 이 시계를 선물하려고 가지고 나왔던 거야?"

남자는 다짜고짜 그렇게 물었다. 수화기 저편은 잠잠했다.

"아니면 우리가 헤어진 날짜를 기억하라는 의미였어?"

남자가 다시 물었다.

"아아."

그제야 여자가 대답했다.

"그냥. 우리가 헤어졌다는 걸 분명하게 하고 싶어서. 그런데 그 시계, 여태 갖고 있었어?"

어떤 선물은 의미보다 먼저 사라진다. 물건이 그 가치를 잃어버린 후에도, 사람들은 마음속에 그 선물의 의미를 담고 살아간다. 그러나 어떤 의미는 선물보다 먼저 사라진다. 사랑의 선물도 이별의 선물도, 그 속에 담긴 사랑하는 마음도 미워하는 마음도 그저 편린으로 남는다.

남자는 이제 막 새 배터리를 장착한, 평범한 시계 하나를 받아 든다. 그래도 시계의 바늘은 여전히 씩씩하게 돌아간다.

푸른돌고래 군의 부탁

꽤 당황스러웠지요. 제가 시간이 남아도는 사람도 아니잖아요. 남들 눈에는 하는 일 없이 빈둥빈둥 노는 것처럼 비칠지 몰라도, 노는 일이 얼마나 힘든데요. 시간만 많다고 제대로 놀 수 있는 것도 아니고, 즐겁고 충만한 시간을 돈으로 살 수 있는 것도 아니니까요.

말이 나왔으니 말이지만, 노는 일만큼 창의력과 상상력을 필요로 하는 일이 또 있을까요. 상투적이고 그저 그런 생각밖에 떠올릴 수 없다면, 쏟아 부을 에너지가 바닥났다면, 아예 놀 작정을 말아야 해요. 여하튼 저는 그렇습니다. 굉장히 바쁜 사람이에요. 그러니 내 친구 푸른돌고래 군이 그런 이야기를 했을 때, 여러모로 곤란하지 않았겠어요? 하지만 푸른돌고래 군으로 말하자면, 곤란하다고 해서 그저 내칠 수 있는 상대가 아니지요. 그동안 신세를 얼마나 많이 졌는데요. 나뿐 아니라 세상에는 돌고래들의 도움을 알게 모르게 받은 인간들이 꽤 많이 존재하고 있죠. 물론 대부분의 인간들은 도움을 받고도 그걸 되갚기 싫어 – 되갚을 엄두가 안 난다는 쪽이 정확한데 – 모른 척하며 살고 있지만, 나는 은혜를 모르는 인간이 아니거든요. 푸른돌고래 군이 나에게 베풀어준 그 모든 것을 생각하면, 만사를 제쳐두고 그의 부탁을 들어주는 게 옳은 일이죠.

푸른돌고래 군이 처음 나에게 가르쳐준 건 춤이었어요. 땅 위에서야 제법 유려한 동작으로 턴을 하거나 몸을 날려 허공에서 한 바퀴를 돌고 가볍게 착지하는 것에 익숙해졌지만, 물속에서는 형편이 다르더군요. 제일 큰 문제는 호흡이었지요. 우아한 연속 동작과 호흡을 한꺼번에 하는 일은 지상에서도 꽤 어렵잖아요? 물속에서 춤을 추다 호흡의 타이밍을 놓친, 그래서 하마터면 숨 막혀 죽을 뻔한 나를 '수중 댄스 클럽'에 등록시킨 포유류가 바로 푸른돌고래 군이었어요. "공 던지기나 높이 뛰어오르기는 별도의 레슨을 받아야 하지만, 그런 건 필요 없겠지?" 그는 동글동글한 코로 빨간 공을 통통 튀기면서 뽐내듯 그렇게 말했는데, 사실 그건 뽐낼 만한 일이지요.

푸른돌고래 군이 소개해준 솔잎돌고래는 오징어를 맛있게 먹는 법을 내게 가르쳐주었어요. 쥐돌고래에게는 반사음을 이용해 물속의 물체를 탐지하는 방법을 배웠죠. 하지만 수심 이백 미터까지 잠수할 수 있는 청백돌고래는 나를 아래위로 훑어보다 "잠수는 좀 무리야" 하고는 바다 깊은 곳에 살고 있는 다른 존재들의 이야기를 들려주었는데, 뭐 그것도 나쁘진 않았어요. 그러니 그들이 없었다면 지금 내 삶이 얼마나 심심했겠어요. 아마 난 놀 줄도 모르는 재미없는 인간이 되었을 거예요. 그들은 이미 내 삶에 개입했고, 내 삶은 이제 그들의 것과 분리될 수 없지 않겠어요?

이런 이유로 해서, 나는 푸른돌고래 군의 부탁을 들어주기로 했어요.

"별거 아니야." 그가 말했죠. "일종의 배달 같은 거야."

"뭘 배달하는데?"

그는 손바닥만 한 봉투 하나를 꺼냈어요.

"이거."

"그걸 누구한테 주는 건데?"

"누구든. 네가 주고 싶은 인간."

"그럼 배달이랄 것도 없네. 갖고 있다가, 아무에게나 주면 되잖아."

그는 푸른 꼬리를 감아올리며 말했어요.

"맞아, 그런데 한 가지, 네가 해야 할 일이 있어."

"뭔데?"

"기다리시겠습니까? 하고 물어보는 거."

'봉투를 보관한다. 그걸 주고 싶은 인간이 나타나면 기다리시겠습니
까? 하고 묻는다. 상대가 기다리겠다고 하면 기다리게 한다. (언제까
지?) 기다림이 충분해질 때까지. 그가 기다림을 완료하면, 봉투를 준
다. 끝.' 이것이 푸른돌고래의 부탁이었어요.

"왜 기다리게 하는 건데? 그리고 봉투 안에는 뭐가 들어 있는데?"

물론 나는 고분고분 봉투를 받아 드는 대신 질문을 했죠.

"카세트테이프. 난 잘 모르겠지만, 인간들이 알고 싶어 하는 비밀이
거기 들어 있대. 기다리게 하는 건, 글쎄, 그건 법칙이야."

그건 우주라거나 시간, 사랑이라거나 행복의 비밀 같은 걸 수도 있다
고, 그는 덧붙였어요. 만약 그게 사실이라면, 우리는 기다리는 것만으
로 그 모든 것을 갖게 될까요? 글쎄요, 나는 좀 회의적이에요. 우선 돌
고래들이 말하는 '충분한 기다림'은 인간의 기준에 비해 턱없이 길고
상상할 수 없이 지루한 거니까요. 게다가 카세트테이프를 손에 넣는
다고 해도, 그 비밀을 알지 못할 가능성이 높아요. 요즘 누가 카세트플
레이어 같은 걸 갖고 있겠어요? 기다림이니 카세트테이프니, 그런 건
전부 구시대의 유물이잖아요. 그래도 당신, 기다리시겠어요?

이게 뭔가요. 새가 물었다.
이것은 강이다. 또 하나의 하늘이라고 해도 좋다. 현자가 대답했다.
나는 여기에서 무엇을 할 수 있나요. 새가 물었다.
날아라. 현자가 대답했다.

해바라기

♩ 1. 양지쪽에서 볕을 쬐는 일.
2. 국화과 한해살이풀. 줄기가 곧게 자라며, 잎은 넓은 달걀꼴로 가장자리에 톱니가 있고 어긋맞게 난다. 늦여름에 줄기 끝에서 노랗고 둥글넓적한 꽃이 피며 여윈열매(수과)가 빽빽하게 열린다. 씨는 기름을 짠다.
3. 사랑을 욕망하는 마음.

어느 호숫가에 님프 자매가 살고 있었다. 이들이 밖에서 놀 수 있는 시간은 해가 지고 난 이후부터 다음 날 해가 뜨기 전까지였다. 동이 틀 때까지 호수에서 놀면 큰 벌을 주겠다고 이들의 아버지가 엄포를 놓았기 때문이다. 하지만 어느 날, 놀이에 열중하던 자매는 집으로 돌아가야 할 때를 놓쳐버렸다. 밤이 지나고 새벽이 오자 태양의 신 아폴론은 황금마차를 몰고 하늘을 가로질렀다. 태어나 처음으로 본 동트는 모습이 너무나 아름다워 자매는 넋을 잃었다. 그리고 두 님프는 아폴론을 사랑하게 되었다.

사랑의 라이벌이 되어버린 언니가 아폴론의 마음을 먼저 얻을까 봐 두려워진 동생은, 아버지에게 고자질을 했다. 해가 뜰 때까지 호수에 있었다는 이야기를 들은 아버지는, 언니를 감금했다. 동생은 혼자 아폴론을 기다렸고, 그의 사랑을 구하려 했지만, 아폴론은 그녀를 거들

떠보지도 않았다. 자신의 욕심을 위해 언니를 일러바친 그녀가 괘씸하다는 것이 그 이유였다. 아홉 날과 아홉 밤을 같은 자리에서 기다리던 동생은 그 자리에 뿌리를 내리고 꽃이 되었다. 꽃은 황금마차를 끌고 가는 아폴론, 즉 태양을 하루 종일 바라보고 또 바라보았다.

신화는 여기에서 끝난다. 그러나 알려지지 않은 뒷이야기가 있다. 호기심 많은 어느 인간이 훗날 아폴론에게 물어보았다. 아폴론으로 말하자면 음악을 사랑하고 아름다운 여인들을 사랑하고 아름다운 남자들에게까지 손을 뻗는, 좋게 말하면 사랑이 넘치고 나쁘게 말하면 바람기 넘치는 신이 아니었던가. 도덕이라거나 윤리의 문제에 대해서는 지나가는 새의 털끝만큼도 고려하지 않는 신이 아니었던가. 그런데 어째서 사랑을 갈구하는 님프에게 끝내 다정한 미소 한 번 보여주지 않았던가.

아폴론은 이렇게 대답했다.

"아, 맞아요. 그러고 보니 기억이 나는군요. 그런 일도 있었지요. 솔직히 이제 와서 하는 이야기지만, 언니를 고자질하고 어쩌고 그런 건 아무 상관도 없는 일이었어요. 문제는 그녀와 나 사이에 어떤 긴장감도 없었다는 겁니다. 마음만 먹으면 언제라도 취할 수 있었기 때문에 도무지 그럴 마음이 들질 않았던 거죠. 아시다시피 나는 전쟁의 신이기도 하지 않습니까. 만만치 않은 상대를 쫓아다니다가 마침내 항복을 받아내는 데서 쾌감을 느끼는 거죠. 어디 나만 그렇습니까? 인간남자들도 대부분 그렇지 않나요? 그리고 말입니다, 저 지구 어딘가에 붙어서 하루 종일 나만 바라보고 있는 생명체가 하나쯤 있다는 것도 나쁘지 않지요. 일종의 보험 같은 거라고 해둡시다. 다행히 그녀가 나쁜 짓을 했으니 나를 욕하는 자들도 없을 테고. 뭐 어차피 세상의 평판은 그다지 중요하지 않지만요. 그런데 그 님프가 무슨 꽃이 되었다고요? 아, 해바라기요. 월계수로 변한 다프네와 친구 하면 되겠네요. 둘이서 내 욕은 하지 말았으면 싶지만요."

행간을 읽다

공원이 내려다보이는 오피스텔 창가에 기대어, 그녀는 벤치에 앉아 있는 한 남자를 응시하고 있었다. 종종걸음으로 지나가는 사람들의 입김이 선명하게 보일 정도로 차가운 날씨인데, 남자는 한 시간째 그 자리에 앉아 있었다. 남자의 무릎에는 책 한 권이 놓여 있었고, 옆자리에는 이미 오래전에 식어버린 커피가 들어 있을 것으로 짐작되는 종이컵이 얌전히 자리를 지키고 있었다. 남자의 시선은 책에 고정되어 있지만, 한 시간 동안 남자는 한 번도 책장을 넘기지 않았다. 그녀는 남자가 도대체 언제쯤 책장을 넘길까 궁금해하며 그를 지켜보고 있는 중이었다.

그녀가 남자를 발견한 것은 일주일쯤 전이었다. 샌드위치로 늦은 점심식사를 마친 후 커피를 마시며 무심코 창밖을 내다보는데, 공원 벤치에 꼼짝도 않고 앉아 있는 남자가 눈에 들어왔다. 오후 두 시가 막 지나고 있었다. 흔하지는 않지만 딱히 이상한 풍경도 아니었다. 그러나 그 풍경 속에는 그녀를 끌어들이는 무엇인가가 존재했다. 그녀 자신도 설명할 수는 없었지만. 남자가 앉아 있는 방식이라거나 벤치의 색깔과 묘하게 어울리는 그의 옷차림이라거나 심심해 보이는 종이컵 때문이었을 수도 있지만, 그런 것과 전혀 무관한 어떤 것일 가능성이 더 높았다. 나도 설명할 수는 없지만.

다음 날에도, 그다음 날에도, 그녀는 늦은 점심식사를 마친 후 창가에 기대어 남자의 모습을 바라보았다. 남자의 무릎에는 언제나 책이 놓여 있었지만, 좀처럼 페이지는 넘어가지 않았다. 그렇다고 다른 짓을 하거나 조는 것도 아니었다. 그의 집중력이란 참으로 대단해서, 지나가던 꼬마아이나 강아지가 노골적인 호기심을 드러내며 기웃거려도 자세 하나 흐트러뜨리지 않았다. 매일 오후 두 시부터 네 시까지, 추운 날에도 흐린 날에도 그의 일과는 계속되었다. 그쯤 되자, 그녀는 언제까지나 오피스텔 창가에 기대어 그를 바라보고만 있을 수는 없다는 생각이 들었다. 그건 호기심이라기보다 일종의 의무감 같은 거였다. 누구도 이유를 설명할 수는 없지만, 그에게 말을 걸어야만 한다는 그녀의 의무감은 점점 강해졌다.

오후 네 시, 남자는 책을 덮고 자리에서 일어났다. 다른 날이었다면 조용한 걸음걸이로 공원을 벗어나 버스 정류장으로 갔을 것이다. 하지만 남자는 걸음을 옮기지 못했다. 바로 앞에 한 여자가 서 있었기 때문이다. 두 사람은 한동안 잠자코 그대로 서서, 서로를 바라보았다. 마침내 그녀가 먼저 침묵을 깨뜨렸다.

"실례가 되겠지만…… 어떤 책을 읽고 계시는지 궁금해서요."

남자는 벤치를 가리켰고, 그녀가 앉기를 기다렸다가 자신도 다시 앉았다. 그녀로부터 너무 멀지도 가깝지도 않은 거리였다.

그리 길지도 짧지도 않은 침묵이 지난 후, 남자가 입을 열었다.

"오래 망설였겠군요. 여러 날을 지켜보면서. 어떤 책인지 궁금한 게 아니라 내가 책을 읽고 있긴 한 건지 궁금한 걸 테고."

자신의 마음을 들켜버린 여자가 남자의 시선을 피했지만, 남자는 아랑곳없이 말을 이었다.

"괜찮습니다. 나쁜 마음을 먹은 게 아니니까요. 설명을 듣고 싶다면, 해드릴 수 있으니까."

여자는 조금 굳어진 얼굴로 고개를 끄덕였다. 남자는 가벼운 한숨을 쉬고 하늘과 땅 사이, 어디쯤을 보았다.

"나는 행간을 읽습니다. 행과 행 사이, 문장과 문장 사이, 단어와 단어 사이에 담겨 있는 것들이요. 사람들과 대화를 할 때도 마찬가지입니다. 쉼표와 마침표 속에 고여 있는 소리 없는 이야기들이 저한테는 들리거든요."

괴테와 바이런, 릴케와 헤밍웨이 같은 사람들은 행간 속에 아주 많은 것들을 숨겨놓았다고, 그는 말했다. 의외로 셰익스피어와 제인 오스틴은 그렇지 않다는 것이 신기하지 않으냐고, 그는 말했다. 일반적으로 시집을 읽을 때는 시간이 많이 걸리지만 소설의 경우에는 일 년에 한두 권 정도는 읽을 수도 있다고, 그는 말했다. 친구는 없다고, 그는 말했다. 자신과 대화를 나누는 사람이 일일이 행간을 읽고 있다는 것을 알게 되면, 대부분의 사람들은 당황해하고 혼란스러워하고 나중에는 화를 낸다고, 그는 말했다.

"나의 이런 능력이 축복인지 저주인지, 그건 나도 모릅니다."

질문도 하지 않았는데, 그가 대답했다.

"그러나 대부분의 경우, 가장 중요한 이야기는 행간 속에, 침묵 속에 존재하죠."

그녀는 자리에서 일어났고, 남자는 너무 늦지도 너무 빠르지도 않은 타이밍에 따라 일어났다. 약간의 침묵이 흘렀다.

"조금 전의 침묵 속에는 무엇이 있던가요?"

그녀가 물었다.

"여러 가지 것들이 있었지만, 그중 어떤 것이 당신에게 중요한지는 모릅니다. 그건 당신의 몫이니까요."

그녀는 당황했고 혼란스러웠다. 그러나 화가 나지는 않았다. 태어나서 처음으로, 그녀는 자신을 둘러싸고 있는 견고한 침묵이 조금 다정하게 여겨졌다.

"그거 알아요? 나, 일주일 만에 처음으로 누군가와 이야기를 했어요."

그녀의 말에, 그는 조금 웃었다.

"세상은 당신과 충분히 소통하고 있다고 생각할 겁니다. 침묵도, 그리고 나도."

현자

1. 욕망을 다스리는 사람.
2. 수영을 가르치는 사람.
3. 세계를 확장하는 사람. 또는 이 세계에서 저 세계로 건너가게 하는 사람.

어느 산속에 작은 새 한 마리가 살고 있었다. 불행하게도, 새는 날 수가 없었다. 새의 왼쪽 날개는 오른쪽 날개에 비해 터무니없이 작았다. 깃털의 수도 터무니없이 모자랐다. 굳이 세어보지 않아도 쉽게 알 수 있는 일이었지만, 새는 매일 아침 눈을 뜨자마자 오랜 시간을 들여 왼쪽 날개의 깃털을 하나하나 세어보았다. 밤사이에 행여 하나라도 더 자라났을까 기대를 품고. 그것은 일종의 의식, 희망에서 시작하여 언제나 절망으로 끝나는 우울한 의식이었다.

새가 깃털의 개수를 세는 동안, 함께 태어난 새의 친구들은 둥지를 떠나 하늘로 푸드덕 날아올랐다. 가끔 먼 여행을 떠나는 친구들도 있었다. 친구를 배웅하고 돌아온 밤이면 새는 앙상한 가슴을 끌어안고 숨죽인 채 눈물을 흘렸다. 비행을 연습해보지 않은 것도 아니었다. 그러나 허공에 잠시 뜰 수는 있어도 금세 균형이 흐트러졌다. 새는 곧장 곤두박질쳤고, 땅에 처박히기 직전에 몇 번의 황급한 날갯짓으로 겨우 목숨을 건질 수 있었다.

'날 수만 있다면. 딱 한 번만 날아볼 수 있다면. 그러고 나서 죽어도 좋을 텐데.'

새는 생각했다. 그러던 어느 날, 나이 지긋한 현자가 숲 속으로 들어왔다. 태어나 그때까지 숲을 벗어나본 적이 없는 새는, 처음 보는 생명체를 신기하게 바라보았다. 현자 역시 새를 바라보았지만, 다른 생명체들이 그랬던 것처럼 새의 부실한 왼쪽 날개에 시선을 주지는 않았다. 그는 대신 새의 눈을 보았다. 그리고 간절한 새의 바람을 읽었다.

'날고 싶어요. 날고 싶어요. 날고 싶어요.'

현자는 가만히 등을 돌려 천천히 걷기 시작했다. 짧은 다리의 새가 충분히 따라올 수 있도록, 두 걸음마다 휴식을 취하며. 삼십 분이 지나고 한 시간이 지났다. 숨을 헐떡이며, 새는 온몸을 부르르 떨었다.

더 가야 하나요. 새가 물었다. 더 가야 한단다. 현자가 대답했다. 당신의 손바닥 안에 나를 올려줄 수는 없나요. 어깨 위도 괜찮은데. 새가 애원했다. 안 된다. 조금만 참으렴. 네 힘으로 가야 하는 이유를 곧 알게 될 테니. 현자는 다시 몸을 돌려 두 걸음을 걸어가 새가 따라오기를 기다렸다.

현자가 새를 데려간 곳은 숲을 돌아 흐르는 강어귀였다. 나무들은 시원한 강의 바람을 맞으며 강 쪽으로 깊이 몸을 숙이고 있었다. 태어나 처음으로 강을 본 새는 한동안 움직일 수 없었다. 다리도 아팠고, 물결에 반사되는 햇살에 눈도 부셨다. 무엇보다 어떤 절대적인 존재에게 영혼을 사로잡힌 듯한 느낌이었다. 이게 뭔가요. 새가 물었다. 이것은 강이다. 또 하나의 하늘이라고 해도 좋다. 현자가 대답했다. 나는 여기에서 무엇을 할 수 있나요. 새가 물었다. 날아라. 현자가 대답했다. 날아요? 새가 물었다. 너를 여기까지 걸어오게 한 것은 다리의 힘을 기르기 위한 것이었으니, 너는 이제 강 속에서 비행할 준비가 다 되었다. 현자가 대답했다.

새는 날개를 쫙 펴고 물속으로 들어갔다. 깃털은 충분한 물을 머금고 새가 수면 위에 떠오르도록 도와주었다. 깃털의 개수 같은 건 아무 문제도 되지 않았다. 새는 짧은 다리를 움직여 앞으로 나아갔다. 방향을 바꿀 때는 날개를 움직였다. 다리를 써야 한다는 것만 제외하고, 헤엄을 치는 일은 나는 일과 다를 게 없었다.

'나는 왜 새로 태어났을까. 날지도 못하는데. 날개 같은 건 왜 달려 있을까. 쓰지도 못하는데.'

한때 새는 그렇게 생각했다.

'중요한 것은 날개가 아니었다. 날개 자체에 관한 욕망도 아니었다. 중요한 것은,'

지금 새는 생각한다.

'하나의 세계를 통과하는 것. 이곳에서 저곳을 향해, 나아가는 것.'

화양연화

자꾸 뒤를 돌아보느라
당신은 한없이 느려졌다
아무리 그래도 걸음을 멈출 수는 없는 노릇이라
당신은 한없이 멀어졌다
자꾸 고개를 끄덕이느라
나는 한없이 서툴렀다
아무리 그래도 눈물을 참을 수는 없는 노릇이라
나는 한없이 일그러졌다

당신이 마지막으로 본 나의 모습은
그러니까 아주 미웠을지도 몰라

온 세상의 신호등이 붉은색으로 바뀌었다
대기의 온도가 오 도쯤 내려갔다
낮과 밤이 자리를 바꾸고
어떤 달도 어떤 별도 두 번 다시 뜨지 않았다

꽃이 피어나는 것을 보지 않았다면
좋았을까, 괜찮았을까, 견뎌낼 수 있었을까
온 힘을 다해 밀어냈다면
눈을 감고 귀를 막고 있었다면
살 수 있었을까, 죽을 수도 있었을까

나는 가만히 겨울의 동굴로 돌아와
그 누구에게도 말하지 않고
캄캄한 무덤 같은 흙을 파헤쳐
심는다, 씨앗 또는 주검을
그러나 피어나는 것은 다시 꽃이 될 수 없으리라

꽃의 환영, 꽃의 그림자만이
지금부터 영원히 나를 묶어두리라
나 단 한 번 지고한 계절을 지나왔으므로

그리고
남은 이야기

지나온 시간을 정결하게 반추하고 분류하여 기억의 서랍 속에 차곡차곡 쌓아두는 일 같은 것에 나는 영 재능이 없다. 다가올 시간을 반듯하게 나누어 오밀조밀 계획을 세우고 색색 가지 꼬리표를 붙여두지도 못한다. 그렇다고 그런 것도 못하나, 하고 스스로를 한심하게 여기지는 않는다. 뭐 별로 상관없지 않나, 물처럼 흘러가는 인생, 하고 생각하는 편이다.

그런 이유로, 지금까지 펴낸 책들을 요리조리 살펴본 적이 없다. 책은 한 번 발현했다가 금세 사라지는 것이 아니다. 어떤 형태로든 완전히 소멸하지는 않는다. 그래서 역시 어떤 형태로든 마음이 편하지만은 않다. 그때의 설익은 생각, 가볍고 천진한 가치관, 넘치거나 모자라는 표현 같은 것들이 그때의 글 안에 고스란히 고여 있고, 지금 내 눈에 그런 것들이 보이기 때문이다. 하지만 나는 그 글들을 거기에 두고 왔다. 이제 와서 어찌할 수 있는 일도 아니고, 어찌한다고 해서 무를 수도 없다. 약간 변명 같지만 '그때'만 쓸 수 있는 글도 있다고, 그건 그것대로 의미가 있을 거라고, 그러니까 나쁘지 않다고 믿는 수밖에 없다. 그때의 글이 지금의 내 성에 차지 않아도, 뭐 별로 상관없지 않나, 지금도 흘러가는 인생, 이다.

이 책은 애초에 2008년 1월에 출간된 『밀리언 달러 초콜릿』의 개정판으로 만들 작정이었다. 그래서 그 이후에 쓴 글들을 추가하려고 모아보니 분량이 꽤 나왔다. 『밀리언 달러 초콜릿』에 수록된 글들에 나중의 글들을 더하여 편집 작업을 시작했을 때는, '이번 책은 제법 두툼하겠는걸' 정도의 감상만 있었다. 그런데 시간이 지날수록 하나둘 글들이 빠져나가더니 마지막에는 무더기로 툭툭 떨어지고 결국 처음 분량의 삼분의 이 정도만 살아남았다. 그렇게 작업을 해놓고도, 저자교정을 보면서 얼마를 더 덜어냈다. 뭔가 부끄럽고 창피해, 하면서 도망간 글들의 대부분이 『밀리언 달러 초콜릿』에 수록된 것이어서 '개정판'의 의미가 사라져버렸다는 걸 뒤늦게 깨달았다. 그러니까 『반짝반짝 변주곡』은 『밀리언 달러 초콜릿』의 개정판이라기보다 새로운 글들에 옛글을 약간 더하여 만들어진 책이다.

「반짝반짝 변주곡」은 모차르트가 작곡한 「'아, 어머님께 말씀을'에 의한 열두 개의 변주곡」의 애칭이다. 주제가 되는 멜로디가 우리 귀에 익숙한 '반짝반짝 작은 별 아름답게 비추네'로 시작하는 동요라는 이유로 붙여진 귀여운 별명이다. 제대로 된 긴 제목을 읊는 것보다 「반짝반짝 변주곡」이라고 부르는 것이 리드미컬하고 생생하다. 원래는 프랑스에서 구전으로 전해오는 곡이었다고 한다. 모차르트는 스물두 살 때 프랑스를 여행하던 중 이 곡을 들었는데, 같은 시기에 그의 어머니가 세상을 떠났다. 그로부터 삼 년 후, 모차르트는 이 곡을 주제로 한 열두 개의 변주곡을 작곡하고 '아, 어머님께 말씀을'이라는 제목을 붙였다.

빠르거나 느린, 부드럽거나 강렬한, 즐겁거나 애처로운 선율들이다. 조그만 시냇물이 산길을 돌고 돌며 굽이굽이 흘러가는 느낌이다. 모퉁이를 돌아 만난 새로운 세계에 환호를 지르기도 하고 바위를 만나 당황하기도 한다. 오목한 틈 사이에서 잠시 휴식을 취하기도 하고 비탈길을 신 나게 달려 내려가기도 한다. 하릴없이 져버린 꽃잎을 껴안고 동그라미를 그리기도 하고 바람 소리에 맞춰 찰랑찰랑 노래를 부르기도 한다. 반짝이는 세계, 반짝이는 슬픔, 그리고 반짝이는 마음이다. 그러나 뒤돌아보지 않고 바다를 향해 흘러가는 마음이다.

책을 만드는 내내 나도 그런 마음이었다. 그런 기억, 이라고 해도 좋겠다. '그때' 머물렀던 어느 언저리에 '그때' 샘솟았던 어느 마음이 기억으로 남았다. 이제 와서 족해도 부족해도, 언젠가 존재했던 마음이고 기억이다. 그러니 그건 그것대로 소중히, 작은 그릇에 담아 선반 위에 올려두어도 괜찮을 것이다. 그리고 그 기억의 힘으로 인해 여전히 흘러가는 인생, 이다.

2014년 여름, 황경신